後藤 誠

Makoto Goto

文芸社

スプーン◎目次◎

第一章　排斥

「狭い門を通って入りなさい。滅びに至る道は広くて大きく、それを通って行く人は多いからです。一方、命に至る門は狭く、その道は狭められており、それを見いだす人は少ないのです。」（マタイによる書7章14・15節）

キリストのこの言葉をモチーフにして描かれたその絵が如何にして僕の手元にもたらされたのか、はっきりとは覚えていない。しかし、たとえそれが鳩のように天から舞い降りて来たものだとしても、僕はやはり既にその絵になされているのと同じ落書きをしたと思う。僕にはそうしていい権利がある。その絵の中にいる一人として。

燃やしてしまう前にその絵についてあなたの感想を聞きたい。

一見するとモノトーンの細かな迷彩模様のように映るもの、それはよく見ると、滅びに至る広くて大きい道を歩く無数の人々だった。一方、命に至る狭い道を歩くわずかな人たちは、その喜びに満ちた表情まではっきりと分かるように大きく、そして色彩豊かに描かれている。当然、観る人の目はこちらに奪われるだろう。

しかし今この小説を読んでいるあなたは、滅びゆく数え切れない人々のほうに目を留めています。あなたが眺めている無数の人々の中の一人に、漫画のふきだしのようなものがいたずらに書き加えられているでしょう？　この小説は全てそのふきだしの中に収まってしまう話です。

僕がまだ高校一年生だった年の正月に一人の中年女性が自宅を訪問して来た。その人は簡単な挨拶を述べ、それから唐突な内容の話をはじめた。

「あなたはきっと学校で進化論について勉強されたかもしれませんね。でも、もし進化論が正しいなら、下等な生物から徐々に進化していく過程を示す中間的な形態の生物の化石が大量に発見されてもいいはずなのに、ほとんど存在しないのです。……では、もしも生命が偶然の所産ではなく神により創造されたものだとしたら、神はどのような目的があって私たち人間を創られたのでしょうか？」

しばらく黙って聞いていると、その女性はやがてショルダーバッグから一冊の本を取り出した。A4サイズで、赤くて硬い立派な表紙があり、そこには金色の文字でタイトルが大きくこう記されていた。『永遠の生』。その女性は僕を見つめて微笑むと、こう言った。「千円のご寄付でご覧になれますが。」

僕は冬休みの間ほとんど家でごろごろしていて退屈だったので、その奇抜なタイトルの本でも眺めて暇つぶしをしようと思った。親戚からお年玉をもらっていたから、千円ぐらいなら大した出費ではなかった。僕がその書籍を受け取ると、その女性は礼を述べ、帰り際にこう付け加えた。「実は私の息子も今、一生懸命に聖書の勉強をしているのですよ。今度、梧桐さんに紹介しますね。それでは、失礼します。ありがとうございました。」

その女性が去ってから、僕は畳の上に横になって、受け取った本を読み始めた。次のような文章で始まっていた。『永遠に生きるなんて馬鹿げた話だ、と多くの人は思うかもしれません。では私たちがその希望に確信をもてるのはなぜでしょうか。それは神の約束だからです。聖書にはこう記されています……』。次第に読むのに飽きてきて、そのうち本をぱらぱらめくって挿絵を眺めたりした。エデンの園の様子や、大洪水に浮かぶノアの箱舟など、聖書中の幾つかの出来事が描かれていた。やがて挿絵にも飽きると、その本を放り出して、また、うとうとと眠りだした。

夕方、帰宅した母親が畳に放り出されたままのその赤い本に気がつき、「何なの？　これ」と言って本を取り上げた。表紙を眺めてタイトルの「永遠の……」。そこまで読むと、あとは深いため息をついた。そして声を荒げて「こんなもの一体どこで買ったの？」とか、「いくらしたの？」などいろいろ聞き始めた。結局「今度その人が来たらこの本は返しなさい、そして払ったお金は返してもらいなさい」と言った。

それから数日後の昼過ぎ、一人で家にいる時に、今度はスーツを着た太った若い男性が家を訪問してきた。

「こんにちは、原賀《はらが》と申します。先日、私の母が訪問した時、書籍を受け取ってくださったそうで、ありがとうございます。少しお読みになられましたか？」

「はあ。ちょっとだけ。」

「どうでしたか？　何かわかりにくい点などがありましたらどうぞ遠慮なく。」

「神の約束がどうのこうのと書かれていましたが、神がいるかどうか分からないから読んでいても意味がないような気がします。」

「なるほど。神が実在する証拠はたくさんあります。そのうちの幾つかは、梧桐さんにお渡ししたあの書籍の中にも説明されているんですよ。確か第二章に……」

「ああ、そういえば、『神は本当に存在しますか？』という章がありましたね。まだ読んでいませんけど。」

「ええ、それです。一人で読み進めるのは大変かと思います。途中で疑問がたくさん出てくるかもしれませんし。そこでなんですが、実は、私たちはあの本を使って、無料の家庭聖書研究を皆さんにお勧めしているんですよ。もしよろしければ今その本を持ってきてもらえませんか。」

僕はその人に言われるままに部屋に戻って例の本を玄関まで持ってきた。

「ありがとうございます。そうだ、ここで立ち話もなんですから、よければ外に停めてある私の車の中に座ってゆっくり話をしませんか。」

団地の一階である自宅から外に出て、その人の後について行くと、棟の前の道路に、薄汚れたみすぼらしい車が一台止まっていた。この原賀と名乗る男性の着ている高そうな背広やネクタイなどから察して、高級車がでんっと停まっているのかと思ったのだが、彼が手を伸ばしてドアを開けたその車は、ちゃんと走れるのかどうかも疑わしいほどのポンコツである。「汚い車でしょう」と、彼はそう呟きながら運転席に座った。僕も続いて助手席に座るとさっそく用件をきりだしてきた。

「聖書研究、と言ってもそんなに難しく考える必要はないんですよ。具体的にどのように進めていくのか、今ここで実際に少し試してみたいのですが、よろしいですか？　ちょっとその本の第一章を開いてもらえますか。……はい、ではここの最初の段落だけ声を出して読んでいただけませんか。」

言われるままに声を出して読んだ。

「はい、ありがとうございます、そこまでで結構です。とても流暢に読んでいただいて。ところで今読んでいただいた部分の内容に関する質問が、ページの下のほうに小さな字で書かれているんですよ。そこを私がお読みしますね。……それでは第一節の質問です。『永遠に生きるという希望について、多くの人はどのように感じていますか?』どうぞご自由にお答えになってください」。

「それは不可能でしょう。現実には全ての人が老衰や事故などで死んでゆくのですから。」

その書籍の本文中の文章をほとんどその通りに読んだ。たったこれだけのために、なぜわざわざ車の中に移動する必要があるのか、その疑問のほうが気になった。

「そうですね。その通りです。ありがとうございます。……と、まあこんな感じで、聖書の勉強を進めていこうと思うのですが。もし週に一回、一時間ぐらいの時間を空けてくださるなら毎週その時間に私がまた梧桐君の家へお伺いしますので、また今のように、この本を通して聖書の話し合いができたら嬉しく思いますが、いかがでしょうか?」

「はあ。まあ、別にいいですけど。でも僕の家でするのですか?　多分親が怒ります。」

「そうですか。それでは私の家でやりましょうか。実は私もこの団地に住んでいるんです。そうだ、もしよろしければ今、私の家に行ってみますか。お茶でも飲んでいってください。これから何か用事がありますか?」

「……いえ、別に」

そのまま車で原賀さんの家に連れられて行く途中、僕は少し気が咎めた。

「本来なら僕がお茶でも出すべきだったのでしょうが、家の中は散らかっていまして。」

「ははは、そんな気を遣う必要はありませんよ。梧桐君は今、高校生ですか?」

「はい。高一です。」

「学校では部活動をしてるの？」

「はい。空手部です。」

　なぜか不意に沈黙がおとずれた。やがて車は団地の外周道路から団地内の狭い路に入り、ある棟の前で停まった。

「……着きました。この6号棟の五階です。近いでしょう。歩いてでも来られますよ。」

　車から降りてみると、正月休みということもあり辺りは静まり返っていた。原賀さんと一緒に6号棟の階段を登りながら、僕は少し不安になってきた。彼の言いなりについて来たりして、変なことに巻き込まれたりはしないだろうか？　階段を上りながら僕は口を開いた。

「ところで、このまえ原賀さんのお母さんが僕の家に来た時、進化論についていろいろ話しておられました。化石の証拠が不十分だと言っていましたが、つまり進化論は間違っている、とおっしゃりたいのですよね？」

「ええ、そうです。全ての生き物はその種類にしたがって神によって創られた、と聖書には説明されています。」

「でも、生物の教科書の説明を見ると進化論が間違っているとは思えないのですが。」

　原賀さんは立ち止まった。目の前のドアの上には『原賀』と記された表札がある。彼はノブに手をかけながら僕を見て言った。

「実はこれから、そのことに関する興味深い本をお見せしようと思っていたんですよ。」

ドアが開くと、奥から女性の声がした。

「おかえりなさい。」

「お母さん、梧桐君がいらしたよ。」

台所の方から、数日前に自宅を訪問してきた女性が現れた。

「あら！　先日はどうも。ようこそいらしてくださいました。さあ、どうぞどうぞ、ゆっくりしていってください。」

下駄箱の上には原賀さん親子が通っている教会の機関紙らしき雑誌が何十冊も積み上げられている。きっと宣教に出かける時の配布用としてすぐにそれを携えていけるようにそこに置かれてあるのだろう。それらの雑誌の表紙にはその教会の名称も記されていた。『神の国の到来を全地に告げ知らせるJW聖書研究教会』

入ってすぐ左の部屋の襖が開かれ、そこへ通された。原賀さんの部屋らしい。

「すぐ戻りますから中で座って待っていてください。」

僕が一人でその四畳半の部屋に入ると、低い本棚の上に置かれたアクリル製の大きな写真立てに目がとまった。何枚かの写真が見映え良く収まっている。その中の一枚は夜の公園で数人の若者たちが花火を囲んでいる場面で、よく見ると風が吹いているらしく、地面に置かれた吹き上げ花火から出た白い煙が全て一方向に流れて、ちょうどその方角に立っている原賀さんが煙にむせて「これはたまらぬ」とでも言っていそうな変な顔をして逃げ出す瞬間を写していた。彼の太った体型とその逃げ出すポーズが滑稽で、まるで漫画の一コマを見ているようだった。それで僕は小声で笑い出した。その時、原賀さんが本を一冊手にして部屋に入ってきた。

「お待たせしました。ああ、写真を見てるの？　どれがそんなに可笑《おか》しい？」

「これ、かなりうけますね。」

「ああ、この写真ね。これは去年の夏に兄弟たちと一緒に公園に行って……。あ、兄弟と言っても本当の血縁の兄弟じゃなくて、まあ、簡単に言うと、同じ信仰で結ばれた仲間のことを僕たちは互いに兄弟と呼び合っているんだけど……」

　僕は笑いをこらえるので精一杯で、そんな説明など聞いていられなかった。

「それにしてもよく笑うね。そんなに可笑しい？　この写真。」

　原賀さんは少し心外そうな顔をして言った。

「す、すみません。あ、ところで、この瓶は何ですか？」

　僕は笑いを必死でこらえながら、意識をその写真から他の物に向けようとして、本棚の上に置いてある小さな青い瓶を手に取って眺めた。中には錠剤がたくさん入っている。瓶の底にはラベルが貼ってあり、こう記されていた。『ドリーミー・ダイエット』。火に油を注ぐとはこのことで、僕は今度こそ本当に腹を抱えて笑い出した。

「さっきから変なところばかりに目がいくね。」

と原賀さんは苦笑しながら言った。そして僕に構わず小さな折り畳み式の机を広げて、それを部屋の中央に置いた。そこへ彼の母親が盆に菓子とお茶を載せて入ってきた。しゃがみこんで腹を抱え、肩を震わせている僕を見て、彼女は息子に尋ねた。

「どうしたの？」

「ドリーミー・ダイエットが効いたらしい。」

「あんたはそんなもの飲んで、笑っちゃうわよね。梧桐さんはそんなもの要らないでしょう、フトシと違ってスマートだから。」

「そりゃあそうさ。彼は空手部で鍛えられているからね。」

と言いつつ原賀フトシは両手で空手チョップの真似を数回してみせた。

「はははは！」

もう、何を見ても可笑しかった。笑いをこらえようとすると余計可笑しくなる。僕はそのまま数分間笑いつづけた。黙って僕の笑いが収まるのを待っていたフトシさんがようやく口を開いた。

「いやいや、これほどの笑上戸《わらいじょうご》は初めて見たよ。さて、そろそろ笑いも収まってきたところで、さっきの話の続きですが、ええと。先ほど進化論について話していましたよね。一口に進化論と言ってもさまざまな説がありますが、簡単に言えば大昔に海の中で偶然に生命が生じ、はじめは単細胞だったその生命体が増殖を繰り返していくうちにやがて……」

僕は声を出すとまた吹き出しそうなので、相槌も打たずにひたすら黙って俯いていた。そんな僕に構わず彼は話を続けた。

「しかしこの書籍の、この部分をご覧になって欲しいのですが。生命体を構成するのに不可欠なタンパク質分子が偶発的に生じる可能性は『十の百十三乗分の一（$\frac{1}{10^{113}}$）』だと記されています。これは印刷工場が爆発した結果、偶然に百科事典が出来上がる可能性に等しい、とある科学者は言っています。」

「はははは！」

「ちょっと、ここは笑う場面じゃないでしょう？」

その時、襖が開いてフトシさんのお母さんが言った。「フトシ、三時から集会だからね。」

「わかってる。そうだ、梧桐君も一緒に集会に行ってみる？」

「はははは！」

「いや、はははじゃなくて。」

「ははははは！……」

進化論を否定して、神による創造を信じる。これはある意味で希望と言えなくもなかった。生命が偶然には生じ得ないことを示す科学的証拠を列挙されて、なるほど一理あるとも思ったが、それ以上に印象深かったのは、どちらの説が人間の尊厳を認めているか、という問いであった。もし全ての生命が偶然の所産だとしたら、どんな残酷なことでも起こりうることとして片付けられてしまわないだろうか。仮に数え切れない人々が虐殺されたとしても……しかし聖書が述べるとおりに神が『ご自分の像《かたち》に人をお創りになった』のであれば確かに全ての人間は尊い存在で、互いに傷つけ合うなどもってのほか、むしろ敬意を示しあうべきである、ということになろう。

生命の創造者、つまり神の存在を信じることはいいとしても、ＪＷ聖書研究教会（世間ではＪＷ［ジェーダブ］教という略称で呼ばれている）のみが唯一神に是認された組織である、という彼らの主張についてはどうであろうか。

僕はいつしかJWの信徒たちと共に、近所にある教会で行われる集会に、毎週定期的に参加するようになっていた。教会と聞くと、高くそびえる尖塔に十字架を掲げたような建物を連想するかもしれない。しかしJWのそれは全く飾り気のないシンプルな建物で、中に入ると演壇と二百ほどの座席、そのほかに洗面所があるだけだった。ステンドグラスや彫刻像なんて物ももちろんない。だから信徒たちからも、教会ではなく集会所と呼ばれる場合が多い。

僕はキリストが古代ユダ王国で生まれたことすらも知らなかったから、はじめて聞く聖書に関する話に興味を感じた。しかし、まもなくこの世界が滅ぼされ、イエスに信仰を働かせるJWの信徒のみが救われて地上の楽園で永遠に行き続ける、と彼らが信じていることを知り、それは僕に凄惨な気持ちを抱かせた。永遠の命という希望についてはさておき、もしもそれが本当ならJW教徒の宣教に対して聞く耳を持たない、ましてや彼らの組織に加わることなどしない世界中の大部分の人々は、全てまもなく滅ぼされてしまうことになる。僕の父も母も姉も従姉妹の康弘兄さんや比呂子姉さんも、学校で会う友達もまもなく神に処刑される。そのようなことを心から信じていたらとても平穏には暮らせない。しかし彼らは聖書に記されている過去の実例を引き合いに出してこう説明する。

「ノアの箱舟に乗っていたものだけが救われたように、あるいは古代イスラエル国民だけが神の民として『約束の地』の諸国民を滅ぼしていったように、現代においても唯一神のご意志に従って聖書の真理を全世界で述べ伝えている私たちだけがこの世の滅びを生き残るのです。……もちろん私たちも人々に対して愛を抱いています。だからこそ、みんなで共に楽園で暮らすことができるように熱心に宣教に携わっているのです。梧桐さんの親族や友人を含めたより多くの人が、きっとこの活動に答え応じるようになります。」

このころの僕はそれで一応納得していたのだった。

ＪＷの集会に出席するようになって半年ほど過ぎた。僕は勧められるまま洗礼を受け正式な信徒になった。そしてＪＷの全ての信徒には伝道活動に参加する義務があった。ＪＷ教徒イコールＪＷの伝道者なのである。かつて原賀さんが僕の家に訪れて来たのと同じように、僕も他の人々の家を訪問して伝道活動をしなければならなくなった。

一週間に四回開かれる集会のうちの一つに『伝道訓練』と呼ばれる集会がある。そこではどんなことが行われるのかというと、聖書中の指定された部分の解説を会衆の成員が講演の形で発表する。それはＪＷの伝道者としてより効果的に伝道ができるようになるため、あるいはいずれ長老のように四五分間の講演を行えるようになるための訓練のようなもので、一ヶ月に一回ほどその発表の機会が各々の成員に廻って来るのだった。僕のようにまだ伝道に参加していない信徒も、すでに十年以上伝道活動を行ってきた信徒も、同様にこの訓練を受けなければならなかった。

ある日の伝道訓練において僕は講演（といっても五分間だけだが）を終えて閉会後にほっとした気分で家に帰ろうとしていると、会衆の主催監督である山川長老が僕に声をかけた。この人は大きな体格の五十歳ぐらいの男性で、やや強面である。山川長老の、会衆の外での仕事はプロパンガスの配達で、彼はよく襟に配給元の大手ガス会社のバッジを誇らしげにつけている。それで僕はいつしか心の中で彼のことを〝プロパン〟と呼ぶようになった。〝プロパン〟は言った。

「梧桐さん、いつも大変よく準備された話を本当にありがとうございます。ところでちょっとこちらに来ていただけないでしょうか？　一つ大事な話があるのですが。」

閉会後もすぐには帰らずに集会所の中で談笑している〝兄弟姉妹〟たちから少し離れて入り口の近くまで来ると、〝プロパン〟は立ち止まり、振り返って僕に言った。

「ところで梧桐さんは、伝道訓練を受ける目的を、もちろん分かっておられますよね。」

「伝道者になるため、ですよね。」

「そのとおりです。では伝道者として人々に聖書の教えを語るためには、まず、その伝道者自身が、聖書の教えに従っていなければならない、そうは思いませんか？」

「そうですね。」

「それでは、聖書のこの部分をちょっと読んでいただけないでしょうか？」

〝プロパン〟は聖書を開きイザヤ書2章4節を指で示した。僕は言われるままその節を読んだ。

「……彼らはその剣を鍬の刃に、その槍を刈り込みばさみに打ち変えなければならなくなる。……彼らはもはや戦いを学ばない。」

「はい。ありがとうございます。ところで、梧桐さんはまだ学校で柔道の授業を受けておられるそうですね。それに空手部もまだやめておられないのだとか。柔道や空手といった格闘技を学ぶことは、先ほどのイザヤの聖句から考えて聖書と調和した行いだと言えるでしょうか？」

「……言えないかもしれません。」

「はい。梧桐さんは既に洗礼を受けて正式な信徒になったわけですから、近いうちに伝道活動にも参加したいと思っておられることでしょう。もちろん私たちも是非そうしてほしいと期待しているのですが、梧桐さんが柔道や空手をやめない限り、伝道者として認めるわけにはいきません。となると梧桐さんがこのまま訓練を続けていても、残念ながら意味がないんですね。もちろん今後どうされるのか、今すぐ決断するわけにはいかないと思います。家でゆっくり、聖霊の導きを祈り求めつつ考えてほしいのです。結論が出るまでは梧桐さんの伝道訓練はしばらくお休み、ということで……」

井上靖の小説「北の海」で描かれている柔道に没頭する主人公の少年のような生活に憧れたという、ただそれだけの理由で僕は空手部に入った。ではどうして柔道部にしなかったのかというと、なんとなく僕には不向きのような気がしたのだった。それはともかく、空手部の練習はつらいけれども部活の仲間とも親しくなっていたから、それを今になってやめてしまうのは考えられないことであった。その上、柔道の授業にも参加できないとくる。聞けば在学中の男子のＪＷ教徒たちは、みんなが柔道の授業を受けている間にロッカー室の掃除をしているのだとか。（それは勘弁してくれよ）と思いながらも、その時の僕は神の存在を確信してしまっていて、確かに格闘技を学ぶことについて神はあまり喜ばれないだろうとも思った。キリストは「右の頬をたたかれたら左の頬も向けなさい」と言っておられることからすれば、まして相手を拳で打ったりするのは論外なのかもしれない。それで空手や柔道をやめるべきかどうか結論が出るまでにずいぶん苦しんだ。

「お前らさあ、ちょっと排他的になりすぎてんじゃないか？」

放課後。体育教官室の中で、校庭を上から一望できる窓を背にして体育の大久保先生が僕に言った。

「お前らが聖書を真剣に勉強していることはよく分かったよ。それでその教えに従うのは大いに結構だよ。けどな、あんまり偏った知識を持っちゃいかんぞ。大体、おまえ、柔道の起源について何か知っているか?」

「……いいえ。」

「それすら知らないくせに、すぐに柔道は暴力だ、神の教えに反する、なんて決めつけやがって。そりゃあ、信仰は自由かもしれんが。」

大久保先生は僕が渡した「真のクリスチャンの学生生活」という題の小冊子をつき返しつつ、

「たまには他の本も読んだらどうだい、柔道の起源について読んでみるか?」

と言った。僕が答えに窮していると、先生は「いい。分かったからもう行きなよ。」と言い捨てた。

「失礼しました」と言って僕が教官室から出ようとした時「ちょっと待て」と呼び止められた。振り向くと、大久保先生はこう言った。

「梧桐。おまえ確か空手部だったよな。」

「はい。」

「それもやめるのか?」

「……はい。」

「羅は何て言っていた?」

「これから会って話します。」

羅とは空手部の部長の苗字である。朝鮮の人なのだそうだ。

二年生の階に行き教室の入り口から羅先輩を呼んだ。が、教室の中はまだ帰宅していない生徒でざわめいていて、すっかり滅入っている僕の声が羅先輩の耳に届くはずがなかった。叫ぶ気力の無いまま入り口で突っ立っていると、近くにいた女子の生徒が「どうしたの?」と尋ねてきた。僕が羅先輩に用があると言うと、その先輩が代わりに呼んでくれた。

「羅くーん!　お弟子さんが来てるわよ、お弟子さんが。」

同級生の何人かで談笑していた羅先輩は顔をこちらに向けて、

「よう!　なんか用か?　いいから入ってこいよ。」

と言った。僕が近づいて行くと、

「おまえ、なんか顔色悪いぞ。具合でも悪いのか?」

と心配そうな顔をした。

僕が退部したい理由についてしばらく黙って聞いていた羅先輩は、

「お前が手にしているものを俺に見せろ。」

と言った。そして彼は僕が手渡した『真のクリスチャンの学生生活』と題する冊子をパラパラとめくりつつ、いつもどおり部活動をはじめるため格技場へ向かって歩いていった。その冊子にはJW教徒が格闘技をしないことの他にも、校歌を歌わない、生徒会の選挙に加わらない、応援団になってはいけないなど、一般の生徒が不思議がるそれらの信条について聖書を引用して説明していた。僕も黙って後ろから歩いて羅先輩について行くと、やがて二人は格技場に着いた。

「読めば読むほど腹が立ってくるな。」

羅先輩はその冊子を畳に叩きつけて天井を見上げて力の限りに叫んだ。

「神なんか、くそっくらえだ!!」

近くにいた生徒たちがびっくりして一斉にこちらを向き、そして辺りは静まり返った。みんなが注目する中、羅先輩は「来るなら来い」と言わんばかりの形相で僕を睨みつけると、再び天井に向かって叫んだ。

「神なんか、くそっくらえだ!!　神がほんとにいるのなら、なんで世界中に飢え死にする人がいるんだよ?」

僕は何も言えずに俯いていた。羅先輩は続けた。

「おまえな、ここに引用されている聖書の話はその時代の特定の状況にある人々に対して語られたもので、今の俺たちには関係ないんだよ。大昔の人間に部活動がどうのこうのとうるさく指示されてたまるか。そうは思わないか?」

そしてしばらく僕の返事を待っていたが、僕はずっと黙って俯いていた。それで羅先輩は嘆息を漏らし、それから「俺の目を見ろ!」と言った。僕は顔を上げて彼の目を見た。そのまま少し間をおいて羅先輩は静かな低い声で言った。

「いいか、よく聞け。おまえもいつか大声で神を呪う日が来る。俺がそう言っていたことを忘れるな。」

それからくるりと背を向けて、何も言わずに更衣室の方へ歩いて行った。彼の両眼が僕の脳裏に焼きついた。

ところで、これがＪＷの伝道活動（勧誘）の実態である。

まず、フォーマルで清潔な服装を身に付けなければならない。男子であれば必ずスーツを着てネクタイを締めなければならない。そして、自分が所属している『会衆』が受け持っている区域の家々を定期的に一軒一軒訪問する。区域の広さは会衆によってまちまちである。例えば僕が住んでいる東京都Ｍ市内には七つほどのＪＷの会衆が存在しているから、Ｍ市を七分割したぐらいの広さが、Ｍ市内の各々の会衆で網羅する区域の広さである。

さて、伝道活動で家々を訪問して、家の人が玄関を開けてくれたら礼儀正しく挨拶をし、自己紹介をする。『私たちはボランティア活動で、ご近所を訪問して、聖書について分かり易く説明している出版物を紹介しております』『私たちは皆様に、ご家庭で、お気軽に、無料で、聖書をご一緒に楽しく学べる勉強会についてご案内をしております』など、紹介の言葉にはたくさんのバリエーションがある。もちろん、ほとんどの家の人は「結構です」と断る。そうしたら、「そうですか、では失礼します」と丁重に頭を下げて、次の家に向かう。これの繰り返しである。

正直な話、伝道訓練など受けなくとも、そして聖書の知識がなくとも、誰にでもできる。家の呼び鈴を押して、挨拶をして、家の人に断られて、では失礼しますと言って、また次の家の呼び鈴を押す。ときどき、家の人は家事で忙しかったり、寝ている最中だったりするから、玄関を開けるなり怒鳴りつけてくる場合もある。「これは本当に失礼致しました」と言って平謝りして、何とかやり過ごしたら、また次の家の呼び鈴を押す。

　ネクタイを締めて近所をうろついてみんなに迷惑をかけて廻っているだけではないか、と思われる方も多いだろう。しかもＪＷ教徒たちはその伝道活動によって教会からお金を貰えるわけでもない。どこから見ても無意味な活動に思われるだろう。ところがこの伝道活動は全く成果を上げていないわけではなかった。

「一ヶ月に一回ほど、定期的に訪問して来るあの人たちは一体何者だろう？　身なりは整っているし、礼儀正しい。でも、一体何をしに来たのかよく分からない。高価な壺などを売りつけようとするわけでもない。今度また来たら、少し話相手になってあげようか？」などと考えたりする物好きな人、退屈で他にすることがない人、あるいは他に話し相手がいない孤独な人は、世界中に大勢いるらしい。更には、訪れて来たその伝道者に勧められるまま集会に出かけて行き、そこの会衆の信徒たちから歓迎されて、気を良くして何回か集会に出席しているうちに彼らと親しくなって、次第に彼らと同じことを信じるようになる人も少なくないらしい。この僕と同じように……。

　その証拠に世界の二〇〇以上の国々で、およそ三〇〇万人以上のＪＷ教徒が存在している。日本だけでもＪＷの信徒の数は約三〇万人にのぼる。

　休日に伝道活動に参加するようになり、会衆の成員たちから「梧桐兄弟」と呼ばれるようになって、半年ほどが過ぎた。（この〇〇兄弟、という呼び方は、本当の血縁の兄弟を言っているのかと間違えられやすいので、この小説の中では、ＪＷ教徒としての兄弟を、兄弟と表記することにする。）

ある日の集会後、僕がまだ席を立たないうちに、後ろから誰かに肩をたたかれた。振り向くと会衆の伝道監督の瀞井《とろい》長老が立っていた。小柄なおじいさんで、この人はしょっちゅう息子の賢治兄弟の話ばかりする。「賢治はね……」「賢治はね……」、賢治は大型二輪の免許を持っているんだね。会衆内で知らない人はいないわね。僕は心の中で瀞井長老のことをケン爺《じい》と呼ぶようになった。ケン爺は言った。

「梧桐兄弟ね、先月の伝道報告をね、まだ、提出されて、いませんね。今日、提出してから、お帰りになって、くださいね。」

「ああ、それなら時間〇、雑誌〇、再訪問〇、……全部ゼロです。一応書いて提出しましょうか？」

「嘘をついては、いけませんね。この間、伝道していたのでは、ないですかね。私も一緒に、いましたよね。少なくとも、一時間は、伝道しているはずですがね、覚えていませんかね？」

「そうでしたっけ、もう忘れてしまいましたよ。それじゃあ時間一、ということで。」

「本当に、それだけですかね？　ちゃんと、その都度、記録しておかなければ、だめですね。」

　僕のずぼらさが長老たちの鼻につくようになってきた。僕は伝道した時間やら配布した雑誌の数やらを記録するのが面倒臭かった。というより伝道活動自体が嫌になっていた。

　休日、朝起きてスーツに着替えて聖書やＪＷ教会の出版物を詰め込んだ鞄を持って外に出る。まず近くを歩いている人に声をかける。「おはようございます。今日は皆さんにこのような雑誌を紹介していたのですが……」。すると大抵の人は無視して歩いていくから、そしたら「失礼しました」と言いつつ、すぐに腕時計を見る。その時刻が伝道の開始時刻となる。それをメモしてから集合場所に向かう。そうすれば集合場所まで移動する時間も伝道時間に含まれてお得というわけだ。集合場所に着くとその日の伝道を指揮する兄弟が待っているので、その人の指示に従いつつ、一軒一軒を訪問する。

ほとんどの人が迷惑に感じているこの伝道活動に多くの時間を費やすよりも、それぞれが自分の望む生活を送り、その中で聖書の教えを守っていくほうが神にも人々にも喜ばれるのではなかろうか、と僕は考えるようになっていた。ところがJW教徒たちはこの伝道を行うことを中心とした生活こそが、もっとも神に喜ばれる生き方だと主張する。

「聖書の律法は『隣人を自分自身のように愛しなさい』の一言に要約されるとイエスは言っておられます。では現在、隣人に対する最も愛ある業《わざ》とは何でしょうか？　それは、まもなく滅ぼされるこの世から一人でも多くの人を救いの側へ、そうです、神の是認を受けた私たちの組織へと導く伝道の業なのです！」

こうして彼らの『最も愛ある業』が今日も世界中の至る所で行われている。

「こんにちは、聖書の伝道活動でご近所をお伺いしている某と申します。ところで……。」
「興味ありません。」
「そうですか、では失礼します。」
「こんにちは、聖書の伝道者の……」

「今、忙しいです。」

「すみません、では失礼します。」

「こんにちは。」

「もう来なくていいよ。」

「失礼します。」


見知らぬ人が突然訪問してきて、訳の分からないことを喋りだしたら、そりゃ、追い払いたくなるのは当然だ。よほどの物好きでなければまじめに聞いたりはしないだろう。だから実は住宅街をうろついて訪問し勧誘するよりも、自分がふだん通っている学校なり職場なりで親しくなった人に、「じつは私は聖書に興味がありまして……」とか言って巧みに勧誘するほうがよっぽど効果的なのだ。ところがＪＷ教徒たちは、仕事場などでは自分がＪＷ教徒であることを隠している場合が多い。周りから変な目で見られるのが嫌なのだ。だから職場や学校で毎日顔を合わせる人には聖書のせの字も口にせず、適当に雑談したりして、そして休日になると不毛な伝道活動に出かけてせっせと時間や雑誌の配布数などを記録し、それを長老に報告する。そうしてこの世界が滅ぼされて自分たちだけが救われる日を待ちわびている。なるほど、愛のある業だ。

ＪＷ教徒である親からそのような生活を受け継いだ子供（二世と呼ばれている）がこの組織内で年々増加している。僕が所属している会衆（〝プロパン〟が主宰監督なので、これからは〝プロパン会衆〟と呼ぶことにする）においても、僕と同年代の若者はみんな二世のＪＷ教徒である。彼らが僕《しもべ》（長老補佐）に任命され得意げに説教を垂れることに僕は腹立たしさを感じた。それらの若い二世たちが狡猾な勧誘で成果をあげているというのならまだ許せるが、その才能すら無いらしく、彼らが誰かを集会所に招待して連れて来るのを僕は一度だって見ることがなかった。

僕の友人が集会に来てくれたことが四回ほどあった。一人は高校の時の同級生、二人は高校卒業後に職場で知り合った人。あとの一人は伝道で家を訪問した際、なんとなく話が合って親しくなった人。大同小異であるが親しくなるとたいてい「休みの日には何をしているの？」と聞かれるから、その際に僕は正直に答える。すると相手は好奇心を示して「聖書には例えばどんなことが書かれているの？」とか、「集会ではどんなことをするの？」とさらにいろいろ聞いてくる場合もあり、「じゃあ、今度一緒に行ってみる？」と軽く誘うと、人によっては「暇つぶしに覗いてみるかな」と言ってくれたりする。集会に来てくれたところでつまらない話を聞かされるだけだから、友人に対して申し訳なくもないのだけれど、そこは僕の意地悪なところで、会衆内にいるうわべだけ繕っている奴らに、僕の方がよっぽど効果的な伝道をしていることを見せつけてやりたくもあった。

結局、集会に来てくれた四人の友人が〝進歩〟して聖書を学び始めることはなかった。でもこれは僕が悪いのではない。椅子に座らされて二時間近くも退屈な話を聞かされたりしたら、そりゃあ、もう二度と来るもんかと思われるに決まっている。僕の友人がせっかく来てくれた時ぐらい、頼むからもう少しましな講演をしてくれよ、とつくづく思った。毎日何軒も訪問し勧誘しても耳を傾けてくれる人などほとんどいないのに、それを僕の友人はわざわざ集会所に来ておとなしく席に座り、黙って話を聞いてくれているのだ。ここで多少なりとも興味深い話をすれば、もっと聖書について知りたいと思ってくれるかも知れないのに。ところが長老や僕《しもべ》たちは、こともあろうに講演の中で「補教師」になることを聴衆に勧めたりもした（ＪＷ教会においては、義務的に伝道を行う信徒全員を指して「伝道者」と呼び、一ヶ月九〇時間以上伝道に携わることを神に誓約した信徒のことを「補教師」と呼ぶ）。馬鹿野郎。そんなの今日初めて集会に来た人には何の関係もないだろうが。そういうことは信徒だけが集まる「伝道会」で話せばいいんだ。日曜日の公開講演で話すことじゃない。

そしてまたある日の集会後、〝プロパン〟がいらついた表情を隠そうともせずに僕に近づいて来た。

「梧桐兄弟、この伝道報告を見ると、全部〇になっていますが、どういうことですか?」

「すみません。先月は一度も伝道に行きませんでした。」

「先週あなたの同級生が集会に来てくれたじゃないですか。なぜその人と話した時間を伝道報告に記録しないいんですか。」

「友達と聖書の話ばかりしているわけじゃありませんから。」

「それでは〇・五時間ぐらいにしておきますか。『〇時間』と書かれた報告を提出されるとですね、梧桐兄弟は『不活発な伝道者』として記録されてしまうんです。そうなると兄弟の今後にとても不利な影響が出てきてしまうんですよ。」

「そしてあなたは巡回牧師（特定の地域内の会衆を廻って長老を指導する人。このクラスから上の信徒はＪＷ教会から給料をもらっている）に叱られるわけですね、監督不行き届きで。」

〝プロパン〟は言葉を失い、いやーな顔をした。僕はこう続けた。

「分かりました。それでは、これからは『輸血拒否カード』の他にもう一つ、ストップウォッチも首からぶらさげておくことにします。友人と話していて聖書の話題になったらすかさずスタートボタンをカチッ……」

「ちょっと、何てことを言うんですか。」

〝プロパン〟は僕の肩に手をかけて軽く揺すった。僕はその手を振り払って集会所を出た。

伝道報告といった数値だけを見てその人の信仰を評価するなんて理不尽なことだ。だから僕は長老たちからぶつぶつ文句を言われても一向に気にしなかった。形式的な伝道にどれほど多くの時間を費やしたとしても、それが何だというのか。教会に寄付をして免罪符を得た者だけが天国に行くと言った、昔の僧職者よりも性質が悪いかもしれない。

ＪＷ教徒のいわゆる二世の多くは、高校を卒業すると就職せずに週三日か四日のアルバイトをしながら補教師、つまり毎月九〇時間以上というノルマが課された伝道活動に励む。もちろん補教師になることを強制されはしないが、そうしなければならぬような雰囲気があった。しかし僕は高校卒業後に知人の紹介で、あるマンション建設の企画を行う会社に勤めるようになった。

僕が休日のわずかな時間しか伝道に携わらないにしても、聖書に反する重大な罪を行わない限り長老たちは僕をＪＷ教会から排斥（除名）することはできなかった。それで依然として僕にも月に一回ほど伝道訓練という形で、わずか五分間とはいえ集会所の演台で講演する機会が廻ってくるのであった。僕は他の兄弟たちのように聖書中の一節を引き合いに出してそれを拡大解釈し、ああしろこうしろとかく言う説教のような話や、協会の資料の一部分を適当につなぎ合わせて読んだだけのお粗末な話はしたくなかった。自分なりに、指定された聖書中の出来事の背景、登場人物の心境などを描写することに重点を置いて、そして聴衆に何かを命令するのではなく、ただその聖書の記述を読んで感じた自分の希望のようなものを一言述べるにとどめた。僕の話が本当に良かったかどうかは、それこそ神のみぞ知るである。

集会の開始と終了の際に、出席者全員が起立して目を閉じて祈りに和する。ひねくれている僕はその時に目を開けていたりする。ある日の集会の、開会の祈りが終わったとたん、近くの席にいた子供が僕の方を指差しながら「あの人、目を開けてた！」と言って騒ぎ出した。するとその子の母親は「あんたもでしょう！」と叱って会場に笑いが起きた。

その日の集会が終わり、閉会の祈りが行われている時のことだった。僕はやはり目をぱっちり見開いていた。後ろの方の座席にいたからみんなが頭を垂れている光景を見渡すことができる。不意に前のほうの席にいた一人の若い〝姉妹〟が振り向き、僕を見た。そして彼女は微笑むと再び前を向き俯いた。

主催監督の〝プロパン〟にはリカちゃんという僕より三歳年下の一人娘がいた。父親の方は少しもかわいくないのは言うまでもないけれど、父親似のこの子はなぜかとても可愛いかった。そしてこの子はなぜか僕によく親しげに話しかけてきた。〝プロパン〟の奥さんも意外とよくできた人で、なぜか僕のことを気に入ってくれたらしく「もし、よければ今度うちに食事に来てください」としょっちゅう誘ってくれるのだった。もちろん〝プロパン〟はおもしろくない。それでも奥さんが半ば強引に僕を夕食に招待した。

「山川姉妹に食事に招待されました。明日の夕方六時にお伺いします。」

と僕が〝プロパン〟に言うと、それを初めて知った彼は少し驚いた表情を見せて、

「それじゃあ伊智兄弟や二井兄弟も誘ってみますか。大勢の方が楽しいでしょうから。」

と言って、その二人の兄弟をつかまえて一緒に食事をさせたのだった。そのようなことが何回かあった。〝プロパン〟の家で食事をいただきみんなでトランプなどをしている自分が奇妙に思われた。

　集会後などに僕がリカちゃんと話していると、〝プロパン〟はもう、居ても立ってもいられない様子であった。自分は主催監督の仕事で手が離せず、そして会衆の重要な仕事を僕に任せてもいないので用を言いつけることもできない。ただしきりにこちらの様子をちらちら窺うだけである。どうにも我慢できなくなるとやって来て、いらついた顔で二人の近くをうろつきだす。別に「異性と話してはならぬ」なんて聖書のどこにも書かれてないから注意することもできず、本当に、ただ、うろつく。本人は「大事な一人娘に手を出すな」と必死で威嚇しているつもりなのだろうが、ついには会衆の成員の間で「ちょろちょろしている長老」などという、きついジョークまで囁かれた。主催監督も情けないことになったものである。

　僕とリカちゃんが毎度の集会後におしゃべりをするのが〝プロパン〟にとって精神的な負担となり、会衆の主催監督の仕事に支障をきたすようになったからなのか、それは定かではないけれども、ほどなくして奉仕会で次のような発表があった。

「……ところで、だいぶ以前から長老と僕《しもべ》の集まりで話し合われて来た事柄なのですが、私たちの会衆の二人の長老はいずれも高齢で体力的な衰えを感じながらも大変重大な責務を負ってくださっています。しかし今の二人のままでは一人にかかる負担が大きく、無理があると私たちは判断しました。そこで、会衆の運営がより円滑に行われるようになるために、新たに長老の任に就くことのできる『ベテル奉仕者』の兄弟を派遣してもらうよう支部委員に申請するのはどうかとの結論にたっしたのでありますが、みなさんはどう思われるでしょうか。」

東京都に隣接するK県のE市に信徒たちから『ベテル』（神の家を意味する）と呼ばれているＪＷ教会の日本支部がある。ここには大きな印刷工場や、そこで働く人たちの宿舎、大会（特定の地域内の、複数の会衆で行う大規模な集会）を行うことのできる大会ホールなどがある。レンガの塀で囲われたこの広大な施設は、一見すると駐車場完備の立派な公営集合住宅にも見える。それで時々「E駅の近くにある、あの大きなマンションに住みたいのですが、どうすれば入居を申し込むことができるのですか?」と、E市役所に問い合わせの電話があったりする。するとE市役所の人は「それにはまず、ご自宅の近くの、ＪＷ教会の集会所で行われる集会に毎回出席し、そして洗礼を受けて信徒となり、それから会衆の宣教活動に積極的に参加して……」といった具合に親切に教えてくれるなんていうことは決してない。だから（?）一般の人々の入居する余地が無いのはもちろんのことであるが、自分のエネルギーの大半を不毛な勧誘活動に投入している模範的なＪＷ教徒でさえ、ベテル奉仕者になるのは容易なことではない。なにしろこの施設は台湾や香港その他、東南アジアのＪＷ教徒のための出版物も印刷している、いわばアジアのＪＷ教会の中枢である。組織内の地位にこだわる若い兄弟たちがみな入りたがるのも無理は無く、常に何万人ものベテル奉仕希望者がいるのだった。「東大に入るより難しい」などと信徒たちの間で囁かれている。しかしベテル奉仕者になれたとしても世間では何の自慢にもならない。

話がある。ある若いベテル奉仕者が宿舎の中を掃除していた時、ふざけて手にしていたほうきで銃を撃つ真似をしてみせた。それが見つかり、「今日中に荷物をまとめて出て行きなさい！」と言われてその人は追い出された。これはまあ、分からないでもない。

またある日、ベテルの食堂でゴミ箱の中に食べかけの食パンが捨てられているのが見つかった。「これを捨てたのは誰ですか⁉」と大々的な犯人探しが始まり、結局自首した人は、一度ゴミ箱に入った食パンをみんなの前で食べさせられたのだった。

その他にも、ベテル奉仕者たちは、「部屋の床に物を置いてはいけない」だとか「洗面台を使い終わった後に水滴を拭き取らないままそこを離れてはいけない」などの細かな規則で縛られており、それに対して少しでも不服を示そうものなら、支部委員の兄弟に満面の笑みでこう皮肉られる。

「〇〇兄弟。お辞めになりたければ、どうぞいつでもお辞めになってください。〇〇兄弟の代わりになる人なら、他にいっくらでもいますから。」

そんなベテル奉仕者たちが、各地の会衆に派遣されて会衆内の長老や僕《しもべ》の仕事を任される場合がある。猿多《さるた》というベテル奉仕者の若い夫婦が〝プロパン会衆〟に派遣され、そして夫の猿多兄弟は長老として任命された。

ところで長老たちも会衆の他の成員と同様、集会において宣教訓練を受けなければならないのだった。猿多長老は〃プロパン会衆〃に派遣された初日の集会において、宣教訓練としての講演を、早速行うことになった。

このころの〃プロパン会衆〃には、なぜか他の会衆に無い一種独特な空気が漂っていた。兄弟たちは講演を行う時に決して意気揚揚と話すのではなく、淡々と、あるいは面倒くさそうな表情まで見せたりする。いわば斜に構えた態度で臨むようになっていた。つまらない話を得意げに話したりしたらみっともない、ということがみんなにも分かってきたらしい。ところが新しく来たこの猿多長老は、笑顔で意気揚揚とした話し方を、久しぶりに〃プロパン会衆〃の成員たちにご披露してくれた。実はこの日、猿多長老の次に僕が講演することになっていた。

猿多長老の話で焦点となる聖書中の出来事をかいつまんで説明しよう。

西暦一世紀のエルサレム。大勢のお金持ちが神殿の宝物庫の箱にたくさんの寄付金を入れている。そこへ一人の貧しいやもめがやって来て、最も低額の硬貨二枚を入れた。イエスはそれを見て弟子たちにこう言われる。「あのやもめは富裕な人たちよりたくさん入れたのです。富裕な人たちは自分の余っている中から入れましたが、やもめは自分の持つもの全部を入れたからです。」

猿多長老が話し始めた。「今回、聖書朗読の範囲となっているマルコ12章をみると、イエスが神殿で書士やパリサイ人と議論しておられる場面などが記述されていますが、ここでは特にイエスが宝物庫の見えるところに座っておられる場面に注目してみたいと思います。ところで皆さんは宝物庫の箱は全部で一三個あったということをご存知でしたでしょうか？　そしてそれぞれ用途が異なっていたのです。まず一つは、」

それから一三の箱についての解説が延々と続いた。それがようやく終わると猿多長老はこう続けた。

「それでこの貧しいやもめは一三の箱のうちどの箱に入れたかというと、それは人々が自発的に寄付をするための箱でした。彼女は強制されてではなく自分の意志で自分の全財産をささげたのです」

なるほど。それは勉強になりました。

「では私たちはこのやもめをどれぐらい見習っているでしょうか、私たちは会衆におけるさまざまな神聖な奉仕に、自分の全てを捧げているでしょうか？　例えば、」

……その後はやはり、ああしましょう、こうしましょうと、貧しいやもめの模範とはあまり関係のない細かいことまで言いつけられた。ようやく話し終えると、猿多長老は満足そうに演台から降り、自分の席に戻っていった。

僕の出番となり、演台に立つとみんなの真剣な顔が一斉にこちらに向けられた。猿多長老の話し方とは一転して、僕は淡々とした口調で講演を始めた。

「今日のような蒸し暑い日が続く季節に、上品な味わいの実を結び、涼しい木陰をつくる無花果《いちじく》は、平和や繁栄の象徴として、その木の下に人々が安らぐ光景を聖書の記述の中に見ることができます。しかし、中にはおかしな無花果の木もあります。マルコ11章をご覧ください。」

僕に与えられる時間は五分間だけなので、どうしても窮屈な言い回しになってしまう。そのうえ今回は大変難しいところが指定されていた。その聖書本文の一部をご覧になっていただきたい。

「彼らがベタニヤから出てきた時、イエスは飢えを覚えられた。そして、遠くから、葉をつけた無花果の木を見つけ、もしやそれに何か見いだせないかと見に行かれた。しかしそこに来てみると、葉の他には何も見あたらなかった。無花果の季節ではなかったのである。……イエスは『もうお前からはだれも永久に実を食べないように』とその木に言われた。……ペテロが彼に言った。『……ご覧ください、あなたが呪われた無花果の木は枯れてしまいました』」（マルコ11章1〜21）

無花果の季節ではないのだから、無花果の実がなっていないのは当然。それなのにイエスは憤ってその木を呪い、枯らしてしまわれる。この出来事をどう解釈するか？　短くまとめるのは容易でない。

聖書の朗読を終えて、僕はその部分の解説を述べた。

「無花果の木は二月頃、まず、果実のもとになる芽を出し、それから二ヶ月ほど遅れて葉っぱの芽がつき始めます。ですから幅が二〇センチにもなるその大きな葉が茂るころには実を結んでいるのが普通です。そのようなわけでニサン十日（ユダヤ暦。三月下旬頃にあたる）に、もう葉を茂らせている無花果の木からは、季節はずれに早い熟した実を見い出せそうにも思えます。しかしイエスがその木に来てみると、葉の他には何もなく、まだ熟してない実さえも無かったのです。このように、葉っぱを茂らせて、うわべだけは立派でも、よくよく見れば実を一つも結んでいない、この無花果の木が表しているもの、それはまさしく」

この会場にいるあなたたちです。

と言って演台を降り、そのまま外へ出てゆき、二度と来ない。実は最初からそうするつもりでいた。もう、ＪＷ教徒をやめてやる。やめるにしても、「いつのまにか集会に来なくなった」ではつまらない。どうせならみんなをあっと言わせて締めくくってやる。爆弾発言となるその最後の捨て台詞が歯にかかった時、期待に満ちた目で僕の次の一言を待っているリカちゃんと目が合ってしまった。……やっぱりやめた。僕は適当に当り障りのない結論を述べた。今日のところはベテルから来た若造の出鼻をくじいただけで満足しておこう。僕は高慢にもそう思った。聴衆は僕と彼のどちらの話に真剣に耳を傾けたか会場の雰囲気からしてその答えは歴然としていたからだ。

その日の集会の『伝道訓練』の後、引き続いて行われた『伝道会』で、主催監督の〝プロパン〟が引きつった笑顔で短い発表を行った。その声はややかすれていた。「もう皆さんお気づきのように、今週から猿多兄弟、姉妹が、私たちの会衆の成員として、奉仕してくださっています。猿多兄弟はこれまでベテルで十年間も奉仕してこられましたから、その豊富な経験から私たちはきっと、いろいろな面で彼から学ぶことができると思います……」

両親ともJW教徒で、高校卒業後すぐにベテル入りした温室育ちの猿多長老も、この時の会場の気まずい雰囲気を感じないほどの鈍感ではないようだ。猿多長老は次の講演から誰にもまして無表情に淡々と話すようになってしまった。

そんなに長老や他の兄弟が気に入らないなら、なぜさっさとJW教徒をやめないのか、と不思議に思われるかもしれない。聖書なら家で一人でも読めるではないか、という意見もあるだろう。

ここからが、僕の恥ずかしい話の始まりである。（ここまでの話も十分に恥ずかしいが。）

僕はただ単にJW教徒をやめるのではなくて、もっと面白いことはないだろうか？　と考えるようになった。宗教改革、なんていうのはどうだろう。例えば僕が教会本部の執筆部門で、教会の機関紙の執筆に関わる。そして巧みに、徐々に、組織全体を正しい方向へもっていけるかもしれない……そんな馬鹿な妄想にとりつかれた。しかし、この宗教組織で昇進するには近所の住宅街で呼び鈴を押して回り、セキセイインコのように同じことを繰り返し喋る、そんな無意味な活動に多くの時間を費やさなければならない。それを抜きにして執筆部門へ……そんな方法はないだろうか？　ないこともない。

ＪＷ教徒たちが「我らこそ神に導かれる唯一の組織である」と自負する理由の一つとして伝道や集会といった彼らの活動が二〇〇以上の国々で行われていることを指摘する。

「……王国のこの良いたよりは人の住む全地で述べ伝えられるでしょう。それから終わりがくるのです」（マタイ24章14節）。キリストのこの預言が、ＪＷ教徒の伝道活動によって成就しつつある、と彼らは主張しているが、果たしてどうであろうか。「人の住む全地で」と言うわりには大きな空白が残されている。つまり中国のことで、北京政府がＪＷ教徒の活動を禁じているため、中国においては公に集会を開いたり布教を展開することができない。人口一二億人以上のこの国がほとんど手つかずの状態であるのに、「人の住む全地で述べ伝えられ」た、とはどうも言い難い。それで間もなく中国において大々的な布教がなされて、それからこの世の終わりが到来する、そのような予測が強まり、ＪＷ教会は中国が法的に開放されるのをてぐすね引いて待ち構えていた。

ＪＷ教会本部が中国に派遣しようとしている伝道者たちの主力となるのは、やはり言語の障壁の少ない台湾や香港など中国語圏の兄弟姉妹たちである。しかし台湾にしても香港にしても、いわゆる伝道者比率（国の総人口を、その国にいるＪＷ教徒の数で割った値。多いほど比率は低い）が低く、むしろ教会から伝道者を派遣して欲しい状態にある。それゆえにＪＷ教会は伝道者比率の高い他の国の信徒の中から中国へ派遣することのできる伝道者を養成し、十分な数を揃えようとしていた。要するに、中国語で集会のプログラムを扱ったり伝道を行える人であれば、その才能を協会に買われて、うまくいけば支部事務所で翻訳を任されたり、更には執筆などを任される可能性があった。血気に逸《はや》った愚かな僕は、まず手始めに、週二回ほど中国語の会話教室に通うようになった。

ところがその中国語会話教室の先生が台湾人の若い綺麗な女性だったものだから、僕はあっさり当初の目的を忘れて、その先生に誉められたい一心で、聖書よりもむしろ中国語の勉強に夢中になった。それで教会の改革どころか集会に出席することさえ面倒臭くなってきた。

面倒臭いと言えば。毎年の夏にＪＷ教会の大会が開かれる。

女性も男性もフォーマルな服装で、小さな男の子さえもネクタイを締めて、『一九××ＪＷ聖書研究教会　〇〇地域大会』などと書かれたバッジをつけている。そんな集団を駅や電車の中で見かけたことがあるかもしれない。それは間違いなく大会に出席するＪＷ教徒だ。僕の住んでいる地域のＪＷ教徒たちは、横浜市内の、ある多目的ホールを借りて、これを大会会場として利用していた。

ＪＷ教徒たちは数万人の信仰の仲間が集まるこの夏の大会をお祭り気分で楽しんでいるようだ。いつかの大会で僕が昼休みの時間にトイレに行くため会場内を歩いていたら、近くにいた女性が突然ハオオオーッと大きな音を立てて息を吸い込み、目と口を大きく見開いた。一体何事かと思って見ていると、彼女は「す、鈴木姉妹？　お久しぶりー！」と言って、視線の先の鈴木さんのほうへ近寄って行った。昔の友人とたまたま出会ったぐらいで何をそんなにびっくりする必要があるのか知らないが、近くにいた僕はとにかくびっくりした。

みんなは別の会衆の知り合いと久しぶりに話をするのが嬉しくて仕方ないらしい。僕にとって大会とは、バスと電車で一時間かけてその多目的ホールに行き、一日中座席にじっと座って退屈な講演などを聴かされる、時間の浪費でしかなかった。しかもそれが三日間続くのだ。

数万人の信徒が集まるこの大会には神の聖霊がとりわけ多く注がれるなどと言われている。例えばこんなエピソードを一人の若い兄弟が興奮して話していた。JW教徒を憎んでいるある迫害者がいて、彼は大会会場に忍び込み、時限爆弾を仕掛けて数万人のJW教徒を吹っ飛ばそうとしたのだそうだ。彼は会場に入って驚くべきものを見たという。数え切れないほどの天使が会場内を飛び回っていた。それで彼は腰を抜かし、爆弾にスイッチを入れずにそのまま放り出して逃げ帰って来たのだそうな。

天使たちも集う（?）この大会、一体どんなプログラムが催されるのかというと、大部分は講演。他にはインタビューや劇など。インタビューというのは、宣教で成功したり学校や職場で〝この世の人〟（信徒ではない人のことをこう呼ぶ）の悪い影響に如何にうまく対処しているかなどの経験を何人かの信徒たちが語る。可笑しかったのは離婚したいと思うようになったある夫婦のインタビュー。性格が合わなくてしょっちゅう口論するけれども聖書の教えに反するので離婚だけはしないように現在も努力中であるとのこと。そのような情けない家庭の事情を数万人の聴衆に堂々と語っていた。

劇には『古代劇』と『現代劇』の二種類がある。聖書中の出来事を演じる古代劇はまあいいとしても、勘弁して欲しいのは現代劇。JW教徒の模範的な生き方を演劇で示す。例えば、主人公のある若い兄弟が伝道者の少ない田舎に派遣されて、そこで車がパンクして、新しいタイヤを買うお金もなくて困ったけど、宣教に励んだら神の助けで仲間の兄弟から余分のタイヤを貰い受けた（あらすじだけを書くと本当にこの通りの劇だった）、そんなみみっちいストーリーの芝居を数万人の前で披露する。「とても楽しいから是非一緒に行きましょう」と誘われて大会に連れて来られた、信徒ではない一部の一般の出席者は、その劇を観ても訳が分からないだろう。ＪＷ教徒たちはこの大会が一年のうちでもっとも信仰を鼓舞される三日間だと言うけれども僕は全く逆で、毎年この大会に出席する度にＪＷ教徒であることが嫌になってくるのだった。

ある年の大会に出席していた時のこと。大会で講演がなされている間、僕は一人で勝手に聖書を開いて読んでいた。その方がよっぽど自分のためになるに違いない。家に帰ればどうせ中国語の勉強に夢中になってしまう。退屈な大会に身を置いている今ぐらいしか、聖書を読みたいと思う機会がないかもしれない。それにしても講演がうるさくて気が散るのが難点だ。

ふと気が付くと、講演の合間に『発表』が行われていた。例えば昼食は何時何分にどこそこで提供されるとか、午後のプログラムは何時何分に開始だとか、気分の悪くなった方はどこそこにある救護部門まで、など。それらは簡単な連絡事項なのだから淡々と事務的に読めばいいのに、今それを行っている兄弟は気持ち悪いぐらいに感情をこめ、抑揚をつけた。その兄弟にしてみれば、単なる『お知らせ』とはいえ大会の舞台で自分の出番があって、喜びのあまりハッスルし過ぎているのだろう。確かに感情を込めて抑揚をつけるのは大事かもしれない。しかしそれはあくまでも講演の場合。瑣末な連絡事項は落ち着いた口調で伝えてほしいものだ。

感情のこもったお知らせが続く。

「……さて、毎年大勢の方がこの地域大会に出席してくださり、これまでトイレの数が不足していて、みなさんに大変ご迷惑をおかけしておりました……」

そうなのだ。昼休みには特に女子トイレに長蛇の列ができるのだ。

「……そこで教会は大会出席者の便宜を図り、今回の大会より会場の外に仮設トイレを、三〇個所！用意してあります……」

その兄弟が「三〇個所」を特に強調して読んだりしたものだから聞いているこちらが恥ずかしくなってきた。大体そんな連絡は「外にも仮設トイレがありますのでどうぞご利用ください」の一言で済ませればいいのだ。勿体をつけやがって。僕はその会場の中にいることが情けなくなってきた。そして周囲の兄弟姉妹たちのあっけにとられた視線を感じながらガサゴソと音を立てて帰り支度をはじめ、席を立って出口へと向かった。


外はまだ明るく街路樹からセミの声が聴こえた。予想外に早い時間に会場を出たせいか少しの開放感を感じた。大会帰りのＪＷ教徒に占拠された満員電車に乗らなくて済むのも嬉しかった。ところで僕には少し変な癖があり、何か物思いにふけりながら長い時間歩くのが好きだった。大会会場から十分ほど歩くと駅があり、そこから電車に乗ってまっすぐ家に帰ればいいのであるが、この時もなんとなく物思いにふけりたかったので駅を通り過ぎてそのまま歩き続け、ふと気が付くと見知らぬ街をさまよっていた。それでもいっこうに帰りたいと思わなかった。

次第に辺りは薄暗くなってきた。聖書や書籍、筆記用具などが入ったカバンが重い。そしてそれは自分にとって不必要な物に思えてきて、どこかに捨ててしまいたい衝動に駆られた。

通りがかりのごみ捨て場にカバンを放り投げてしばらく歩いているうちに、僕はこれまで聖書に関して学んできたことを無視して生きることができるだろうか？　と思い、なぜか急に心細くなった。

僕はこれからもたくさんの失敗をして、いろんな悩みを抱えながら生きてゆくのだろう。仕事で叱られて落ち込む時もあるだろうし、病気や怪我で苦しむこともあるだろう。そのような時これまで自分は何を思ったか？　造物主の存在や、キリストが地上で行われたことや群衆に語られたことを無視して困難な時にも平静さを保つことができるのだろうか。悪人たちが神に滅ぼされて信仰ある人々は楽園で永遠に生きる、そんなことはどうでもいいとしても、とにかく近い将来に神が人間の世界に介入して地上のあらゆる問題を解決する、そのような希望を僕は否定はしないし、ぜひそうなって欲しい。そんなことを考えながら歩き続けた。

もう、何時間ぐらい歩いただろうか。辺りはすっかり暗くなり、そろそろ通りがかりの誰かに最寄りの駅の方角を訪ねようと思った。車の往来のはげしい繁華な大通りから裏通りに入った辺りで、行手に二人の女の子が中国語で何やら話し合っているのが聴こえた。僕が歩いていくと二人は会話を止めた。僕がそのまま通り過ぎようとしたら、思いがけず女の子の一人が目の前に立った。ジーンズにTシャツを着た純朴そうな子だ。彼女は聞き取れないほど小さい、訛りのある声で「マッサージはどうですか？」と言った。まだ十八、九歳くらいだろう。僕を見上げて返事を待つ目がとても不安そうだ。僕は胸が高鳴った。僕は中国語で「あなたは中国人ですね？」と聞くとその子は大きくうなずいた。そして急に明るい笑顔になって僕の腕を摑みすぐそばの建物の狭い入り口へ僕を連れて行った。そこには上海式整体と書かれた看板が立てられていた（女の子に整体をしてもらったとしても別に聖書に違反してはいないだろう）。僕は一応、心の中で弁解した。

入り口は、そのまま二階へ行く急な上り階段になっていた。その子は勢いよく駆け上がり、突き当たりのドアのところで振り向いて、大きく腕を振って手招きをした。なぜかとてもはしゃいでいるようだ。僕もその階段を上っていくと、その子は僕の手を握り、もう一方の手でドアを開けた。そして中に向かって「イラッシャイマセー！」と言いつつ先に入って行った。

その子が足元に置いてくれたスリッパに履き替えて中に上がると、そこは狭い待合室で、三人がけのソファーとテレビ、そして電話の置いてあるカウンターがあり、そこには若くておとなしそうな男性が立っていた。

「……お邪魔します」と僕が言うと彼は「どうぞおかけください」と言いつつ、カウンターから出てきた。僕がソファーに腰掛けると、彼は目の前でしゃがんで、手にしていた料金表を広げて僕に見せた。

「今日、はじめて来られたのですか？　ではコースの説明をいたします。足裏コースは三〇分間足の裏をマッサージします。基本コースは……」

一番料金の安い足裏コースとやらを僕が指で示すと彼は「ありがとうございます」と言って丁重にお辞儀をした。お金を払うと、さっきの子が奥に続く暗くて狭い廊下に入って行き、それから振り向いて僕に、どうぞこちらへ、と言った。なんか怪しげな雰囲気だ。多少戸惑いながらその暗くて狭い廊下に続いて入っていくと、両側はカーテンで仕切られた幾つかの部屋になっていた。廊下の真ん中辺りでその子はカーテンを開けた。中は三畳ほどのスペースに腰くらいの高さのベッドと縦にして置かれたカラーボックスがあり、そこには目覚し時計や電燈、ぷよぷよのキャラクターのぬいぐるみなどが飾ってある。

「ここで少し待ってて」

と言って彼女はまた引き返していった。しばらくしてその子は足を洗うための洗面器とタオルを持って部屋に入って来た。ところで僕はさっそく中国語を話してみたかった。このころの僕は台湾人の先生を相手に世間話ぐらいはできるようになっていたのだ。

「君の名前は？」

「尹海琦《イン・ハイチー》。」

「海琦《ハイチー》。……君は語学留学で日本に来たの？」

「うん。」

「そうか、ここで働きながら日本語の勉強をしているのか、えらいねえ。」

「うん……。じゃあ靴下を脱いでください。」

僕は言った。「それより僕と話をしよう。」

それから海琦《ハイチー》といろいろ世間話をして、そしてこれまで日本のどんな所に行ったことがあるかを尋ねたところ、特にどこにも行ったことがない、まだ日本に来て三ヶ月しか経っていないから、とのことだった。「じゃあ今度、僕とどこかに遊びに行こうか」と聞くと彼女は喜んで同意した。

こうして僕は、ＪＷ教会の集会に出席することをやめ、海琦《ハイチー》と二人で遊びにでかけるようになった。ＪＷの教えによれば、同じ信仰を持ち、そして結婚をする意志があり、なおかつその準備ができている者同士でなければデートをしてはいけないのだ。しかしそれはあくまでもＪＷ教会が信徒たちに教えていることであって、聖書が異性とのデートを禁じているわけではないから、僕は海琦《ハイチー》とどこかに遊びに行っても罪の意識を感じなかった。聖書ではっきりと禁じている淫行を犯しているわけではなかったからだ。僕は一応、ＪＷ教会とは関係なく、聖書の教えには従おうと考えていたのだ。

とはいえ僕に不純な動機が全く無かったと言えば嘘になる。しかし不思議とあまり葛藤に悩まされずに済んだ。というのは、海琦《ハイチー》は僕とどこかに遊びに行くことに喜んで同意してはいても、それはただ楽しく過ごしたいだけで、二人は恋人同士だという意識はまるでないようだったし、それに僕も彼女が楽しんでいる様子を見るだけで一応満足することができた。海琦《ハイチー》はこれまでどこかに遊びに行ったことがあまりないらしく、どこかの遊園地に行った時に着ぐるみのげげげの鬼太郎と出会い、それだけで歓声を挙げ、一緒に写真をとってもらうように言ってと僕にせがんだりした。そのような反応を見るたびに、連れて来た甲斐があったな、と感じた。お土産売り場に行くと長い時間、飽きることなくいろいろな物を眺めて回り、時々物欲しそうな目で僕を見る。あまり高くなければ買ってあげた。マグカップだとかブレスレットだとか。要するに海琦《ハイチー》はまだ幼いままの子供だった。彼女の幼さによって僕の中でつじつまが合わされているような形だった。

ある日のこと。二人で街を歩いていて海琦《ハイチー》にソフトクリームをねだられたので買ってあげた。ところがそれはやたらと量が多くて彼女は食べきれないと言って僕に食べかけをよこしてきた。仕方ないので僕はそれを食べてしまおうと思った。コーンをかじりながら、ふと顔を上げた時、二人の視線が合った。僕ははっとした。なぜか彼女がしばらく僕を見つめ、そしてこれまでにない大人びた微笑みを見せたからだ。ぴしっ、と音を立てて、〝形〟にひびが入ったような気がした。

台風が近づいている風の強い晩に、電話が鳴った。しばらくすると電話を受けた姉が「え？」「は？」と言うのが聞こえた。やがて「亮《まこと》！」と僕を呼んだ。ベッドから起き上がり部屋の襖を開けると、姉は電話の子機を僕によこした。

「中国人の子から電話。」

「あ、どうも。……やあ、海琦《ハイチー》。どうしたの？」

襖を閉めながらそう尋ねると電話の向こうで元気のない声がした。

「今、何をしているの？」

「何って……別に何も。」

「今日はお客さんが一人も来ないの。」

「そう。じゃあ、ゆっくり休めるね。」

「ねえ、今からここに来れない？」

「えっ？　今からお客さんとして君の所に行くのかい？」

「そう。」

「もうすぐ大雨が降ってきそうなんだけどな。」

海琦《ハイチー》は泣きそうな声で再び同じことを言った。

「今からここに来れない？」

京浜急行の日の出町駅、そこから歩いて十分ほどのところに海琦《ハイチー》が住み込みで働いている整体院（？）がある。僕の自宅から一時間ほどかけてその駅についたころにはすでにどしゃ降りになっていた。できるだけ商店街のアーケードの下を通って行く。それでもやはり横殴りの雨にさらされた。やっとの思いで辿り着き、整体院のドアを開けた。

カウンターにはこの間の若い男性がいなかった。奥から海琦《ハイチー》がニコニコしながら出てきた。「イラッシャイマセー！」

「やあ。……あのお兄さんは？」

「主任さんはさっき帰ったの。今、私ともう一人の子で留守番してる。その子はいま寝ているみたい。……ああ、退屈。」

「へえ、そうなんだ。日本語の勉強はどうなの？　ちゃんとやってる？」

「だめ。」

「だめって、それじゃあだめじゃないか。よし、僕が少し教えてあげるとするかな。」

すると海琦《ハイチー》は微笑んで言った。

「うん。じゃあこっちに来て。」

実を言うと、僕は日本語をちゃんと教えられるかどうか自信がなかった。もしも「サ行変格活用って何？」なんて言われたらどうしよう？　そんな不安を感じながらカーテンで仕切られた一室に入った。海琦《ハイチー》はベッドの下にあった鞄から教科書を一冊取り出し、僕に手渡した。それをぱらぱらっとめくってみると、予想以上に難しい日本語の長文がびっしりと載せられていた。僕が勉強している中国語の教科書より難しい内容かもしれない。

「なになに……日本では毎年二回、全国の高等学校の野球部が参加するトーナメント戦が開催されます。春と夏にテレビ中継によって多くの国民が注目する中、兵庫県にある甲子園球場で決勝トーナメントが行われ……わお。君、これ読めるの？」

「ふりがなを書いたページは読める。」

「へえ。大したもんだ。」

海琦《ハイチー》は溜息をつくと僕から教科書を取り上げ別のページを開いた。

「今日はここを勉強したの。」

「ほほう。じゃあ読んでごらん。聞いててあげるから。」

海琦《ハイチー》はたどたどしく朗読を始めた。

「……サイキン　ニホンデワ　セイニカンシテ　カイホウテキナフウチョウガアリ　ショウガクセイノアイダデモ　トモダチドウシデ　セイニカンスルコトヲ　ワダイニスルコトモアルヨウデス　アルショウガッコウイチネンセイノ　キョウシツデ　ジュギョウチュウニ　ヒトリノセイトガ　オオキナコエデ　コウイイマシタ　センセイ　コンドームッテナンデスカ　ワカイオンナノセンセイワ　トテ

モコマリ……」

「ちょ、ちょっと待った。」

僕は笑いをこらえながら言った。

「先に僕に読ませて。」


「ははははは！」

「面白いの？」

「うん、まあまあかな。」

「訳してみてよ。」

「う、つまり、要約すると、安全のために帽子をかぶりましょう、ってことさ。」

「それだけ？」

「うん。先生が言うんだから間違いないよ。」

別の部屋から声がした。

「海琦《ハイチー》。お客さんがいるの？」

海琦《ハイチー》は慌てて僕の肩を叩き、トントントンという音を響かせた。しばらくすると先ほどの声の主の部屋から蒲団をかけ直す音が聞こえ、それからまた静かになった。

「それにしても、顔を向き合わせて肩を叩く人も珍しいよなあ。」

と、僕が感慨深くそう言うと、海琦《ハイチー》は手を止め、声を出さずに笑った。

「こうやって二人で叩き合ったらもっと珍しいかも。」
と言って海琦《ハイチー》の肩を叩き始めると、彼女は声をあげて笑い出し、僕の肩ではなく腹や胸やおでこやらを軽くパンチしてきた。やめる気配がないので、僕はとっさに彼女の両方の手を摑んだ。その手の小ささ、柔らかさに僕ははっとした。

安全のために帽子をかぶらなければならないようなことはしていない。とはいえ手を握っただけかというと、そうでもなかった。

その晩、僕が自宅に戻って来た時に〝プロパン〟からまた電話がかかって来た。僕が集会に出席しなくなってから、既に〝プロパン〟から何度も電話がかかって来ていて、その度に欠席の理由を尋ねられたのだが、僕は具合が悪いので、とか、急用があって、とか言ってまともに応対しないでいたのだ。僕は〝プロパン〟から電話がかかって来る度に適当な言い訳をするのは面倒くさいと思った。そこで「実は……」と言って話を切り出すと、海琦《ハイチー》と知り合ったきっかけや、これまで度々二人で遊びに出かけたこと、そしてつい先ほどマッサージの店の中で海琦と抱き合ったり彼女の胸に手を当てたりしたことなどを悪びれもせず、恥ずかしがりもせずに、〝プロパン〟に正直に話した。僕はこれで自分がJW教会から正式に、完全に排斥されたと思い、むしろすっきりした気分になった。ところが〝プロパン〟は何を勘違いしたのか、いつになく優しい口調で長々と僕に話し続けた。
「梧桐兄弟、勇気を出してよく告白してくださいました。それに聖書の助言を思いにとめて、重大な過ちまでには至らずに、よく踏みとどまったと思いますよ。その点は神も喜んでくださるでしょう。

自ら進んで自分の罪を告白する者を厳しく叱責したりせず、むしろ温和な態度で矯正に努めるのが聖書的な方法であります。本来なら、会衆の成員が重大な悪行を犯したことが発覚した場合は、その人を排斥するべきかどうかを決めるため長老団による審議が行われるのですが、今回の件では、忌々しき事態ではあるけれども淫行と呼ぶにはあたらないし、梧桐兄弟が自分から罪を告白し、深く反省している様子なので、長老団による審議は必要ないから安心してください。ただ、梧桐兄弟がこうして私に話してくださったように、他の長老たちにも、自分の悪行を悔い改めていることを手短に話してくだされば、それで結構かと思います。」

「……はあ。」

「今度の日曜日の集会には来てくださいますよね？」

「はあ。」

と、僕は答えたものの、猿多やケン爺に罪の告白をして集会出席の許可を乞うつもりなど、セキセイインコのウンコほども持ち合わせていなかった。

その週の土曜日に、また海琦《ハイチー》に会いに行った。二人でデパートの中を色々と見て周り、やがて海琦《ハイチー》は靴屋の中で、ある靴を手にとってしばらく熱心に眺めていたが、やがて「これが欲しい」と言った。

「え!?　こんな靴底の厚い靴、君に全然似合わないと思うし、それに重たくて歩くのが大変だと思うよ。これよりも、あれなんかはどう？　ほら。」

僕はそう言って他の靴を勧めたが、絶対にこれがいいと言って聞かなかった。僕は観念してそれを買ってあげた。それから二人は海琦《ハイチー》が気に入っている高くて辛い韓国料理の店で食事をし、そして「じゃあまたね」と言って別れたのだった。そして、それっきり二度と海琦《ハイチー》を見ることはなかった。

僕は会社までスクーターで通勤していた。海琦《ハイチー》と買い物に出かけた数日後、僕は会社から自宅に向かう途中、交差点で自動車と衝突して救急車で病院に運ばれ、そのまま入院することになった。右大腿部複雑骨折、全治六ヶ月の重症だった。手術後、ベッドに横たわっている僕の所へ執刀医の先生がやって来て「少し残念な話だけれど怪我した方の右足が左足と比べて若干短縮した」と告げられた。「若干ってどれぐらいですか」と聞くとその先生はレントゲン写真を眺めながら「ふうむ……二センチ……三センチ……まではいっていないと思うけど……まだちょっとわからない」と言葉を濁して去っていった。

事故の過失責任については、自動車に乗っていた相手の七十歳のおじいさんは僕に対して平謝りしていたけど、警察の事情聴取の結果、黄色信号の時に相手は右折、僕が直進で七対三、僕にも三割の過失があるとのことだった。それでも相手の加入している保険会社から治療費やら慰謝料やら休業損害やら全部含めた額の七割を払ってもらえるはずだから、少なくとも手術や入院の費用で困ることはないと安心していた。しかしそのおじいさん、困ったことに任意保険に加入していなかった。自賠責で下りる分で果たして足りるのかどうか微妙であった。僕は病院のベッドの上で、足に後遺症を負ったことによる今後の不安に加え、入院費用の心配までしなければならなかった。

二ヶ月ぐらいはベッドから離れられない状態が続くだろうと言われた。看護婦さんにお願いして、どうしても電話をしたいと言うと、子機を貸してくれた。海琦《ハイチー》が住んでいる店に電話しようと思ったのだ。しかし、一度覚えたはずの番号がどうしても思い出せない。姉が見舞いに来た時、家に何度か中国人の子から電話がかかってきた、と言った。最後にかかってきた時に、いい加減な英語でまことの状況の説明を試みたけど、相手にちゃんと伝わったかどうかはわからない。ごめん、あんまり期待しないで、と言って詫びた。いや、どうもありがとう、と僕は礼を言った。

手術後、棒のように動かなくなった右足に意識を集中して、全力で、ほんのわずかだけでも膝を曲げ伸ばしする。痛いし疲れる。全身が冷や汗でびっしょりになった。そして休んでいると様々な不安が胸に広がった。僕は精神的に荒れた。

〝プロパン〟が何度かお見舞いに来てお菓子や果物を持って来てくれた。僕は遠慮なくそれをもらって食べた。しかし彼は数回目に来た時にこう言った。

「入院していたとしてもＪＷ教会の伝道者であることに変わりはありませんから、やはり宣教を行わなければなりませんね。」

そしてニコニコした顔で一筆箋をよこしてきた。これに聖句を書けという。できるだけたくさん。他の兄弟姉妹が宣教の際にそれを使うのだとか。僕はあっさり断った。「忙しくてできません。」すると彼の顔が醜くゆがんだ。病院のベッドで一日中寝ていて忙しいわけはないだろう、とでも言いたいのであろう。

会衆の姉妹の一人が気の利いたお見舞いを持ってきてくれた。『交通事故で損をしないために』と題する本で、それを眺めているうちに重大なことがわかった。僕の右足が短縮したことは後遺症として認定され、かなりの額の損害賠償を請求することができた。もちろん事故の相手が任意保険に入っていないから、正当に請求できる金額の全てを得ることはできそうにない。それでも自賠責保険からもある程度、入院費などとは別に後遺症に対する慰謝料や損害賠償が降りるらしかった。

僕はベッドの上で、自賠責保険から降りるお金の使い道を考えて過ごすようになった。ふと、中国語会話教室で一緒に勉強していた一人の女の子が、台湾に留学するのだと言っていたことを思い出した。今ごろ彼女はもう台湾にいるはずである。その子は台湾に行く前から嬉しくてしようがないらしく、台湾人である先生からいろんな情報を聞きたがり、そして先生も、台湾で撮った写真などを持って来てその子に見せてあげたりしていた。そんな様子を僕は端から眺めて（いいなあ、僕も行きたいなあ）と思ったものだ。退院したら僕も台湾に語学留学に行こうか？　一年間ほど向こうで勉強するくらいのお金は手に入るはず。僕は目を閉じて、先生がその子に見せていた写真を思い返した。繁華な通り、全て漢字の看板、屋台、そして先生のおじいさんのお墓。そのお墓は広い野原の中で、野草がその季節の花を咲かせている。

もちろん、僕はただ（台湾に行くのもいいなあ）と空想にふけっていただけで、真剣に留学を考慮していたわけではなかった。まさか本当に行くことになろうとは、この時には思いもよらぬことだった。

入院してから四ヶ月後に退院した。松葉杖をついて海琦《ハイチー》に会いに行くと店のドアには『本日都合により休業します　店主』という貼り紙がしてあった。ノックをしても誰も出てこない。日を改めて出直そうと思った。

ある晩、近所に住んでいるおせっかいな兄弟が、一緒に集会に行くために車で僕の家に迎えに来た。僕は入院中に借りていた本を姉妹に返して一言お礼を言おうと思ったので、松葉杖をついて外に出、彼の車に乗って集会所へ赴いた。会衆のみんなが「退院おめでとう」と言って僕を迎えた。しかし一人だけ、僕の怪我の具合などには一切触れずに、いきなり用件だけを伝えてきた人がいた。主催監督の〝プロパン〟だ。こう言った。

「梧桐兄弟が以前に電話で私に話して下さったことなのですが、覚えていますか？　中国人の女の子との一件。その件を巡回牧師に報告しました。やはり長老団による審議を行うように、とのことでした。今日、集会後に残っていただけませんか。」

「はあ。」

僕は頷いた。最後に茶番劇に付き合ってやろう。何か質問されたら、涼しい顔をしてありのままを答えよう。そして反省の色など微塵も見せないで、長老たちからの一切の提案をあっさりと拒否して、それからここを立ち去ることにしよう。そのほうが僕自身も気分的にすっきりする。

集会後、みんながいなくなるまで待たされ、ようやく審議が始まった。いつもじれったい話し方をするケン爺が言った。

「……梧桐兄弟がね、その女の人とね、知り合ったのはね、何月何日でしたかね？」

「七月二十五日です。」

「七月二十五日というと、確か大会の日でしたよね。」

「ええ、そうです。」

「それは困ったものですね。普通ならね、大会で信仰を鼓舞されてね、霊的にさわやかにされてね、そして次の日のためにもね、寄り道などせずにね、早く家に帰ってね、休息をとるものではないですかね。梧桐兄弟は、大会の講演などから、益を得ることが、できなかったのですかね？」

僕は平然としているつもりだったのだが、ケン爺の話し方を聞いているうちにイライラして来た。

「できませんね。全然、聞いてませんでしたから。」

「じゃあ、一体、何やってたんですかね？」

「一人で聖書を読んでいました。」

ケン爺はいまいましそうに一つ咳払いをすると、再び質問した。

「その後、何してたんですかね？」

「はあ？」

「大会の最中にね、会場を抜け出してね、その後何してたんですかね？」

「また同じことを喋れと？　もう山川長老に話しましたけど。」

ベテル奉仕者の猿多長老が言った。

「その、梧桐兄弟が大会中に一人で読んでおられたという聖書にも書かれていることなんですけれど、例えば、コリント人への第一の手紙5章11節。ここを今読んでいただけるでしょうか。」

彼はそう言うと、聖書のそのページを開いて僕に手渡した。僕は言われた通りその個所を読んだ。

「兄弟と呼ばれる人で、淫行の者、貪欲な者（中略）がいれば、交友をやめ、そのような人とは共に食事をすることさえしないように。」

「では、梧桐兄弟にお尋ねします。どのような人は会衆から排斥されるべきでしょうか？」

（そのまんまじゃねーか。このバカ。）

「え、何ですか？　梧桐兄弟、もっと大きな声で。」

「兄弟と呼ばれる人で、淫行の者、貪欲な者、（以下省略）」

「はい。淫行の者、とありますね。梧桐兄弟は、淫行とはどのような行いを指すのかご存知ですか？」

「ええ。」

「説明していただけますか？」

「淫らな行い。」

「……教会の出版物を見るとですね、淫行とはお互いに配偶者ではない者同士が不適切なほど親密な仕方で過度にお互いの身体を用い性欲を満たそうとすることです。自分のしたことと照らし合わせてみてどう思われますか？」

「はあ？　なんだか余計わからなくなりましたね。」

「その点を双方が十分に理解し納得する必要があるのです。長老団も、そして兄弟自身も。だからもう一度詳しく説明していただけませんか。」

「大会の最中に会場を出た日のことですか？」

「いいえ、それはもう結構です。それから数ヵ月後にあなたがまたそのなんとか整体とかに行って、そしてその中で女の人を抱きしめましたね？　その時のことをもっと詳しく。」

「詳しくって、例えば？」

「その女の子はどんな服装をしていましたか？」

「さあ、もうだいぶ前のことなんで……」

「スカートでしたか？　それとも、」

「ズボンでした。」

「丈の短い？」

「いいえ。足首までありました。」

「その子の服を脱がしたりしたのですか？」

「してませんよ。」

「で、兄弟自身は？」

「は？」

「例えばズボンを脱いだり……」

「脱いでませんよ！」

「その女の子を抱きしめた時、あなたの手はどこにありましたか？　あるいは口をどこかにあてたりだとか……」

　僕の怒りは限界に近づいていた。しかし三人の長老がくそまじめに僕の顔を注視しているのが無性に腹立たしかったので、僕は間髪を入れずに相手の質問に答え、逆に彼らを蔑視した。次々となされる質問に僕は即答していき、書記の猿多長老がそれをレポート用紙に書き記していった。

二十分ほどが経ち、長老たちはようやく訊くことがなくなったらしい。B5の横罫線のレポート用紙にびっしりと書き記された、僕と海琦《ハイチー》とのスキンシップの一部始終に関する報告を〝プロパン〟が受け取り、彼はそれを数秒間眺めてから、こう言った。

「これからしばらく私たちだけで審議をするので、呼ばれるまで外で待っていなさい。」

僕は松葉杖をついて立ち上がり、集会所の外に出て、出入り口のドアを閉めた。そして待たずにそのまま家へ帰ってしまった。やれやれ、スーツを着た大人が三人、中でこそこそと何を話し合っているんだか。

会衆のみんなとの関係が切れても別に淋しいとは感じなかった。しかし再び海琦《ハイチー》に会いに行った時、本日休業の貼り紙の代わりに『立ち入り禁止　○○警察署』と印刷された紙が貼られてあった。

「福は続かず災いは単独では来ない」という中国の諺どおりのことが僕の身におきた。勤めていたマンションの企画会社の経営は惨憺たるものとなった。ちょうどバブルが崩壊したころで、僕の会社が企画段階で関わったマンションは、建設は進んでいてもそれを買い取るデベロッパーが見つからないのだった。仕事の内容が完全に変わった。建設中のマンションの資料を携えて都心に行き、デベロッパーの仕入れ担当の人にそのマンションを紹介したり、あるいはその建設中のマンション付近にある企業に行き、社員寮として買ってもらうように交渉しなければならなくなったが、尽《ことごと》くあっさりと断られるのだった。

ある日、万策尽きた思いで高層ビルを見上げながら、ふと「海琦《ハイチー》は今ごろどうしているのかな」と思った。そして彼女と最後に会った日に厚底の靴なんかを買ってあげたことを後悔した。転んだりしていないだろうか？　あんな靴を履いたりして、転ばないほうがおかしい。今ごろどこかの道端で転んで怪我をして、うずくまって泣いているかもしれない。

第二章　ウートン、台湾へ行く

隣で運転している八吉《バーチー》さんはすっかり腹を立ててしまったらしい。「今、どこへ向かっているのですか？」と訊いても返事がない。さっき二人が海岸で車から降りた時、八吉さんが波の音にかき消されぬように大きな声で「これが太平洋！」と教えてくれたのに、僕があまり関心を示さなかったのがいけなかったのだろう。八吉さんは急に運転席に乗り込み、乱暴にドアを閉め、すぐにエンジンをかけたので、僕も慌てて助手席に戻ると、車は急発進し、それからずっと沈黙が続いている。荒くなった運転に揺すぶられながら僕は自分の身を案じた。こんな所で「降りろ」なんて言われたらどうしよう？

台湾東部の道をひたすら走り続ける車窓には夜の闇が広がっていて、時々小さな農家の灯りが近づいてはたちまち後方へ流れていく。

やがて車は道路沿いにポツリと一軒だけ建てられた、白い縦長の家の敷地内に止まった。八吉さんが無言で車から降りたちょうどその時、家の玄関からヘルメットを手にして、薄手の白いコートを着た若い女性が出てきた。八吉さんは彼女に歩み寄って行った。車の中からではよく見えないが、二人は何か親しげに会話をはじめたようだ。

「あら、八吉兄弟。」「どうも、突然お邪魔してすみません。」「私はこれからでかけますが中でゆっくりしていって下さい。」

どうもそんな内容の会話がなされているように見える。とりあえず車のドアを開け外に出た。風の強い晩で、昼間とは打って変わって肌寒さを感じるほどだった。家から出てきたその女性は急ぎの用事なのか八吉さんとの会話をすぐにきりあげ、ヘルメットをかぶり、そして僕に気付くこともなく入り口に停めてあったスクーターに歩み寄りエンジンを始動させた。僕は家の方を眺めた。白い縦長の直方体の形をした二階建ての家が闇の中に佇み、その背後に農地がどこまでも広がっていた。家の正面の道路側に目をやると、小高い山がどこまでも連なっている。その山沿いの道を遠ざかっていくスクーターのテールランプを見送りながら、僕は、今さっき自分が八吉さんの車に乗って通過して来た、淋しい夜道を思い返した。こんな遅い時刻に彼女は一人でどこに行くのだろう?

不意に明かりが漏れて来た方へ顔を向けると、開かれた玄関の所で八吉さんとその家のご主人が挨拶を交わしていた。

「どうもお久しぶりです。騰《トン》兄弟。こんな夜分に突然お邪魔してごめんなさい。」

「これはこれは、八吉兄弟。ようこそおいでくださいました。さあ、どうぞ中へ。」

「もう一人いるのですが、よろしいですか?　梧桐さんといって日本から来た人です。」

「ほほう、日本人ですか。」

自分のことが話され始めたので、僕は歩み寄り、自己紹介をした。

「はじめまして。八吉さんの友人で、梧桐《ウートン》と申します……」

僕がまだ話し終えないうちに、八吉さんが付け加えるように言った。

「梧桐さんは中国語を勉強するために台湾に来たのですが、彼は学校の近くの公園を散歩している時に伝道中の我々の仲間に出会い、聖書を学ぶようになったのです。今では集会にも出席しています。」

彼がいつも通り僕のことを紹介したので、とりあえずほっとした。ところがこの家のご主人の騰さんは、少し不審そうな顔で僕にこう尋ねた。

「梧桐さんは、日本でＪＷ教徒に会ったことはないのですか?」

「ええ。」

「それはまた不思議ですねえ。日本こそＪＷ教徒が多い所なのに、そこを離れて台湾に来てから真理を学ぶ機会を得るなんて。これは本当に珍しいケースですよ。」

八吉さんは笑ってこう続けた。

「梧桐さんの経験は、そのうち、『ＪＷ通信』に載るかもしれませんよ。」

冗談じゃない。僕は俯いて苦笑した。

「本当ですよねえ。是非そうなるように梧桐さんにはこれからも頑張って欲しいですな。まあ、こんな所に立っていないで、早く中へお入りください。」

八吉さんと騰さんと僕の三人で居間のソファーに座って世間話をしている間、騰さんの奥さんは台所で食事の準備をしているようだった。夕食をご馳走してくれるらしい。

「今日、大会があったんですよ。〇〇中学の体育館で。夕方の六時ごろ家に着いてから、今さっきまで横になって休んでいました。ずっと座席に座って講演を聴いているのも結構疲れますからね。」

「はいはい。私と梧桐さんもその大会に出席してきたのです。同じ会場内にいても、案外お目にかかれないものですね。」

「ああ、そうだったんですか。まあ、あれだけたくさんの人がいれば無理もないでしょう。……それにしても、台中からこんな遠くまで来るのは大変だったでしょう。この前、台北で開かれた大会には、何かの都合で出席できなかったのですか?」

「いいえ。私は台北の〇〇市民会館で開かれたあの大会にも、もちろん出席しました。今回はドライブを兼ねて、ついでに大会にも参加したわけです。」

「それはそれは、年に二回も大会に出席するとは感心なことです。梧桐さん、大会に出席した感想はどうですか。椅子にずっと座っているのは慣れないと結構疲れるでしょう?」

「いえ、まあ、大丈夫でしたよ。途中で会場を出て外を散歩したりしていましたから。」

「は?」

その時八吉さんが苦笑しながら口を挟んだ。

「ははは。いえね、会場内に日本語の聴衆席が用意されていたでしょう? 同時通訳をヘッドホンで聞くことができる席。私は梧桐さんにその座席に座って日本語で講演を聴くように勧めたんですよ。そのほうが梧桐さんにとってためになると思いまして。」

台湾人の一部の高齢者は日本語を話して生活している。むかし日本の統治下で日本語での教育が強要された人たちだ。それゆえ八吉さんの言う通り会場内には日本語で講演を聴くための座席が設けられていた。

「それはそうですよ。母国語のほうが容易に理解できるでしょうからねえ。」

と騰さんは同意した。

「ところが梧桐さんは中国語を勉強したいものですから、私の勧めを無視して席を移動しようとしないんですよ。私は心の中で神にこう祈りました。どうか梧桐さんがもっとあなたのみ言葉に関心を示して、母国語の講演を聴いてくれますようにと。そう祈りながら彼を励まし続けたら、一度は外に行ってしまいましたが、しばらくしたら戻ってきて、日本語の講演を聴いてくれましたよ。」

あの時の八吉さんのしつこさにはまいった。僕が「中国語の講演を聴きたい」ときっぱり言っているにもかかわらず僕の袖をつかんで引き寄せ、「とても有益な話だから、母国語で聴けばきっと感動するから」と言って、いつまでも僕を放免しようとはしなかった。

僕は渋々と席を立ち、会場の一画に設けられた日本語の聴衆席に向かった。そこにはほんの二、三人の人が座っているだけで、あとは空席になっていた。腰掛けてみると前の座席の背もたれにカバーが掛けられていて、そのカバーの後ろのポケットに小さなラジオに繋がれたヘッドホンがあった。ワイヤレスマイクで日本語の同時通訳をしているらしい。ヘッドホンを頭に載せてみた。しかし、かすかな雑音以外、何も聞こえないではないか。しばらくすると不意に、「ええと……」という声がして、また何も聞こえなくなった。またしばらくして「聖書の……」と言う声が聞こえたかと思うと、やはりその後が続かない。「……ヤハウェ神は……ダニエル書の中で……天使が……西暦前ろっぴゃく、ええと……」ずっとそんな調子であった。どうやら日本語を多少話せるというだけの人が同時通訳の仕事を任されているらしい。あるいは一人で通訳をし続けて相当お疲れなのか。どちらにせよ、何が「とても有益で感動します」だ。僕はヘッドホンをはずした。しばらくすると遠くの席から僕を監視していたのか八吉さんが歩み寄って来て「ヘッドホンをしなければそこに座っていても意味がないでしょう！」と叱りつけてきた。僕は堪らずに席を立った。

「どこに行くの？」

「トイレ」と答えて会場を出て、トイレには行かず外を散歩した。日曜日の校舎には人の気配がまるでなかった。頭上に高く昇った太陽からの強い日差しが、誰もいない広くて白い校庭に降り注いで反射し、どこを見ても眩しかった。空気がとても澄んでいて、風もない。まばらな雲を含んだ空や、目の前の山に生い茂る木々が、ぴたりと静止したまま鮮やかな色を放っていた。山林を背にした校舎を離れ校門を出ると、近くに線路があり、その向こうに農地が広がっていた。線路の敷地を仕切る柵はなかった。僕はレールの中に立ち入って見た。日本と同じく大きめの石ころが敷きつめられた線路が、片側だけホームがある小さな駅の脇を通って、はるか遠くの山の麓へ向かって伸びている。この単線の線路に沿って植えられた巨大なビンロウジュの木が、丸くて太いまっすぐな幹のはるか上方の先っぽで、僕の体をすっかり隠せそうな長くて幅のある葉を茂らせていた。

レールの中を歩いて駅に向かった。列車が来る気配はまるでなく、駅の正面が小さな住宅地になっていたが、ここもやはり静まり返っていた。誰もいない駅でしばらく列車が来るのを待った。もし列車が来たらそれに乗って一人で台中まで戻れるか冒険してみたくなった。ところがまるで時間が止まってしまったかのように、いつまでたっても列車は来そうにない。駅員らしき人がいないのをみると、当分は列車が来ないのだろう。もしかしたら一日に二、三度ぐらいしか来てくれないのかもしれない。

（暑い！）僕は観念してこの無人駅を離れ、冷房の効いた大会の会場内に戻ることにした。

自分の聖書や筆記用具が置いてあるさっきの席に戻ってみると、八吉さんがその隣に座って僕を待ち構えていた。僕がため息を漏らしながら腰をおろすと、彼は手を伸ばして目の前のヘッドホンを手にとり、黙ってそれを僕の頭にすっぽりとかぶせた。僕はもはや敢えて抵抗せず、しおらしくヘッドホンを載せたまま、とんちんかんな通訳を聴いていた。

騰さんが言った。

「それは良かったですねえ、梧桐さん。母国語で真理を学ぶことができて。今日の講演はとても内容が濃かったと思いますが、いかがでしたか？」

「はあ。濃すぎて通訳しきれないようで……」

「は？」

台所から奥さんの声がした。

「もうすぐ食事の準備ができますので、どうぞ二階の食卓で待っていてください。」

外では相変わらず風が吹き荒れているらしく、平原にぽつんと立っているこの白い直方体の家に激しくぶつかる空気の流れがびゅうびゅうと轟音を鳴らし、食卓が置かれた二階の小さな部屋の窓をガタンガタンと打ち鳴らしていた。やがて色黒でひょろりとした体型の少年が二階に上がってきて、円卓を挟んだ僕の正面の席に腰を下ろした。僕は「こんばんは、お邪魔しています」と言ったが、風の音のせいもあって、彼は話しかけられていることに気づかなかった。山地人らしい彫りの深い顔をしている。そして内気な性格なのか、僕と目を合わせようとしない。やがて奥さんが階段を上って来て、円卓に料理を置くと、腰をおろしていた僕たちに言った。

「もう少しかかるから、どうぞ先にはじめててください。」

それを受けてご主人の騰さんは言った。

「じゃあ、先に私たちで感謝の祈りをささげて、いただくとしましょうか。」

そして腰を浮かせて座りなおし、目を閉じて顔を伏せた。他の三人も同様の姿勢をとり騰さんの祈りが始まるのを待った。客に披露する余興のつもりか、騰さんは意表をついて、台湾原住民の言語で祈った。

吹き荒ぶ風の音と呪文のような祈りの最中、僕は目を開き、ゆっくりと顔をあげた。するとちょうど奥さんが、祈りを妨げぬように鍋を食卓の上にそっと置くところであった。(なんだこれは?)僕はびっくりした。内側が白い鍋の中に目をやると、そこにはソーダ水のように透きとおった緑色の液体が、天井に吊り下がる小さな灯りに照らされていた。とても綺麗だった。鍋の中のその液体に、何かの植物の茎が数本漬かっている。綺麗な緑色はその植物の色素が溶け出したものらしい。もしかしたら沸かしたお湯の中にそれらの茎を放り込んだだけのものかもしれない。

ちんぷんかんぷんな原住民言葉による祈りは続いている。「この水を飲むものは決して乾くことがなく、かえってその人の中で永遠の命を与えるために湧き上がる水の泉となるのです」……もしかしたら、そのようなキリストの言葉を祈りに含めているのかもしれないな、と僕は思った。やがて祈りの末尾でご主人がアーメンと言い、それに続けて皆も声を合わせてアーメンと言った。

見た目は美しいが口にすると苦いだけの透きとおった緑色のお湯をいただきながら、僕は先ほどスクーターに乗ってでかけたこの家のお嬢さんのことが気になった。こんな風の強い晩に、いったいどこへ？


ところで僕はなぜ台湾に来たのか？　強いて言えば勤めていたマンション建設の企画会社が倒産して職を失ったので、この機会に以前から行きたいなあと思っていた台湾へ行って中国語を学んでみることにしたのである。事故で後遺症の慰謝料や損害賠償をもらったからこそ、こんな呑気なことができたのだ。


台湾に行くために、パスポートを取得しに新宿へ行こうとバス停の近くまで来た時に、背後で聞き慣れた声がした。

「梧桐兄弟！」

振り向くと〝プロパン〟の奥さんと娘のリカちゃんが、こちらに歩み寄って来るところだった。服装や肩にぶらさげている鞄などで、彼女たちは宣教中であることが一目で分かった。僕は多少おどけた調子で挨拶をした。

「これはこれは。リカ姫に和子先生。ご無沙汰しております。」

僕が「和子先生」と呼んだのは、彼女が予備校で国語を教えているからだ。

「梧桐兄弟……最近ずっと集会にお見えにならないので、みんなとても心配しているんですよ。病気にでもかかったのではないかと……」

「そんなことはありませんよ。このとおりいたって元気です。」

「まあ……本当に顔色も良くて元気そうで安心しましたわ。兄弟の元気な様子を見ることができただけでも嬉しいです。梧桐兄弟、気持ちの方も落ち着いてきましたら、是非また集会にいらしてください。みんな兄弟の元気な姿を心待ちにしておりますから。」

「もう行きません。」

「それはどうしてですの？」

「もうすぐ外国で暮らすのです。」

「え!?」と、リカちゃんが驚きの声をあげた。「外国って、どこへ行くの？」

「秘密です。」

「ええーっ、いいじゃない教えてくれても。あ、そういえば兄弟は中国語を勉強していたでしょう、中国に行くの？」

「……」

「どのくらい外国で暮らすの？」

「さあ。」

「なによー、別に教えてくれてもいいじゃない。」

和子先生が口を挟んで言った。

「向こうに知り合いがおられるのですか？」

「全然。」

「まあまあ。それは勇気がおありなのですね。向こうは治安があまり良くないですから気をつけてくださいね。」

「はあ。」

「それと飲み水に注意が必要ですからね。水道の水はそのままでは飲めませんのよ。できればお店でミネラルウォーターを買った方がよろしくてよ。」

「はあ。」

なんだか変な会話になってきた。

「道路の交通も乱れてますから周囲を十分見ながら道を歩いてくださいね。また事故に遭って向こうで入院なんてことにならないようにしていただかないと。」

「はっ！　それはどうもありがとうございます。」

行く先を言っていないのに、台湾だと分かってしまったのだろうか？

「それではくれぐれもお気をつけて。行ってらっしゃい。」

「はあ。行ってきます。」

その日の晩に、かつて僕に洗礼を受けさせるためにＪＷの基本的な教理を教えてくれた原賀フトシから電話がかかってきた。

「もしもし、ごっち君？」

「おや、フトシさん。こんばんは。」

「こんばんは。最近調子はどうよ？」

「まあまあですよ。どうしたんです？　急に電話なんか。」

「いや、ごっち君がカンボジアへ行って地雷の撤去作業をする、なんて話を小耳に挟んだものだから。ちょっと心配になってね。」

どうやら〝プロパン会衆〟の成員たちで伝言ゲームでもしていたらしい。

「あのですね、僕にそんなすごいことができるわけがないでしょう？」

「ぼくが言ったんじゃないよ。噂で聞いたんだって。」

「……」

「……」

「じゃあ、ごっち君はずっと日本にいるんだね？」

「いいえ。来月にカンボジアではない、別の国に行きます。」

「え⁉　いったいどこに行くの？」

「どうせ、また変な噂をするだろうから、余計なことは言いません。」

「……ふうん。ああそう。わかったよ。ばいばい！」

受話器を叩きつける音がした。

その数日後に、自宅の付近で〝プロパン会衆〟の成員の一人である只乃《ただの》兄弟と出くわしたが、彼は急に顔を背けて足早に遠ざかって行った。それで僕は、自分がようやくＪＷ教会から排斥されたことを知った。ＪＷの教えでは、排斥された者とは挨拶を交わすことさえ禁じられているのである。まあ、僕にとってはどうでもいいことであるが。

羽田空港に向かう電車の中では、この間までＪＷ教徒として集会や宣教にたずさわっていたころの嫌な思い出と、見知らぬ国へと向かう旅情が重なり、感傷的になって呆然と車窓を眺めていたのだが、飛行機に搭乗してシートに座り、やがて離陸の直前にエンジンの出力が高まる音を聞くと、これから始まる遊学への期待で胸が膨らんだ。

飛行機が離陸した時、僕は心の中でバイバイと叫んだ。馬鹿な噂をしている連中はほっとこう。上から見下ろして大きく手を振ってやりたかった。窓を見ると海岸近くの街が遥か下へと遠ざかり、やがて飛行機は曇り空を突き抜け雲海の上を飛び続けた。僕はしばらく上機嫌で窓を眺めていた。しかしやがて、飛行機が雲海の下に下りればそこは台湾だと思うと自分の頭の中までもが真っ白になった。外国でこれから一年ほど無事に暮らしていけるのか？　と言うよりも、まず台北の飛行場から、僕の通う学校のある台中までどうやって行けばいいのか、それすらよく分からないのだった。なんとか台中に辿り着けたら、まずホテルに泊まって数日のうちに入学手続きや住む部屋を探さなければならない。大丈夫だろうか？

大きなトランクを転がしながら台北の中正記念機場の入国ロビーに出た。太い紐で仕切られた向こう側には大勢の人が顔をこちらに向けて、到着した飛行機から家族や友人や仕事の関係者が降りて来るのを待ち構えていた。もちろん僕には待っていてくれる人などいないのでそのまま歩き続け、ロビーの片隅の人ごみから離れたところで立ち止まり、周囲をきょろきょろと見回した。

実のところ僕を待っている人が全くいないわけではなかった。もっと正確に言うとタクシーへ乗るよう勧誘をするおじさんたちが僕のようなカモが来るのを待ち構えていたのである。一人が早速話し掛けてきた。

「どこに行くんだい?」

僕は現地の人の言葉が聞き取れて嬉しくなり、振り向いて行く先を告げた。

「台中に行きます。」

「台中か。よし、乗せてってやるよ。二千元でどうだい。」

台湾の二千元は日本円の八千円ほど。何も知らない僕は(荷物も大きいことだし、タクシーで台中まで直行してくれるなら助かる)と思い乗せてもらうことにした。ここ中正機場から台中まではかなりの距離があるはずで、日本のタクシーだったら五万円ぐらいかかるかもしれない。だから二千元と聞いても高いとは思わなかった。実はロビーをもう少し歩き進んだ所に高雄や台中といった大都市への直行バスの乗車券売り場があったのだ。台中行きの券は約八百円である。

タクシーで三時間ぐらいかかってようやく台中に到着した。時刻は夜の九時ほど。まだ賑やかな台中の駅前でタクシーから降りた。足元にトランクを置いたまま辺りをきょろきょろと見回していると、僕の周りに数人の男性が集まって来て「どこから来たの?」とか「これからどこへ行くの?」と親しげに話しかけてきた。(この国の人たちは親切だなあ)と僕は感激した。ところが「これから駅の近くのホテルに泊まります」と僕が言うと、「よし、分かった」と言いつつ二人がかりで勝手に僕の荷物を近くに停めてあった車のトランクに積み始めた。またタクシーだ。

「ちょっと待ってください。」

「ホテルに行くのだろう?」

「はい。……でも、あまり駅から離れていなくて、そしてなるべく料金の安いホテルに泊まりたいのですが。」

結局そこからタクシーに乗って二、三分ぐらいの所にあるホテルに泊まることになった。周囲に立ち並んでいる建物と同様、うす汚れた外見の、縦長であまり大きくないホテルだった。しかし入り口の自動ドアのガラス越しに中を覗くと、なかなか立派な照明や絨毯やソファーが目に入った。入り口の前でタクシーから荷物を降ろすと、制服を着たボーイがやってきて荷物を中へ運んでいってくれた。僕も続いてホテルに入っていくとフロントの二人の若い女の子が立ち上がり、笑顔で「いらっしゃいませ」と言って丁重にお辞儀をした。それから僕に料金表を広げて見せ「どの部屋にお泊まりになりますか?」と聞いてきた。僕は一泊約五千円の一番安い部屋を指差しつつ「これ」と言うとフロントの女の子はクスクスと笑い、僕の真似をして同じ個所を指差しながら言った。

「これ、ですね。かしこまりました。何日お泊まりになりますか?」

僕はしばらく考えた。ホテルに泊まっている間に入学の手続きを終わらせ、学校の近くに部屋を見つけて借りなければならない。何日ぐらいかかるだろうか。

「とりあえず三泊分だけ払っておきます。延長するかも知れませんが。」

支払いを済ませると、年配の女性の従業員が部屋まで案内してくれた。窓がないけれどもシャワーやテレビや冷蔵庫などが揃ったきれいな部屋だった。ただベッドが二つあったので（あれ？）と思った。

「僕が頼んだのは一人部屋なのですが。」

するすると案内してくれた女性は笑顔で答えた。

「ここでは二人部屋が一人部屋を兼ねているのです。」

それから彼女は部屋の中に入り、テレビのスイッチを入れてこう言った。

「チャンネル60に合わせると日本のＮＨＫが見られますよ、ほら。」

「おお、本当だ。」

「ふふ、おやすみなさい。」

静かな声と笑顔を残して彼女は部屋を出て行った。

ひとまずこうしてホテルに落ち着くことができ、重たい荷物からも開放された。僕は多少のスリルを感じつつ、鍵と財布だけを持って夜の台中の街へ探検にでかけた。

部屋を出て、薄暗く静まり返った廊下を歩いている時、さっそく日本にはないものを発見した。一見するとそれは壁に掛けられたホテル内の案内図なのだが、よく見るとその図の上のほうに大きな字で『空襲時避難通路』と書かれてあるではないか。それを見ただけで心細くなってきた。もし実際に戦闘機の襲来などを見ようものなら恐怖で腰を抜かすかもしれない。

ホテルの入り口を出ると目の前の通り沿いにコンクリートの河川が流れている。生活廃水の臭いを含んだ生暖かい風が、河川の両岸に並んでいる早緑《さみどり》色の葉を茂らせた柳の枝を揺らし、街の明かりがそれを照らしていた。

すぐ近くに公衆電話があったので、それを使って日本の家族に「無事に台中に着いた」と伝えようと思った。受話器を取り硬貨を入れて特定の番号をダイヤルすると日本人女性のオペレーターが出てきてくれるので、そこで日本の自宅の番号を告げれば繋いでくれる。通話料は日本の僕の銀行口座から引き落とされる。台湾に来る前にそのようなサービスを受けられるようにしておいたのだ。姉が電話に出た。

「まこと？　あんた大丈夫なの？」

日本時間は台湾より一時間早いから、夜の十時半。僕からの最初の連絡が思ったより遅かったので心配したのだろう。

「うん。飛行場から台中までの高速道路が渋滞しててさ。今さっきようやく台中のホテルに着いた。」

「ふうん。……お母さんと代わる？」

電話で母親からいろいろと励まされた後、僕は引き続き夜の台中を探検した。どぶ川を横切る橋を渡って駅方面へ続く繁華な商店街を歩く。道路の両脇に建ち並ぶお店の軒下の部分が長く連なってアーケードのようになっていて、そこを歩道として歩いていくことができる。目を少し上に上げれば、建物の上階部分に取り付けられた、内部の電灯で光る看板がぎっしりと並び、通りのずっと向こうまで続いていた。

見慣れているセブンイレブンのマークをそれらの看板の中に発見し、とりあえずそこに入ってみようと思った。気楽な気持ちで店内に入ったとたん、僕はびっくりした。（うわっ、なんだ、この臭いは!?）どうやら臭いの元はカウンターに置かれた、ステンレスの長方形の鍋にあるようだ。その中を覗くと、なにやら黒いお湯の中に、殻がついたままゆでられて茶色くなった玉子がたくさん入っていた。後になって知ったのだがそれは茶葉蛋《チャーイエタン》という食べ物で、簡単に言えば紅茶でゆでられた玉子らしい。この独特の香りからして紅茶以外にもなにか香辛料が使われているのだと思う。買う時はトングで取ってポリ袋に入れ、それをレジに渡す。後日食べてみて結構うまいことが分かると、はじめは全然馴染めなかったこの臭いがとてもいい香りに思えてくるから不思議だ。

ドリンクケースを眺めると、そこにはコカコーラやポカリスエットなどよく見慣れた飲み物もあれば、椰子果汁、木瓜牛乳、菊花茶など日本では見たことのない物もたくさんあった。それにしてもコカコーラの缶を見ると、赤と白のあの模様はもちろん全く同じだけど、中国語名で『可口可楽』と表記されているのが面白い。

五〇〇㎖缶の椰子果汁を買って店を出ると、いきなり近くにいたおじさんに呼び止められたのでびっくりした。何事かと思ってよくよく話を聞いてみると、どうやら僕が今買い物をした時のレシートをくれと言っているようだ。僕は「これですか?」と言いつつ、さっき受け取ったばかりのレシートを見せた。そのレシートは妙に細長くて一部カラーでプリントされている。するとおじさんは「そう、それだ」と言って大きくうなずいた。僕はわけのわからないままそれを手渡した。おじさんのもう片方の手には他の人から貰ったらしいたくさんのレシートが握り締められていた。これもやはり後日になって知ったことだけれども、それらのレシートは「統一発票」と呼ばれるもので、買った物の金額の他にも細かな模様や一〇桁ぐらいの番号が印刷されている。これは政府が発行する宝くじの券でもあるのだ。一等が当たれば日本円にしておよそ一千万円がもらえる。

椰子果汁を飲みつつ更に街を歩いて行くと、今度はおばさんに呼び止められた。そして小さな紙を差し出してきた。何かのチラシだろうと思って受け取ってみると、それは「五百元の寄付をありがとうございました」という内容の感謝状であった。寄付してないのにいきなりこんなものを渡されても困ると思い、その紙をまたおばさんの方に突き返した。しかし彼女は両の手のひらを合わせて何度もお辞儀を繰り返すだけで受け取ろうとしない。冷淡とは思いつつも僕は感謝状をそのまま宙に放し、振り返らずに足早に立ち去った。

お腹が空いてきたのでどこかで食事をしようかと思った。軒下のスペースにテーブルと椅子が並べられた小さな食堂や、押して移動できる屋台をたくさん見かけるが、どんな名前のどんな料理があるのかさっぱり分からない。結局、なんて言えばいいのか分からないままどんどん通り過ぎていく。やがて果物屋の前に来た。そこには食べやすい大きさにカットされた果物を薄い透明のプラスチック容器に入れて売っている。一パックに二、三種類の果物が入っている。今日のところはこれを買ってホテルに持ち帰り、夕食の代わりにしよう。パイナップルやキウイなど一目でそれとわかるものもあれば、今まで見たことがないものもたくさんある。でもそれが何であれ、フルーツがまずいということはないだろう。名前のわからぬ二パックの果物を買って（一体どんな味がするのだろうか？）とわくわくしながらホテルに帰った。

部屋に着いてビニール袋の中を覗くと、果物のパックの他に小さな袋に詰められたコショウのような粉も入れられていることに気がついた。これを果物にかけて食べるのだろうか？　とりあえず何もかけずに最初に口にした名前のわからない果物は、硬くてかすかな甘味があるだけだった。僕はさっきの粉の袋をちぎって開け、あまりおいしくない果物の上にふりかけた。とてもよい香りがする。食べてみると味がまるで変わっていた。粉だけを舐めると思わず顔をしかめてしまうほどまずいのだけど、口の中でその粉が果物の水分に希釈されると、甘い香りがつんと鼻を突いた。だいぶ後の話だけれども僕はこの「梅粉《メイフン》」の大袋をお土産に買って実家に郵送した。梅粉はどんな果物にかけても、例えばバナナでもスイカでもリンゴでもキウイでも、ほとんどの果物によく合った。あえて例外を述べるならオレンジには合わないと思う。試したことがないので分からないけれども。

次の日の朝。入学手続きなどをする前にお金を銀行に預けたいと思い、再び駅の周辺をぶらぶらと歩きながら幾つかの銀行をチェックして廻った。遠くの建物のてっぺんに、青地に白い文字で『誠泰銀行　MAKOTO　BANK』と表示されているのを発見した。中国語の発音どおりに『CHENGTAI　BANK』としないで『MAKOTO　BANK』とするところを見ると、頭取は日本人なのかもしれない。とにかく自分の名前と同じ『MAKOTO』であることが気に入ったので（あそこにお金を預けよう）と思いそこへ向かって歩いていった。

銀行の中に入ると、ぴかぴかの胡麻斑の石でできた床をモップで拭いているおばさんが入り口近くにいて、僕を見て「いらっしゃいませ」と言った。空いている時間帯らしく、僕以外の客はいなかった。さっそく近くのカウンターの銀行員に話しかけた。

「すみませんが。日本円の八十万円を台湾ドルに両替して、それをここの普通口座に預けたいのですが。」

「はい。……身分証をお持ちですか?」

僕はパスポートを彼女に見せた。それを見た彼女は顔を上げて、親しげにいろいろと話しかけてきた。

「あら、中国語が上手なのですね。留学生ですか?」

「ええ、まあ。」

「大学で勉強しているの?」

「いいえ。これからTLS(Taizhong Language School)という外語学校に通います。」

「そうですか。台湾にはどれくらい滞在する予定ですか?」

「そうですね、一年ぐらいでしょうか。」

僕は(ずいぶんくだけた雰囲気だな)と感心しながら、しばらく彼女とおしゃべりをした。日本の銀行ではありえないことだ。

それから彼女は僕のパスポートを開いて眺めたが、なぜか急に俯いて肩を震わせ、笑いをこらえているような様子を見せた。ようやく顔を上げたと思ったら、僕と目が合ったとたん「ぷっ!」と吹き出してまた俯いた。「ご、ごめんなさいっ」。近くにいた行員が数人近寄ってきて「どうしたの?」と言った。彼女は笑いをこらえながら小さな声で言った。「か、彼の名前、Go to Makotoだって。アハハ……」

「ええっ、どれどれ見せて。」

「ああっ、本当だ!　アハハハ、ま、まるで生きた広告ね、アハハハ……」

三人の行員が揃って笑い出した。実際には「Go to」ではなくて「Goto」なのだが。やがて他に年配の男性の客が来た。しかし彼女たちが気が付かないでいたのでその客はハンドバッグから百枚はある千元紙幣を取り出して、「おい」と言いつつ、何と手にしたその札束で一人の行員の頭を軽くぽんと叩いた。僕は度肝を抜かれたが、いささか無礼に思えるようなこの振る舞いを受けても、何事もなかったように、「あ、いらっしゃい」と言って素直に応対する行員さんもすごいと思った。

通帳を手にして銀行を出た。次は入学手続きをしなければならない。地図を見ながら学校を探すのが面倒だったので僕は片手を上げて近くを走っていたタクシーを呼び止めた。台湾の街ではタクシーを拾うのが比較的容易である。ボディーカラーが黄色で統一されているタクシーを街の至る所で見かける。夜更けに一人で街を歩いていたりすると時々タクシーがそばに寄って来て速度を落としクラクションをパンパン鳴らして「乗って行け」と催促したりする。

後部座席に乗り込んで運転手にTLSの所在地を告げた。五分とかからぬうちにタクシーは速度を落とし、そして運転手が脇を見ながら言った。

「このビルが26号の五のはずだけど……」

「OK　この辺でいいです。」

この辺りは補習街と呼ばれていて幾つかの予備校がひしめきあい昼食の時間になると付近の道は大勢の学生でごった返す。たくさんの小さな食堂が立ち並んでいるがどこも繁盛しているようだった。ところで、この補習街の中にあるビルの八・九階がTLSなのだが、そのビルの入り口が見つけにくい所にあった。本屋と手作り飲料店の間のルーフ付きの通路の突き当たりの金網に設けられた鉄格子のような扉をくぐり抜けた所にある駐輪場の左端である。最初に来た時は分からなくて、僕はその通路の突き当たりの金網の外側から、駐輪場の中にある小屋の中で腰掛けてテレビを見ているおじさんに声をかけた。

「すみません。ＴＬＳという外語学校を探しているのですが……」

不意にガチャンと自動的にロックが外れる音がした。鉄格子の扉を押してみると開いたので、僕は駐輪場に入った。するとおじさんが小屋の窓から顔を出して

「左だ。左のＡ棟の八階。」

と教えてくれた。その小屋はビルの守衛室だったのだ。左に目をやるとそこはビルの入り口で、数段の階段を登った所にエレベーターがある。その入り口は駐輪場に入らなければ建物の陰にかくれて見えないのだった。右に目をやるとやはり同じようにビルの入り口がある。こちらがＢ棟なのだろう。

△ボタンを押してエレベーターが降りて来るのを待っていると、白いワンピースを着た非常に痩せている女の子が階段を駆け上がって、僕のすぐ近くで立ち止まった。僕は思わず珍しい物でも見るかのように彼女のふくらはぎの辺りに注目してしまった。（まるでストローのようだ）。ふと顔を上げると彼女と目が合った。僕はとっさに自分の失礼を詫びようとして口を開いたが今度は彼女の顔に見入ってしまった。思いがけないことに彼女が西欧人のような顔つきをしていたからだ。ストレートに肩まで伸ばした髪は茶色であるが染めたものではないらしい。瞳も茶色かった。僕が呆けていると、彼女が笑顔で「ニイハオ」と言ってくれたので、僕も慌てて「ニイハオ」と答えた。彼女もやはりＴＬＳで中国語を勉強している外国人なのだろう。二人でエレベーターを待っている間、彼女に何も話し

かけないのもどうかと思った。

「あの、お国はどちらですか？」

「私？　台湾人ですけど……」

「えっ　そうなんですか。ごめんなさい、てっきり僕と同じＴＬＳの生徒かと……」

するとと彼女は声を出さずに笑いながら俯き、こう言った。

「私、ＴＬＳの先生なの。」

「はっ　すみません。」

僕はいくらか姿勢を正して謝ったが、彼女は何でもないようにヨソ事を話し始めた。

「学校の上の階がビリヤード場になっているでしょう？」

「へえー、そうなんですか？」

「うん。そこへ遊びに来る男の子たちとエレベーターで一緒になることが時々ある。以前、ある男の子があなたと同じような勘違いをして、私にこう言ったわ。Why do you study Chinese?」

「ははは！　だって先生は本当に外国人に見えますからねえ。」

「うん。おじいさんがカナダ人だから……」

二人でエレベーターに乗り込むと、今度は先生が僕に質問した。

「あなたはなぜ中国語を勉強しているの？」

その時、八階に着いて扉が開いた。正面の赤い壁に『台中語言研究所』（ＴＬＳの中国語名）という金色の立体の文字が貼り付けてあった。左側に缶ジュースの自販機、右側にガラスの扉があり、その向こうが学校らしい。学校の受付の脇に昔の中国のきらびやかな服を着た女のマネキンが立っているのが見える。先生はエレベーターを降りると振り返り、再び僕に質問した。「なぜ?」

「好きだからです。中国語が。」

「それだけ?　まさか。……まあ、いいわ。私は叶奇苗《イエ・チーミャオ》です。みんな私を奇苗先生と呼んでる。奇妙じゃなくて奇苗ね。覚えやすいでしょう。」

「はは、そうですね。奇苗先生、僕は梧桐《ウートン》と言います。」

「ウートン?　ふふ、なんだかユニークね。」

「ありがとうございます。だから結構、気に入っているんですよ。」

入学手続きは簡単に終わった。授業は三日後から始まる。▽ボタンを押してエレベーターが昇って来るのを待った。

これから自分の住む部屋を探さなければならない。一階に降りて外の広い通りにでると、さっそく手を上げて近くのタクシーを呼んだ。熱心な仏教徒の運転するタクシーがやって来た。なぜそんなことが分かるのかというと、助手席のダッシュボードの上にハンドボールぐらいの大きさの仏像が置かれ、灰皿には数本の線香が焚かれていたからだ。僕が後ろのドアを開けると淡い煙と線香の香り、それにテープレコーダーによるお経の声が外に流れ出た。僕は後部座席に乗り込み「この近くに不動産屋はありませんか?」と聞くと、仏教徒はしばらく黙って考え、それから静かに車を発進させた。

不動産屋の中にはスーツを着た三十歳ぐらいの女性が一人いるだけだった。筆談を交えながらしばらく彼女と話をした結果、僕の希望どおりＴＬＳのすぐ近くで賃料も予算以下の部屋が一つ空いていているけれども私は午前中ここにいなければならないので、今すぐには案内できない、午後一時ぐらいにＴＬＳのビルの入り口で待ち合わせましょう、とのことだった。そして「十二時半ぐらいに一度確認の電話を下さい」と言って名刺をくれた。

タクシーで来た道を時間つぶしに歩いて戻った。三〇分ほど歩くと、ＴＬＳ付近の見覚えのある街並みに辿り着き、約束の時間までまだ一時間以上あるので、そのまま学校の周囲をぶらぶらと散歩した。

この辺りは台中駅に近いので、ビルが立ち並び、車の往来も激しい。そのような都会の風景に囲まれた、緑豊かな広い公園を見つけた。林や池や小高い山を含むこの『中山公園』にはたくさんの老人がたむろしていて、木陰のベンチで将棋をしたり按摩をしてあげたりして過ごしていた。

のどかな公園内の道をのんびり歩いていると、少し離れた池のほとりで黒くて大きな犬がずぶぬれになった体を震わせて水滴を周囲に飛ばしているのが見えた。犬が好きな僕はもっと近くで見ようと思ってその方角へ歩き出したその時、犬の近くに立っている飼い主らしきおじさんが、手にしていた黄色い物を池の中へ投げ込んだ。それとほぼ同時に犬もバシャ！　と水しぶきをあげて池に飛び込んだ。僕は駆け出して池のほとりまで来て見ると、水面に浮かんでいるボールの方へ向かって犬がスイスイと泳いでいた。そしてボールをくわえると再び飼い主のいる岸に泳いで戻ってきた。犬が水から上がって飼い主の足元でボールを放したのを見て、僕は思わず「おおー！」と歓声を上げて拍手をした。僕の拍手に応えてなのか、おじさんはボールを拾い上げて再び池の中に抛った。犬はまた飛び込みボールの方へ泳いでいった。今度は泳ぐ速度がさっきより遅かったので、僕は心配しながらその様子を見守った。もしも犬が途中で力尽きてブクブクと沈んでいったらどうしよう？　しかし犬は溺れることなく、ちゃんとボールをくわえて再び飼い主の所に戻ってきた。僕はカメラを持っていないことを悔やんだ。

約束の時間にTLSの入り口で待っていると、程なくして不動産屋のお姉さんが現れた。そして駐輪場内の小屋（実際にはビルの守衛室です）に声をかけると、中のおじさんは彼女に「よお、久しぶり」と言ってロックを解除し、お姉さんは扉を開けて中へ入って行った。そして僕に手招きをしつつTLSのある左のA棟とは反対の右のB棟へ歩いて行った。事情のよく分からぬまま彼女の後ろについて行くと、彼女はエレベーターの△ボタンを押して、それから僕にこう言った。

「この棟の十三階の部屋が空いているの。学校に近くていいでしょう？」

十二畳はあるワンルームの部屋で、前に住んでいた人の机とベッドが置かれたままだった。窓からの眺めもなかなかいい。

「是非ここを借りたいです。」

いい部屋を紹介してくれた上に、お姉さんは僕に昼食までおごってくれた。すぐ近くに東友という大きなデパートがあり、その中の食堂のフロアで様々なおいしいものを少しづつ食べて廻り、お腹いっぱいになった。

「僕の右足は左足より二センチ短い。」

と言ったらクラスは静まり返った。隣の席のアメリカ人青年ロダンが僕に言った。

「本当かい？」

「本当さ。だからほら、右の靴底だけ幾らか厚くしてあるだろう。」

鞠《チュー》先生がそれを見ていった。

「あら本当だわ。生まれつきそうなの？」

「いいえ。交通事故です。僕は幾らかの賠償金を受け取り、そのお金で今こうして台湾に来て勉強しています。」

「なるほど。よくできました。」

よくできたのは僕が今さっき述べた「僕の右足は……」のことである。

「その他に何か比較を表す文を思いつきますか？」

と先生が再び質問した。みんなが黙っているので僕は思いつくままに適当なことを言った。

「たまちゃんはまる子よりもお利口です。」

台湾でも放送されているアニメ『ちびまる子ちゃん』の内容に触れた文である。それを聞いて鞠先生はややあきれた笑顔で言った。

「……私は十年近くこの仕事をしてきましたが、アニメの登場人物を使って作文したのはあなただけです。」

ロダンが僕に言った。

「まる子って何？」

鞠先生は『ちびまる子ちゃん』を見た感想を述べた。「うちの子があんなだったら困るわ。」

それを聞いてクラスの半数（と言っても三人だけだが）を占める日本人の生徒が一斉に笑った。先生はなおもこう続けた。

「うちの子があのアニメをよく見るので私も時々一緒に見ます。……まる子はお爺さんと仲がいいでしょう？　だからお爺さんがまる子をよく教育するのだろうと思って見ていたら、ああなんということ！　お爺さんはもっとバカなのね。」

僕ら日本人は腹を抱えて笑った。先生がちびまる子ちゃんについて、むきになって語っているのが可笑しかったのだ。

生徒は全員で六人という少人数のクラスなので朗読や作文の機会が頻繁に廻ってきた。

「次に『～する勇気がない・敢えて～はしない』の動詞を使って文を作ってください。」と鞠先生が言った。みんなは必死に考えて、そして思いついた文を一人ずつ述べていく。

「車を運転する勇気がない。」

「夜、一人歩きする勇気がない。」

「野良犬に近づく勇気がない。」

「臭豆腐を食べる勇気がない。」

僕は言った。

「自殺する勇気はないが生き続ける勇気もない。」（もちろん冗談です）

僕がいつもひねたことばかり言うので、みんなは僕のことを「哲学者ウートン」と呼んでからかった。

授業は一日に三時間しかない。僕は昼間の大半の時間を学校の休憩所で過ごした。自分の寝泊りしている部屋と違ってクーラーが効いている。そこの机に座って黙々と自習した。とりあえずそれ以外にすることがないのだ。もちろん、そのうちに台湾の様々な観光地に行くつもりでいたが、まだ学校付近の街でさえ僕にとっては新奇であった。

お腹が空いたらエレベーターで一階に降り、外に出れば目の前の通りに食堂が建ち並んでいる。台湾で初めて自分で料理を注文しようとした時は緊張した。そこはＴＬＳのビルの入り口にある駐輪場を出てルーフ付きの通路を歩いて表の通りに出た所の、真向かいのうどん屋さんだった。やはり軒下のスペースに食卓を並べたスタイルの店で、外と中とを遮る壁やドアのようなものが無いかわりに、調理場がいきなり手前に、つまり道路に接する所に設けられていて、小柄なおじさんがそこでうどんをゆでながら通行人に声をかけていた。店の前に立ち止まると、「いらっしゃい！　何にします？」とおじさんに聞かれて僕は焦った。中を覗くと奥の壁の上方にメニューの記された長方形の紙がずらりと並べて貼られているのであるが、名前だけではどういう料理なのかよく分からないので、どれにすればいいのか決めかねる。『海鮮鍋焼烏龍麵』というのが目にとまり、それを口にしかけたその時、自分が『鮮』の字の声調を忘れてしまっていることに気がついた。

「またすぐ来ます。」

読み方を調べてから来ようと思ったのだ。もちろん一字ぐらい読めなくても相手は分かってくれるだろうけど、僕は敢えて踵を返して再び背後のビルの入り口に戻り、エレベーターで八階に昇って学校に入り、休憩室に置いたままの自分の辞書を手にとって『鮮』の字を調べた。ようやく『海鮮鍋《ハイシエングオ》焼《シャオ》烏龍麺《ウーロンミエン》』の正確な読みを知った時、奇苗先生が廊下を歩いて休憩室の前を通りかかり、僕に言った。

「あら、どうして立って（辞書をひいて）いるの？」

「今さっき食堂に行ったら、メニューが読めなかった。」

「まさか、それでわざわざここに戻って読み方を調べているの⁉」

僕はもう一度さっきのうどん屋に行く前にここで発声練習をしようと思った。

「海鮮鍋焼烏龍麺《ハイシエングオシャオウーロンミエン》、海鮮鍋焼烏龍麺《ハイシエングオシャオウーロンミエン》、海鮮鍋焼烏龍麺《ハイシエングオシャオウーロンミエン》……よし、完璧。行くぞ」

奇苗先生の笑い声を背に休憩室を出て、エレベーターで一階に下り、再び真向かいのうどん屋の前で立ち止まると、料理人のおじさんがやはりさっきと同じ質問をした。

「……いらっしゃい、何にします？」

「海鮮鍋焼烏龍麺《ハイシエングオシャオウーロンミエン》！」

僕がわざとらしいほどゆっくりはっきり発音したので、中にいた数人の学生が怪訝そうに僕の方を見た。さすがにきまりが悪い。調理人のおじさんは苦笑しながら「了解」と言った。

実を言うと最初はここがうどん屋だということを知らなかった。烏龍麺というからにはウーロン茶の味がする麺なのだろうと思いつつ食べてみると、つゆは普通の醤油味で、麺は白くて太い普通の麺だ。そうか烏龍麺とはうどんのことかと食べてみて初めて悟った。中国大陸では『うどん』のことを『面条《ミエンチャオ》』と呼ぶはずである。ここ台湾では日本の『うどん』に発音が近い『烏龍』を当てているのだった。

日本の食べ物を模倣してなおかつ日本語の発音に近い文字を当てている食べ物は他にもあった。『我可迷你焼《ウォクォミィニィシャオ》』という看板を目にして、きっとお好み焼きのことだろうと思いつつ中を覗くと、案の定、そこは小さなお座敷になっていて、ちょうど一組のカップルがテーブルを挟んで座り丸くて平べったいものを焼いているのが見えた。店頭では既に焼きあがった我可迷你焼《ウォクォミィニィシャオ》がテイクアウト用に売られていた。歩きながら食べられるように持ちやすいアンパンのような形に仕上げられている。それにしても我可迷你焼《ウォクォミィニィシャオ》を訳すと「私はあなたに夢中」となるのが面白い。試しに一つ買って食べてみたが、この我可迷你焼《ウォクォミィニィシャオ》は冷めるとあまりおいしくないようだ。

お腹がいっぱいになるとまた学校の休憩室に戻る。エレベーターを八階で降りて右手のガラス扉を開けるとそこは受付とソファーのある広間になっている。九階で降りてもやはり右手にガラス扉がある。そこを入った所が休憩室、なおかつ各教室へいたる廊下の起点でもあった。休憩室といっても四角い机が一つ置いてあり、その周りに椅子が六つほどあるだけのものだ。

クラスによって授業の開始時間は異なる。早めに学校に来て休憩室に座り、授業が始まるのを待つ生徒はたくさんいたが、半日そこで勉強しているのは僕だけだった。一人で教科書を広げているとよく他の生徒に話しかけられた。

「こんにちは、梧桐《ウートン》。君は本当に熱心だねえ。」

中には分からない教科書の問題を僕に聞く生徒もいた。同じクラスのアメリカ人の青年ロダンもよく話しかけてきた。彼は一度自分が日本を旅行した時の写真をわざわざ学校に持って来て僕に見せてくれた。

「日本はいい。〝アジアのヨーロッパ〟と呼ばれるだけのことはある。」

と彼は言っていた。

ロダンはとても優秀な生徒だった。彼ら欧米人が漢字の読み書きを習得するのは並大抵のことではなく、あきらめて会話だけに専念する人も少なくないのであるが、ロダンは実に多くの漢字を書くことができた。ある日の授業中、先生が『爐』という漢字をど忘れしてしまい、恥ずかしそうに俯いて思い出そうとしていたが、やがて僕を見て「梧桐《ウートン》、書けますか?」と聞いてきた。日本人なら書けるかもしれないと思ったのだろう。僕が手のひらに指でなぞって確認していると、

「ぼくが書こう。」

と言ってロダンは立ち上がり、ホワイトボードに『爐』という漢字を書いてしまった。

「すごい……」

みんなで感嘆の声を上げた。

休憩室にいると先生たちからもよく話しかけられる。鐔《チャン》先生はカタコトの日本語を話せる小柄で穏やかなおばさんで、有り難いことにこの先生はときどき下の飲料店で買ってきたブラックパールティーなどを僕にくれたりした。

学校の中には一つだけ大きな教室があり、その教室の後方、机や椅子の無いスペースに卓球台が置かれたままになっている。時々僕はここへ来てラケットを左手で持ち、球を天井に向けて打ち、落ちてくる球をまた上へ打ち返す、そのような動作を黙々と続けた。なぜそんなことをするのかというと、これには訳があった。

昼休みの時間になるとたまに奇苗先生が笑顔で休憩室にやって来て僕の目の前で立ち止まる。すると僕は何も言わずに立ち上がり卓球台へと向かう。それ以外の用は考えられない。奇苗先生と打つ時は利き手である右手でラケットを持つ。普段、密かに左手で球を打っているので、右の利き手にラケットを持つと急に自分の技量が数段上がったような感じがして、運動神経のあまりよくない僕でも結構うまく打てるのだ。

ある日、例によって二人で卓球をしている時、外で低音のサイレンの音が鳴り響いた。すると奇苗先生は動きを止め、宙の一点を見つめてその音に耳を澄ませた。それから腕時計にちらりと目をやった。あれは何の音ですかと僕が聞こうとした時、彼女は腕時計から目を離して何事もなかったように再び球を打ってきた。僕は来た球を左手でパシッと受け止め、言った。

「あれは何の音ですか？」

「空襲警報。」

「え⁉」

僕が驚くと奇苗先生はクスクス笑いながら

「でも今のは演習だから。怖がらなくていいの。」

と言い、そして僕が球を打って来るのを待つ姿勢をとった。僕は言った。

「あの、まさか本当に戦争が起きたりはしませんよね？」

「ふふ……もしも雲行きが怪しくなったらあなたは日本に帰されるから、大丈夫。」

「僕は大丈夫でも、先生は？」

　すると奇苗先生は肩をすぼめて、掌をこちらに見せるようにして手首を反らし、「どうしようもない」のゼスチャーをして見せた。僕はなんと言っていいか分からず、あとはひたすら真剣に球を打ち続けた。

　時々、一人で近くの『中山公園』を散歩したりもした。毎回この公園に来る度に、以前に見た利口な犬がいないかと期待するのだが、残念ながら再び見ることはついぞなかった。

　夕方になるとこの公園の上空に黒くて小さな生き物が不規則な軌道を描きつつ群れをなして右往左往する。

「……あれらはコウモリですよね？」

と奇苗先生に聞いてみたことがある。すると彼女はあまり関心なさそうに、

「え？　中山公園にコウモリが飛んでいるなんて今まで気がつかなかったわ。」

と言った。あんたにたくさん飛んでいるのに……と僕が納得の行かぬ様子を見せると、奇苗先生はふと思いついたように、そう言えば以前コウモリが一匹、私の部屋の窓から中へ飛び込んで来たことがある、私は悲鳴をあげて部屋を飛び出したけど、お父さんはコウモリが入って来たと知って喜んだ、と言った。

「どうして喜んだのですか？」と僕は質問した。

　コウモリを中国語で『蝙蝠《ビェンフー》』という。『変福』（幸せになる、の意）と発音がほぼ同じであるため、コウモリは中国では縁起のいい生き物なのだそうだ。そのような幸運を呼ぶ動物が娘の部屋に登場し

たとあって、きっと父親はコウモリと一緒にバタバタ飛び回りたいぐらい嬉しかったことだろう。それにしても窓から侵入してくるぐらいだから中山公園の上空を舞うあの群れもやはりコウモリに違いない。

以前、本で読んだことがある。釣り竿の先にトリモチを付けて高く掲げ細かく震わせると、近くを飛んでいるコウモリは自分からトリモチめがけてぶつかって来るらしい。中山公園でそれをやったらコウモリをわんさと捕獲できそうだ。一匹だけでも捕まえてそれを学校に持って行き「やっぱりコウモリでしたよ、ほら」と言って奇苗先生に見せたいところである。二度と口をきいてくれなくなるかもしれないけど……。どっちにしろ釣り竿もトリモチも持っていなかった。

学校の休憩室を中心にしたこのような毎日が一ヶ月ほど続いた。

ある日また中山公園を散歩していた時のこと。日は傾きかけてそろそろコウモリが舞い始める時刻に、数人のＪＷ教徒を見かけた。服装や、ぶら提げている鞄、振る舞いなどで一目でそれと分かる。住宅を一軒一軒訪問し続けると疲れるので、彼らは時々こうして公園に来て一息入れる。国は変わってもやっていることは同じだ。

彼ら五、六人が木陰で立ち止まり談笑している様子を、少し離れたベンチに座りぼんやりと眺めていた。やがて伝道の指揮をとっているらしい兄弟が歩き出すと他の兄弟姉妹たちも従った。伝道を再開するらしい。彼らは公園のベンチで休んでいる老人たちに次々と話しかけてはその度に首を横に振られて断られ、そしてついに僕の所にやってきた。紳士帽をかぶったその兄弟はこう言った。

「こんにちは。おくつろぎのところをどうもすみません。実は皆さんに一つのことをお尋ねしていました。私たちはどうして年老いて死んでいくのだろうかと疑問に思われたことはありませんか？　ある樹木は何千年も生き続けますし、よく見かけるカラスでさえ、百数十年生きると言われています。なのに人間が八十年か九十年しか生きられないのはどうしてなのでしょう？　とても残念だとは思われないでしょうか？」

僕は無関心を装いつつ、彼が頭の中で準備しているであろう次の文句を先回りして述べてあげた。

「なぜなら人はみな生まれながらにして罪人であり、神の義の基準に達し得ない死すべき存在だからです、と聖書に書かれているのでしょう？」

「おお!?　よくご存知ですねえ。」

そりゃそうだ。僕も近所の家の人に同じ質問をしたこともあるのだから。するとその兄弟はやや声をひそめて言った。

「以前にわたしたちＪＷ教徒と聖書を研究したことはありませんか？」

「いいえ。」

僕はあっさり否定した。自分のこれまでの経歴について述べるのは面倒臭い。

「それにしては、よくご存知ですね。」

と呟きつつ疑わしそうな目でこちらの表情を観察している彼の顔を見据えて僕は更にこう言った。

「自分たちだけが聖書を知っている、とでも言いたいのですか？」

少し離れたところに立って成り行きを見守っていた兄弟姉妹たちが、会話の意外な展開に息を呑む音がした。さしずめ「曲者が現れた」といったところだろう。日傘をさした一人の年配の姉妹が近づいて僕に言った。

「失礼ですが、貴方はどちらの教会に通っておられるのでしょうか?」

「聖書には興味がありますが、教会には通っていません。」

「そうですか。まあ、お若いのに珍しい方ですわ。お会いできて嬉しいです。それではお一人で聖書を読んでおられるのですね? なにか分かりづらいところはございませんでしょうか?」

「分かりづらいところ…… そう言われても最近聖書を読んでないからなあ。うっかり日本に置いてきてしまって。」

「日本?」

「ええ。日本の実家に。だから今は中国語のテキストしか読んでいません。」

「あら、貴方は日本人の留学生ですか?」

「ええ、まあ、そんなところです。」

「道理で! 私はてっきり標準語に余り慣れていない田舎の方かと……」

姉妹は親しげに微笑みながらも多少聞き捨てならぬことを言った。

「やっぱり発音が変ですかね?」

「いいえ、とてもお上手です。最初は外国人だと分かりませんでしたから。」

先ほどの、宣教の指揮をしていた兄弟が口を挟んで言った。

「台湾にはいつごろからおられるので?」

「まだ一ヶ月ぐらいです。」

「えっ　一ヶ月でそんなに流暢に話せるようになったのですか？」

「まさか。台湾に来る前から長いこと勉強していましたから。」

「なるほど。ところで日本には私たちＪＷ教徒が大勢いるのですが、お会いしたことはありませんか？」

「さあ。記憶にないですね。」

僕はすっとぼけた。再び先ほどの姉妹が話しかけてきた。

「あの、もしよろしければ、私たちが毎週行っている集会にいらっしゃいませんか？　すぐ近くなんですけれども……」

そして彼女は集会への招待ビラを僕に手渡した。

（なるほど、イエス・キリストを中国語で書くと耶蘇基督、エルサレムは耶路撒冷か。これは勉強になるなあ。）

受け取ったばかりの《和合本》聖書をぱらぱらとめくっていると、

「まあまあ、立って読んだりせずに、どうぞ腰掛けてじっくり読んでください。」

と、集会所内の書籍カウンターの係に言われた。中国語の聖書だけを受け取って早々と帰るつもりだったのだが、さすがに気が差した。ひとまず空いている席に腰を下ろすと再び聖書に目をやる間もなく会衆の成員たちに次々と話しかけられた。「はじめまして、ようこそおいでくださいました。」「日本から語学留学に来られたそうで。中国語の勉強は難しいですか?」「聖書に関心があると聞きましたがどんなところに興味を引かれたのでしょうか?」などなど。

きのう公園で招待ビラをくれた年配の姉妹が僕に話しかけて来た時に、金髪オールバックの青年が王国会館の玄関から入ってきた。姉妹はそれを見て言った。

「あ、いま入って来た人は包《パオ》兄弟といって、アメリカから派遣されて来た人なんですよ。彼は長老……つまりこの会衆の責任者のうちの一人なのです。」

チャイニーズ・ネームが『パオ』というその青年は、案の定、人だかりのしている僕の方へ真っ直ぐ歩いてきた。彼は陽気な笑顔で、

「ハイ!　みなさんお元気ですか?」

と、訛りのある中国語で挨拶した。それから顔をこちらに向けて黙ったまま僕を観察した。僕は一応礼儀を示そうと思って席を立ち、彼に言った。

「はじめまして、梧桐と申します。」

「ウートン?　……ええと、どう書くのかな?」

「樹木の法国梧桐《ファーグオウートン》(プラタナス)の梧桐《ウートン》です。」

「梧《ウー》さん、こんにちは。」

「いいえ、梧《ウー》ではなくて、梧桐《ウートン》が姓です。」

「姓が二文字?」

眉間にしわを寄せているパオ君に、姉妹が僕に代わって説明してくれた。

「梧桐さんは日本人なのです。中国語の勉強のために台湾に来ているのですよ。」

「ああ、なるほど。中国語の勉強をね。」

パオ君はあまり関心なさそうに相槌を打った。姉妹は続けた。

「昨日、私たちが伝道で中山公園に行った時ちょうど彼がベンチに腰掛けていて、私が招待ビラをお渡ししたら、もうこうして集会所に来てくださって……」

「それはそれは。ようこそおいでくださいました。」

と言ってパオ君は手を差し出してきた。そして僕と握手を終えると彼は言った。

「日本でも、JW教会の集会に出席されていたのですか？」

そして皮肉っぽく笑いつつ、こう付け加えた。

「まあ、出席したとしても中国語の勉強にはならなかったかもしれませんがね。」

すると再び姉妹が代弁（？）してくれた。

「それがですね、パオ兄弟。梧桐さんは聖書に興味がおありで、聖書についてとてもよく知っておられるのですよ。しかも、日本ではJW教徒に会う機会がなくて、台湾に来て初めて私たちに会ったのだとか。本当に珍しい方ですよねえ。」

「ふうん、そうですか。まあ、どうぞごゆっくり」

と言い捨てて、パオ君は自分の席、演台に近い最前列の席に歩いて行った。姉妹は小さな声で僕に言った。

「梧桐さん、あの人はちょっとムズカリやなんですよ。長く付き合うといい人だと分かるのですが……」

やがて出席者全員が起立して賛美歌を歌い、それから開会の祈りがあって、そして公開講演が始まる。どこの国の集会所でも集会の順序は全く同じ。四五分間の公開講演の後には、教会の機関誌『JW通信』の朗読とその内容に関する質疑応答といった形式の討議があり、その司会をパオ君が務めた。

最初の質問がなされた。「では、いま朗読された1節に関する質問です。国家の指導者を含む世界中の人々がみな世界平和を望んでいるのにそれを実現するのが難しいのはなぜかという問いに対し、ヨハネ第一5章19節とコリント第二4章4節に関連して何と答えられるでしょうか？」

いきなり回りくどい質問だ。案の定、挙手して答えようとする人が一人もなく、討議の開始早々気まずい沈黙が流れた。要するに「いま挙げた二つの聖句の中に答えがありますよ、どうかそれを述べてください」と言っているらしい。僕はパオ君をからかうようなつもりで何となく手を挙げてしまった。さすがに会場内の空気が張り詰め、一切の物音が絶えた。

（今日はじめて集会に来た人が討議の最初の質問、しかも他の出席者が挙手できないでいる質問に答えようとしている！　一体なんと答えるのだろうか？）そんな雰囲気だった。ところが挙手してからおよそ三十秒が過ぎてもパオ君は僕を指名せず、ひたすら聴衆席を見回して誰か他の人の腕が挙がるのを待ち続けた。そして「今日は重力が大きいようですね」などと、つまらない冗談を言った。僕は力が抜けてきた。結局、手を上げたまま無視されているのも馬鹿らしいので、仕方なく腕を下ろした。するとそれまでパオ君を見つめていた聴衆の視線が僕に向けられ、かすかな溜息と非難の響きを帯びた囁きが聞こえてきた。どうやらそれは司会者のパオ君に向けられているらしい。ついに彼は多少うろたえながら僕を見て言った。

「ええと、じゃあ、その、なんとおっしゃいましたっけ？　日本から来た……」

するとだ誰かがわざわざ大きな声で「梧桐さんです」とパオ君にそう教えた。すると彼は、

「ああ、そうだそうだ。やっと思い出しました。」

と言い、それからとぼけた調子で、

「みなさん、すみません。彼の苗字を忘れてしまいました。なにしろ字が一つ多いので。」

と、またつまらない冗談を言った。聴衆は（なるほど）と頷きつつクスクス笑った。台湾の集会所では討議中にジョークを言ってもいいらしい。僕は自分の席に廻されてきたワイヤレスマイクを受け取ると、訛りのあるパオ君の口調を真似てこう言った。

「みなさん、すみません。答えを忘れてしまいました。なにしろ長いこと待たされたので。」

会場からどっと笑い声が上がった。


みんなは僕が初めて出席した人だと思い込んでいるせいもあって、集会が終わると再び僕の周りに数人の人だかりができ、案の定みんなから大袈裟に誉められた。「はじめて来られたのに討議で発言するとは、驚きました。勇気がありますねえ。」「梧桐さんのおかげで今日の集会はとても楽しかったです。ありがとうございました。」などなど。

高校生ぐらいの女の子二人が、僕の（討議の質問に対する）答え方がクールだと言ってはしゃいだ。僕は思わず「クール？」と聞き返した。するとその女の子たちの母親らしき人がそれに答えた。

「難しい質問をとても簡潔に答えてくださって勉強になりました。参照聖句が二つもあるのに、要点

だけを繋げて一言で答えてしまうなんて、なるほど、こういう方法もあったのかと感心してしまいました。」

母親がそう言い終えないうちに女の子の一人が陽気な声で「世界平和を実現できないのはなぜでしょうか？」と、さっきの討議の質問を真似た。すかさずもう一人の子が声を低め、僕の答えを真似た。「なぜなら『全世界が邪悪な者の配下にあ』り、人々は『思いをくらま』されているからです……きゃあ、かっこいい！」

「ははっ。」

僕は自嘲した。聖書いわく、悪魔が全世界の人々を欺いている。そして僕はこの会衆の人たちを欺いている。

「コンニチワ。」

不意に日本語で話しかけられ、やや驚いて振り向くと、背が低くて髪の薄い四十歳ぐらいの、彫りの深い顔をした男性が笑顔でこちらを見ていた。そして彼は小学校三、四年ぐらいの子供を三人ほど連れていて、その子たちに向かってこう言った。

「このお兄さんは日本人だよ。挨拶をしてごらん。教えただろう？」

すると、おとなしそうな男の子がたどたどしく「コンニチワ」と言い、それに続けて他の二人も同様に挨拶した。僕はしゃがんでその子たちに、

「コンニチワ！　……日本語を勉強しているの？　偉いなあ。」

と言い、それから顔を上げてその男性に、

「あなたは日本語が話せるのですか？」

と聞いた。彼は太い声でゆっくりと答えた。

「ハイ　ワタシワ　イシハッキチ　ト　イーマスネー　ヨロシク」

しばらくの間、互いに自己紹介をした。石八吉《シー・パーチー》さんは台中の小学校で教員として働いている。まだ独身。彼にはたくさんの（本当の）兄弟姉妹がいて、一番上のお兄さんは、彼の生まれ故郷である台湾東部の小さな町で暮らしている。開業医なのだそうだ。このお兄さんは台湾がまだ日本の統治下にあるころに教育を受けた人で、日本語を流暢に話すらしい。

ちなみに台湾の山地にはたくさんの部族が存在していて、八吉さんはブヌン族の出身だという。話を聞いてみると彼は幼少のころ、ずいぶん原始的な生活を送っていたようだ。各部族にはそれぞれ異なる言語があるが、日本による統治の時代には部族間の連絡を日本語で行っていたのだ、と八吉さんは言う。彼も幼少のころ、親や兄から日本語を教わり、そして今も勉強している。彼は週末に自宅で日本語の教室を開き、五、六人の子どもがこれに参加している。彼は教えるのが好きな人らしい。

「梧桐さん、もしよければこれから毎週土曜と日曜にうちに遊びに来ませんか。子供たちも来るので、ついでに少し日本語を教えてあげてほしいのです。もちろん謝礼はしますから……」

僕は承知した。土、日はＴＬＳの授業がなくて暇なのだ。

《和合本》聖書と一緒にＪＷ教会の機関誌『ＪＷ通信』も半ば強引に渡された。まあ、少なくとも中国語の勉強になるだろうと思って捨てないでおいた。

翌日、ＴＬＳの休憩室に腰掛けて『ＪＷ通信』をぱらぱらと捲って眺めている時に、同じクラスのロダンがそこを通りかかり、そして立ち止まった。僕は「こんにちは」と声をかけたが、なぜか彼は黙ったまま僕の正面の席へ、つまり机を挟んで僕と向かい合うようにして椅子に座り、じっとこちらを見つめた。

「どーしたの?」

と僕が聞いても彼は黙ったまま、しかし依然として妙に真剣な顔つきでこちらを見ている。

「なにか話でもあるのかい?」

「……」

「さても奇怪。」

僕は首を傾げつつ再び雑誌に目をやると、やがて今度はロダンの方から話しかけてきた。

「いま君が読んでいるのはひょっとして、『JW通信』?」

「ああ、よくわかったね。」

と言いつつ、雑誌を閉じて表紙を彼に見せた。アメリカもJW教徒の多い国だから、ロダンがそれを知っていても少しも不思議はない。言語は違っても、大きさや独特の挿絵、記事の構成などでそれと分かったのだろう。

「やはりそうか。それにしても、残念だよ。」

「残念?」

「そう。これは非常に遺憾なことだよ!」

と、大袈裟にかぶりを振って彼は嘆いた。いつもと違うロダンの様子を見て、僕は笑いをこらえながら言った。

「なんで？」

「君がJW教徒だとは知らなかった。君たちはキリストを愛していない。」

「……僕はJW教徒じゃないよ。」

「でも、それならどうして『JW通信』を。」

「そういえば二人とも、まだ自己紹介をしていなかったね。」

とりあえず僕はそう言って、自分がかつてはJW教徒であったが、今はそうではないこと、そして『JW通信』をもらった経緯や、今はただ中国語の勉強としてそれを眺めていたことなどを説明した。

ロダンの言葉を借りるようだが、彼がペンテコステ派の信徒だとは知らなかった。そしてここ台湾で中国語の勉強をしながら宣教をしているらしい。彼は母国で暮らしている時、彼の知人の中にJW教徒が一人いたが、その人とは、ちょっといさかいがあった。その中でも特に彼が憤慨している出来事について詳しく話してくれた。

かいつまんで言うと、癌を患っている一人の仲間のためにロダンを含む教会のみんなで真剣に祈ったら、彼女は治療を受ける前に奇跡的に治ってしまった。しかしロダンが知り合いのJW教徒にそのことを話したら、『それは悪霊の仕業です』と言われた。

「はは！　なるほどね。確かにJW教徒ならそう言いかねないな。奇跡は今日《こんにち》では起こり得ないと彼らは教えられているし、それに信仰治療については、聖書で非とされている『まじない』に類する、との見解を持っているから。」

「君もそう思っているのかい?」

「とにかく、君の友人が健康になれたのだから、それは喜ぶべきことさ。『悪霊だ、まじないだ』などとけちをつける前に『おめでとう』の一言ぐらい言ってもよさそうなのにね。ただ……」

「ただ?」

「神に奇跡を求めるべきではないと思うんだ。」

「ちょっと待ってくれ。親愛なる仲間が癌で苦しんでいるのを見て、可哀相だと思って、どうか治りますようにと神に願ったんだ。何か間違っているかい?」

「そのような願いを神が常に叶えてくださればいいけど、そうでもないでしょう? がっかりすることも多いんじゃないかな。」

「がっかりはしない。少なくとも失望はしない。願いが叶えられない場合、それがどうしてなのか僕には分からない。でも……」

そう言うとロダンは視線を落とし、しばらく口を閉ざした。そして淋しそうな表情を浮かべ、こう続けた。

「……でも、これだけは言える。いつ、どんな時でもイエスは僕らを愛してくださっている。あの晩、礼拝堂で、癌を患った友を囲み、みんなで彼女に手を当てて祈った時にも、それを強く感じた。彼女自身も感激して涙を流していた。イエスの愛に感謝していたんだ。もちろんその時はまだ治ったわけではなかったけれど。数日後、彼女は医師からレントゲン写真を見せられ、『不思議なことに癌が縮小しつつあり、このまま治ってしまいそうだ』と告げられた。そのことを知った時、僕たちは本当に嬉しかった。みんなで大きな声でイエスに感謝し、賛美の歌を歌ったり、そして喜びのあまりそのことをいろんな人に伝えたんだ。そうしたら……」

「そうしたら?」

ロダンはまた大きくかぶりを振って深い溜息をつき、こう言った。

「まさか『それは悪霊の仕業だ』なんて言われるとは。」

しばらく沈黙が続いた。

「ううむ……でも、そう言ったのは知り合いのＪＷ教徒一人だけでしょう? 他の人はそうは思っていないのだから、気にすることないさ。『あらゆる良い賜物は天の光の父から下って来る』のだから、君の友人の病が癒されたことについては僕も神に感謝したいね。悪霊の仕業だ、などとけちをつけるなんてひどい話だよ。」

ロダンは目を輝かせてうなずいた。

「そうとも。あいつ、パリサイのようなことを言いやがって。」

「なるほど。イエスが大勢の病人を癒した時に、パリサイ派の連中が『彼が癒しを行うのは悪霊の力によるのだ』と言った、そんな記述があったよね。」

「さすが、よく知っているなあ。」

「別に感心するほどのことでも……」

ロダンはしばらく満足そうな笑みを浮かべていたが、やがてこう言った。

「君のような人に、是非、僕らの仲間になって欲しい。」

「あれれ？　今度はそういう話になる？」

「じつは前から君を礼拝に招待したいと思っていた。親しく話せるようになってきたところでそろそろ、と考えていた矢先に、君がなにやら『ＪＷ通信』らしき雑誌を手にしているのを見たから……」

僕はロダンの真似をして大きくかぶりを振りながら、

「非常に遺憾なこと！　だったわけね。」

と言った。

「くく、君は面白い人だなあ。……おっと、奇苗先生が来た。じゃあこの話の続きはまた後で。」

「たまには一緒に卓球をしようよ。」

「ああ、いいとも。先に昼食を食べてくる。」

と言いつつロダンは立ち上がった。

「おやおや、二人で仲良く何を話しているのかしら？」

と尋ねる奇苗先生に、ロダンは陽気な笑顔を向けて言った。

「耶蘇愛你《イエースアイニー》！」

これは訳すと「イエスは汝を愛する」の意味である。

「……⁉」

彼は休憩室を出る前にガラス扉の前で立ち止まり振り向いて同じセリフを僕に言った。

「耶蘇愛你！」

僕も苦笑しつつ「耶蘇愛你」と言い、そして互いに片手でグッバイのゼスチャーをした。このフレーズは僕も気に入った。

「あら、ずいぶん仲がいいのね。」

ホワイトボードにぎっしりと書いた平仮名四六文字の中から適当に一つを選んで指差すと、五、六秒遅れてようやく『ま』とか『へ』と声が返ってくる。

「遅い！　平仮名を一文字見るたびに考え込んでいるようでは駄目だ。僕が指差したら即座にその文字を読むこと。それができないと次へは進めないぞ。……じゃあ最後、偉《ウェイ》ちゃん。いってみよう。」

この子はとても優秀だと事前に八吉さんから聞かされていたが、果たしてその通りであった。どれを指そうか迷っているうちに、この子は先に答えた。

「さ」

僕が自分の指先を見ると、確かに『さ』に近いところにある。

「おおっ、よおし、どんどんいくぞ。」

僕は速いテンポでぽんぽんと指していったが、偉《ウェイ》ちゃんは目を皿のようにして正確に答えていった。

「できる！　よし、君は合格だ。合格の印としてこれを渡そう。」

昨晩、僕が十二枚の折り紙を組み合わせて作ったゴルフボール程の大きさの『クス球』を布袋から取り出し、偉ちゃんの机の上に置いた。

「わあ、何これ、星かな？」

「いいなー」

「こら！　自分の席に着け。よいか、君たちにとって四六文字は多いようだから、まず『あ行』だけ使ってテストする。それに合格したら次は一行増やして『あ行』と『か行』。……五分間だけ待とう。まずは『あいうえお』を頭に叩き込むんだ。」

「あ行ができたら星をくれるの？」

「駄目だ。四六文字全部のテストに合格してからだ。」

「ええーっ、多すぎるよ。」

「あーあ……今日中に星はもらえないな。」

「あきらめるな。まだ時間はたっぷりある。偉ちゃんほど速くなくてもいいから、せめて僕が指したら三秒後には答えられるようにしろ。」

「ええーっ、三秒⁉」

「つべこべ言うな。ほら、もうすぐテストだぞ。」

時々、八吉さんが自分の部屋から出てきて、教室（になっているリビングルーム）に現れ様子を窺う。「梧桐教授、調子はどうですか？」

「まあまあですね。」

僕が住んでいるところから二〇分ぐらい歩き、台中市と大里市の境界を流れる川に架かる橋を渡ってすぐの所に八吉さんの住むマンションがある。彼は姉と３ＬＤＫの部屋を借りて住んでいる。八吉さんの姉の夫、つまり彼の義兄は多口さんという日本人だが今はここにいない。なんでも胃癌を患って日本の病院に入院中とのこと。

多口夫人は変わった人だ。カタコトの日本語を使って猛烈な勢いでしょっちゅう僕に話しかけてくる。例えば、

「アノネ　コンナノ　コンナノ　ナニッテ　キク　イイヨ　ハズカシ　ナイ。」

恥ずかしがらずに何でも聞いてね、と言っているらしい。中国語で話してくれた方が分かりやすいのだけど、とにかく彼女は日本語を話すのが好きだった。

「アナタ　ワタシ　オトウト　オナジ　ダンナ　ニホンジン　アナタ　イッショ」

僕のことを弟のように見てくれるのだそうだ。

「……それは、とても、嬉しいです。」

仕方なく僕も彼女と話す時は日本語で、できる限りゆっくりと喋った。彼女の本当の弟である八吉さんはというと、一応、日本語教室の先生をやるだけあって、姉よりは幾らかましな日本語を話すことができた。しかし副収入となるとこの日本語教室が次第に彼にとって負担となってきたらしい。

ＪＷ教会の集会所で初めて彼と会った日の翌週の日曜日の朝、約束どおり彼はＴＬＳのビルまで車で迎えに来てくれた。僕を乗せて大里市の自宅に戻る途中、彼はこう相談を持ちかけた。

「私は職員室でやり終えなかった仕事を週末に家でやらないといけないので、そのうえ更に会衆の子供たちに日本語を教えるとなると、休める日がないのですよ。できたら梧桐さんに日本語教室の先生をお任せしたいです。生徒たちから受け取る授業料は……そうだなあ、私と梧桐さんで半分ずつ、ということでどうでしょうか？　少ないですか？」

「いいえ。それで十分です。もともと台湾にいる間は収入なしで過ごす予定でしたから。」

我ながらいい調子だと思いつつ時間が経つのも忘れて子供たちに平仮名の特訓をしていると、不意に呼び鈴が鳴った。やがて八吉さんが自分の部屋から出て玄関を開けると、生徒の母親がそこに立っていて八吉さんと僕に挨拶をした。迎えに来たらしい。時計を見るともうすぐ終了の時刻だった。初日を無事に終えて僕はほっとした。

子供たち全員が、迎えにきた母親に連れられて帰っていくと、八吉さんは開けっ放しにしたままの玄関を指差しつつ僕に言った。

「お疲れさま。どうぞあちらで夕食を食べていってください。私もすぐに行きます。」

「あちらって?」

「玄関を出て目の前、向かいの一三一五号室。呼び鈴を押せばすぐに開けてくれますから。」

「えっ、どなたが住んでいるのでしょう?」

「いいからいいから。」

言われるままに玄関を出て向かいの呼び鈴を押すと、三十五歳ぐらいの長身の男性が玄関を開けた。彼は手にしている缶ビールを僕に見せながら「アサヒ! ニホンノ!」と言った。中からもう一人の男性の声がした。

「おーい。彼は酔っ払ってるから無視していいよ。さあ、こっちこっち。君のために鶏頭をとっておいてあげたから。」

「鶏頭?」

ソファーに座っているずんぐりしたおじさんは、僕が入って来るなり目の前の低いテーブルに置かれた鍋の中から大きなトサカ付きの雄鶏の頭を箸でつかみ僕に見せた。

「げっ　僕がそれを食べるの？」

「豚の鼻もあるよ。ほら。」

「うわ、本当だ。スライスされてる……」

「鶏の脚も。ほら。」

（どうでもいいけど、この人たちは誰？）

ビールを飲んでいた人が僕に言った。

「八吉兄弟は何してるの？」

「兄弟」という呼び方を聞いて僕は少し事情がわかった。隣接する部屋を借りて住んで、集会だけでなく食事も共にしているらしい。ずいぶん仲がいいなあ、と思った。

「八吉さんならまだ自分の部屋にいると思いますが。」

「そうか。まだ電脳博物館にいるのか。何をしているんだか。」

「電脳博物館？」

「そう。彼の部屋にはね、パソコンが三台もあるんだよ。」

「三台も？　凄いなあ。」

「そのうち二台は壊れているけどね。オホホホホ！……」

彼はわざと甲高い声で笑った。僕もなぜか可笑しくなって吹き出した。

「なにしろあの人は物を乱暴に扱うから。ついこの間も車のシフトレバーを壊したんだって。オーホッホッホッホッホ！……」

「あははは！……」

僕も一緒にひとしきり笑い、なお収まらずにいる時に八吉さんがやってきた。オホホ笑いの兄弟は言った。

「梧桐さんがさっきからあんたのことを笑っているよ。」

「何を笑ってるの？」

「頭がハゲてるってさ。オーホッホッホッ！……」

僕は首を横に振りながらも、なお声を出せずに腹を抱えて笑いをこらえていた。

八吉さんは少しむっとした顔をオホホ笑いの兄弟に向けて言った。

「君は悪い友だね。酔い過ぎじゃないの？」

「オホホホ……あ、それと梧桐さんが電脳博物館を見学したいんだって。」

「ああ、別に構わないよ。食事が終わったらまた向こうに行こうか」

プニプニしたトサカやかなりくせのある豚の鼻などを僕が食べるのにてこずっている間に、八吉さんは先に食事を済ませて電脳博物館へ帰ってしまった。ここのおじさんたちが食器を片付け始めたころにようやく食べ終え、手伝おうとしたら彼らは「いいからいいから、八吉兄弟が待っているよ、早く行ってあげな」と言った。

再び真向かいの部屋に戻るとリビングルームで八吉さんのお姉さんが椅子に座ってテレビを見ていた。

「あ、多口さん。食事は済んだのですか？」

と聞くと彼女は円卓の上に置かれたライチの房から一個をむしり取りながら「食欲がない」と言った。

それからやはり例の如く、カタコトの日本語でまくし立てた。

「トナリネ　チョウサン　タイワンゴ　ジョウズ　ペキンゴ　ヨクナイテ　タイワンゴ　イイヨ　タイワンゴ　ニーハオ　チガウ　リーホウ！　リーホウ　イウ　チョウサン　ヨロコブテ……」

僕が「そうですか。ああ、そうですか。」と言いながらしばらく彼女の話し相手になっていると、八吉さんが部屋の扉を開けて僕に手招きをし、そしてまた部屋の中へ戻った。喋るのをやめる気配が一向にない多口さんに僕は適当に相槌を打ちながら後ずさりし、数分の時間をかけて八吉さんの部屋の入り口に近づいて行き、そして半ば強引に「それじゃあどうも」とお辞儀をして会話を打ち切り部屋の中へ入った。

六畳ほどの大きさの部屋の壁際に横長の机が置かれ、その上にデスクトップパソコンが本当に三台も並んでいた。そして両端の二台は埃をかぶっていた。八吉さんは中央のパソコンの画面を見つめながら言った。そこには表計算のソフトが開かれている。

「実は梧桐さんにもう一つだけ手伝って欲しいことがあるのです。別に難しいことではありませんので。ちょっとこっちに来ていただませんか？」

手伝って欲しい作業とは要するに、八吉さんが教えている生徒たちの宿題の点数を入力していくという単純なものだった。

「まあ、これならすぐに終わりますね。喜んで手伝いますよ。ところで、一つ訊いていいですか？」

「はい何でしょう?」

「これでインターネットができますか?」

「もちろんできますよ。梧桐さんはインターネットをしたことがないのですか? 日本ではとても普及しているはずですが。」

「ええ。でも僕はパソコンを持ってませんので。」

「そうですか。インターネットで何が見たいですか?」

「どんなのが見られるのでしょうか?」

「いろいろですよ。そうだなあ……」

八吉さんが僕に見せてくれたのは『マルチリンガルネットワーク』というホームページで、それは外国語を学習している人たちが、互いに自分の学んでいる言語を母国語としている人同士と電子メールで文通するための出会いの場のようなものだった。

「ほら、日本語を勉強したいという中国人のプロフィールとメールアドレスがこんなにたくさん載ってます。誰かと文通してみますか?」

「でも、メールアドレスを持っていません。」

「MSNのホットメールを使えばいい。自分のパソコンがなくても電子メールが使えます。まあ、その方法は後で教えますよ。……他にどんなホームページが見たいですか?」

「しばらくこのホームページを見ていていいですか?」

「ああ、どうぞ。じゃあ私は向こうでテレビを見てますから。」

「あ、ちょっと待ってください。」

「なんでしょう?」

「この、暗号のような文章は何ですか?」

「ああ、文字化けしているのか。これは多分、日本語ですよ。今、中国語を表示させるようになっているのでそれ以外の言語は正しく表示されないのです。ちょっと待って。」

八吉さんがなにやら操作すると、その暗号のような文章は確かに日本語に変わり、その他の中国語で書かれていたプロフィールが、今度は逆に訳のわからない文字の羅列に変わった。

「へえー、面白い。なになに……『こんにちは、私は陳莉絹《ツエン・リーチュエン》です。ハルピンに住んでいます。今年二十三歳で、ハルピンにある石油会社に勤めています。大学生の時に日本文学を専攻しました。今でも日本語の勉強を続けています……』……ハルピンってどの辺ですか?」

「ハルピン?　ああ、中国の黒龍江省です。本棚に地図がありますよ。」

「どれどれ……」

「ふふ、ごゆっくり。」


「確かにこの辺のはずだけど、それらしき建物がないなあ。」

暗くて静かな袋小路に入ったところでタクシーは止まった。

「あとは歩いて探します。ありがとう。」

時刻はまだ夜の八時。深夜まで喧騒の続く駅付近の繁華街に慣れた僕は淋しさを感じた。この袋小路に並ぶ住宅のうち一軒が扉を開け放し、その入り口から漏れる光が付近の道路を照らしている。僕はその家の前まで行き、中を覗いてみた。外から丸見えの部屋で金髪の女性が椅子を並べていた。やがて僕と目が合うと彼女はニッコリ微笑んで中国語で「こんばんは」と言った。誰かが階段を駆け下りて来る音がした。奥のほうの階段から階下の部屋へ降りてそのまま立ち止まらずに入り口まで小走りで来たロダンが僕を見て言った。

「やあ。来てくれたんだね。さあ、どうぞ中へ。」

ＪＷ教会の集会所と比べると十分の一にも満たない狭い部屋の中に椅子が二十脚ほど並べられ、正面の壁にオルガン、そして何も置かれていないスペースがある。多分ここが演台のかわりになっているのだろう。スタンドマイクなどは無い。音響装置の必要がない広さだった。奥の部屋は暗くてよく見えないが台所のようだ。そして二階へ通じる階段があった。

「まさかもう来てくれるとは思わなかったよ。来週どこかで待ち合わせて二人で一緒に来ようと思ったんだけど。よくここが分かったね。」

「君がくれたパンフレットにここの住所が書いてあったからタクシーに乗って来た。暇だから見学に来たよ。」

「そうか、ありがとう。嬉しいよ。さあ、どうぞ座って。すぐに始まるから、もうちょっと待ってて。」

彼はそう言うとまた二階へ戻って行った。やがてこの小さな礼拝堂の中に貧しい身なりの地元の人が一人、また一人と入ってきて椅子に腰をおろした。そして椅子を並べていた女性がオルガンの椅子に腰掛けて指慣らしを始めると、つい先ほどから外ではしゃいでいた子供たちが五、六人ぞろぞろと入ってきた。老若あわせて十二、三人ほど集まったころに、カラフルなフサのついたタンバリンを手にしたロダンともう一人、ややいかつい顔つきのやはりアメリカ人らしい青年が階下にやって来て、笑顔で来場者に挨拶をした。

ロダンから本を一冊手渡された。見てみるとそれは歌詞の本で、聖書に基づく内容の詞が載せられていた。礼拝は賛美の歌で始まった。オルガンやタムバリンの伴奏と共に陽気でノリのいい歌声が響いた。一曲歌い終わると「では次にこの歌を」、それが歌い終わると「じゃあ今度はこの歌を」、そんな具合にしばらく皆で歌い続けた。

「ああ、我らの罪を清め給うイエス・キリストの流されし宝血……」

予想していたような厳かな雰囲気は全くない。何かのパーティーにも思えた。

ようやく歌が終わると、いかつい顔の青年が講演をはじめた。彼は英語で話したが、ロダンがその隣に立って通訳をした。英語で一つの文が話されると、ロダンがすぐにそれを中国語に訳し、そして再び講演者が次の文を述べる……　そのようにして十五分ほどの短い講演がなされたが、二人とも筋書きのようなものは持たずにそれを行った。すべて暗記し、そして事前に何度も練習しているのだろう。

この講演で終わってくれれば良かったのだけれど、最後に皆で祈る時に、僕は気まずい思いをした。礼拝に来た人が皆、各々自分が今しがた座っていた椅子に向かい合うようにして床にひざまずき、肘を椅子に乗せて両手を組み、泣き声で「ああ、どうかこの私にご慈悲を……」などと呟きはじめた。

子供たちも見様見真似で同じ姿勢をとった。僕だけはどうしてもそれができなかった。

結局、椅子に腰掛けたままじっとしていたのであるが、それを見たロダンが僕の所にやって来て「いっしょに祈ろう」と言ってくれた。しかし僕は首を横に振って「ごめん、僕にはできない」と言って断った。ロダンは淋しそうな笑顔で頷くと、再び自分の席に戻って祈りを続けた。今から思えば、融通を利かせて格好だけでも真似てあげても良かったのであるが。

その晩の礼拝が終わり、僕はロダンや講演者の青年、そしてオルガンを弾いた女の子に礼を述べ、礼拝堂を出た。するとロダンは僕につきあってしばらく夜道を共に歩いてくれた。昨日アメリカの実家に電話をして母親と話をした、と彼は言った。TLSでとてもいい友達ができたがその人が『JW通信』を持っていたので悲しかった、そう言ったら母親も「それはとても残念ね」と言っていた。でも今晩、その友達が礼拝に来てくれたから、次の電話でそのことを話せば母親はきっと喜ぶだろう……

「あ、ところで」と言ってロダンは立ち止まった「帰りの道は分かるかい?」

「うん、大丈夫。」

「そうか。じゃあまた明日学校で会おう。耶蘇愛你《イエースアイニー》。」

「うん。耶蘇愛你《イエースアイニー》。」

実のところ、どうやって帰るのかさっぱり分からない。でも、(確かこっちの方から来た)と見当をつけながら夜道を歩いていれば、そのうちタクシーの方で僕を拾ってくれるはずである。

その後も学校でロダンと会うと、彼は相変わらず気さくに話しかけてくれて、時々また礼拝においでよと誘ってくれた。僕のほうも「うん、そのうちまた」と答えるのだが、結局、一度行ったきりで終わってしまった。ロダンは僕が再び礼拝に来ないからと言って別に不満を言うようなことはなかった。多分、あの晩に僕が彼らの祈りに加わらなかったから、ロダンとしても僕を歓迎する気持ちが薄れたのかもしれない。

その一方で、僕は八吉さんから毎週の集会に参加するようしつこく誘われた。仕方なく日曜日の集会だけは行ってあげることにしたのだが、それでもやっぱり面倒臭くてたまに休むと、どうして来なかったのかと追及された。君が集会に来ないから日本語教室の生徒たちが「梧桐先生は?」と淋しがっていたぞ、ともよく言われた。

彼の電脳博物館で僕がはじめてインターネットのホームページを見ていたあの時、しばらくリビングでテレビを見ていた八吉さんが再び部屋に戻ってきた。手には『永遠の生』と題する、いわゆるJW教徒になるための入門書を携えていた。僕は内心うんざりした。予想通り彼がこの本を使って一緒に聖書の勉強をしようと言って来た時に、僕がしかしそれを断らなかったのはなぜかと言うと、子供たちに日本語を教えるというアルバイトを失うのが惜しかったのと、そしてもう一つの理由として、僕は既にその本の内容について詳しく知っていて、時間をかけて予習するなどという面倒臭いことをしなくとも簡単に質問に答えられるからだった。

当初、八吉さんはご機嫌だった。週末に僕が子供たちに日本語を教え、その後に行うことになった僕との聖書研究において、生徒である僕が次々と望み通りの答えを述べて快調に〝進歩〟していったので、それは研究司会者である八吉さんにとって、長老たちの評価という面でポイントが上がるはずだったからだ。ところがそうはならなかった。八吉さんは集会での討議においても発言するよう僕にしつこく言うので、仕方なく僕は出席する度に適当に何度か挙手をしたのだが、そうした僕の行動は長老たちの嫌疑の対象となった。聖書の研究を始めたばかりの人が討議でいきなり発言するのは確かにおかしい。彼らは得体の知れない僕に、できれば集会に来て欲しくなかったに違いない。僕が挨拶をしても気付かない振りをすることさえあった。

　会衆の他の成員もあるいは僕に疑念を持ったかもしれない。しかし、それら長老ではない普通の信徒たちは、あまりこだわらずに僕に親しく話しかけてくれた。中には夕食に招待してくれる人もいた。

「日本にガールフレンドがいるのでしょう?　いないの?　ひょっとして台湾の子と付き合っているとか?」

　酒の席でそのようなくだけた内容の話をしたりもした。一方、八吉さんは、一人の聖書研究生を順調に進歩させているという自分の奉仕報告が長老たちに全く評価されていないことに気付きはじめて、次第に僕に対していらいらした態度を見せるようになってきた。

「梧桐さん、あなたはどうしてこの書籍を予習する際に、要点にアンダーラインを引いたり、余白に参照聖句を書いたりしないのですか。」

と、ある日の聖書研究の時に彼は文句をつけてきた。

「本が汚くなるのが嫌なのです。」

と答えて僕は彼の要求に応じなかった。すると彼は声を荒げて、

「でも下線を引くのは教会の提案でもあるのです。みなそうやって答えを容易に思い起こせるようにしているのです。」

と言ったが、なんと言われようともこの無意義な研究にこれ以上の労力を費やすのは御免こうむりたかった。

「引かなくてもちゃんと答えているじゃないですか。本に何も書き加えられていないからといって非難するなんて、表面的なことにこだわり過ぎてますよ。」

「……ああ、そうですか。じゃあ、好きにしてください。」

僕はみんなを騙すつもりはなかった。ただあまり知られたくない自分の過去を言う必要はないと思っただけだ。それに僕は日曜日の公開講演、つまり一般の人も自由に参加できる集会に出席していただけであって、既に会衆から排斥されていることを隠して再びこの会衆の成員になるなどというつもりはもちろんなかった。八吉さん自身は早く僕に洗礼を受けさせたいと思っていたかもしれないが、どうせ僕はそのうち日本に帰り、帰ってしまえば僕がＪＷ教会の集会に行かなければならぬ理由はなくなるのだ。だから八吉さんが例のＪＷの入門書を僕に教えるのは全く無意味なことで、彼に無駄骨を折らせていることにもなるが、これにしたって彼のほうから半ば強要するような形で僕に勧めたのだ。

ある日、八吉さんが僕をドライブに誘った。用事があって台湾東部の実家へ帰る、とても景色のきれいな所だから一緒に来ませんか、と。僕は喜んでついて行ったのだが、まさか大会に出席させられることになろうとは思わなかった。

「じつは長老たちが『梧桐さんはただ中国語の勉強のためだけにJW教会を利用しているのだ』と言うのですよ。」

その大会の席についている時に八吉さんが僕にそう打ち明けた。

（まあ、だいだい、そんなところかな。）

僕は内心そう思った。

「でも梧桐さんが本当に聖書に関心があると思うので、是非、母国語による講演も聴いて欲しいと思うのです。」

彼はそう言ってその大会会場に設けられている、通訳を介して日本語で講演を聴く席に座るよう勧めたのだった。僕がその席に着いて聴かされた話について何度もけちをつけることはしないけれども、ドライブのついでに大会にも出席することを八吉さんが事前に知らせてくれなかったので、僕はその点が一番面白くなかった。

ただ、東部に来て確かにきれいな景色を眺めることができた。そして露天の温泉にも入った。周囲を森に囲まれた、学校プールの半分ぐらいの小さな温泉で、そこは混浴だった。ほんの数名しか入浴していなかったけれども、水着を着た若い女性が一人、時々湯から上がって岩に腰掛けるので僕は目のやり場に困った。

台中への帰り道、車は台湾の西部と東部を繋ぐ中央の山地を抜ける峠道を長時間走行した。僕は車に揺られながら、ほのかな灯りに照らされて森の闇に浮かび上がる女性の白い肌を思い返して悶々としていた。八吉さんが峠道の途中で車を停めて休憩し、やがていびきを立てて眠ってしまった時に、僕は車を降り、多少ふらついた足取りで道路の反対側のわきまで行ってみた。何とそこは断崖の上で、ガードレールはなく、ただ長さがおよそ一メートル、高さと幅が共に五十センチぐらいの長方形の石ブロックが数メートルの間隔を空けて並んでいるだけだった。興奮とスリルに満ちたひとときであった。

こうして僕は台湾で、ＪＷ教会の集会に行ったり、ペンテコステ派の礼拝に参加したりもしたわけであるが、もちろん僕はそのどちらにも傾倒するつもりはなかった。自分だけの信念を持とう、それがどんなものかまだうまく説明できないけど、もうすぐはっきりと見えてきそうな気がする……そんな慢心にひたる僕を断崖から蹴落とすような出来事が起きた。

それは台湾に来て初めて目にした珍しいものの一つ、と言ってもいいかもしれない。

ＪＷ教徒の中には毎月九〇時間以上宣教活動に携わることを神に誓約している『補教師』と呼ばれる人たちがいることについて述べたのを覚えておられるだろうか。じつはもう一つ『宣教師』と呼ばれる人たちがいる。それは一般の仕事に就かないで、ＪＷ教会から給料をもらって、毎日ひたすら宣教に専念している人たちのことだが、『補教師』と違い、宣教で確実に成果を上げられる、つまりコンスタントに人々を入信させる才能があると教会に認められた人でなければ、この『宣教師』に任命されることはない。それにしても教会から手当が出るとは尋常ではない。会衆で煩雑な仕事をやらされている長老でさえ、タダ働きなのだから。

　僕はかつて日本でたくさんのＪＷ教徒と知り合ったが、宣教師に会ったことは一度もない。呼び鈴を押しまくっては同じことばかり喋っている補教師なら日本に数万人もいるが、宣教師となるとわずか一〇〇人前後しかいない。日本のＪＷ教徒が三〇万人以上いることを考えると、よほどその方面の才能に長けているほんの一握りの人たちだけが宣教師に任命されていることがうかがえる。

　成り行き上、僕がこうして台湾でＪＷ教会の集会に紛れ込んでいる時に、初めて宣教師である一人の女性と出会った。

　ある日僕は集会が始まる二〇分以上も前に集会所に着いてしまった。まだほんの数名のステージ係が音響のテストを行ったり、聴衆席の椅子を並べ直したりしていた。僕は一人で椅子に座って聖書を読んでいた。その時に、その人は会場に現れた。

「お！　楊姉妹、お久しぶりです。」

　ステージ係が作業を中断して彼女に近づき、恭しく挨拶を述べた。

「梁兄弟。お久しぶりです。」

「今日お見えになるとは聞いてなかったのでびっくりしましたよ。なにか実家の方に御用でも……」

　彼らが会話している様子を遠くから見ているうちに、その女性の大きな目と、凝った編み方で小さく束ねられた髪が目に留まった。

（おや？　あの女の人をどこかで見たことがあるぞ。）

　僕はそう思った。そして目を凝らして仔細に観察した。年齢はどうも見当がつかない。小柄な体格で童顔ではあるが、何も知らなそうなあどけない顔というのとは違う。シックな服装や小さくまとめられた髪、そして落ち着いた挙動などを見ていると、わざと自分を年配に見せているような印象を受ける。やがて僕の視線に気づいた彼女はこちらを向いて軽く会釈すると「あの人は……？」とそばの兄弟に尋ねた。尋ねられた兄弟は「ああ、あの人は梧桐さんといいます。彼は日本人の留学生で……」と言いながら人差し指を宙でくるくると動かし、どうも説明に困っているようである。やがてその女性は座席の間をスーッと抜けてこちらに近寄ってきた。そして僕の目を見て微笑み、「こんにちは、梧桐さん」と言ってお辞儀をした。僕がなおも黙ってじっとその顔を見ていると、彼女は片言の日本語で「ワタシワ　ヨウ　デス　ハジメマシテ」と言って、かすかに首をかしげてみせた。

「いいえ。二回目ですよ。」

僕はニヤニヤしながらそう返答した。

「えっ、本当？」

「本当ですとも。」

すると彼女は指先を眉間にあてて顔を伏せ、小さな声で呟いた。

「私としたことが、一度会ったことのある人を忘れるなんて……」

僕は言った。

「一週間ほど前の晩、台東の騰さんの家の玄関の前で、あなたと石八吉さんが話をしている時に、僕はあなたを見ました。」

「ああ、あの時！　……一緒におられましたか？」

「僕はまだ八吉さんの車の中にいました。ちょうど僕が車から降りた時に、あなたはスクーターに乗って行ってしまいました。」

「まあ、それは失礼しました。八吉兄弟ったら（梧桐さんもいることを）知らせてくれないんだから。」

「きっとあなたに夢中になって、僕のことなど忘れてしまったのでしょう。」

僕は真顔で言った。

「やだぁっ。」

彼女は顔を伏せて声を出さずに笑った。そして再び顔を上げた時に何かを言いかけたが、同時に僕も喋り出そうとして、そして二人とも遠慮して口を閉じた。

「どうぞ。」

と彼女に促されて、僕は言いかけた質問を述べた。

「僕はあなたが騰さんの家のお嬢さんだと思いましたが、そうではなかったのですね。」

「うん。実家は台中なの。もともとここの会衆に交わっていたけど、半年前から台東県の方に住んでる。あの時は騰さんの家にちょっとした用事で立ち寄っただけ。」

「それはやはり宣教の関係で?」

「ええ。あの辺りはまだ私たちの仲間が少ないので、お手伝いさせてもらっています。」

「そうですか。それにしても、母親の看病をするために実家に戻られたそうで。ご苦労さまです。早く良くなるといいですね。」

「ふふ、さっきの話、聞こえていたのね。看病といっても、母は入院しているので、ときどきお見舞いに行くだけなのよ。でも、母が退院するまでは台中にとどまって、こちらの会衆にお邪魔させてもらおうかしら。」

「お邪魔だなんて。それは僕の台詞ですよ。」

会場の出入り口から大きな声がした。

「Hi!　Sister Yang Xinyu……」

長老のパオ君が英語でペラペラ喋りながらこちらにやって来た。

「おはようございます。」

と僕は挨拶したがパオ君はそれを無視して、再び英語で楊さんに語りかけた。しかし楊さんもまたパオ君を無視してこちらに顔を向けているので、僕はびっくりした。

「あ、あの、楊さん。パオ長老があなたに何か話していますけど。」

「ああ、パオ兄弟、私に話していたのですか？　ごめんなさい。もう一度おっしゃっていただけませんか？」

パオ君は軽く溜息をついた。楊さんが僕にささやいた。

「さっき、彼がなんて言ったか、分かった？」

「いいえ。お恥ずかしいのですが……」

「うんうん。私もあまりよく分からない」

パオ君はクスクス笑いながら言った。

「楊姉妹、嘘をついてはいけませんよ。もっとも梧桐さんのほうは本当に英語は分からないだろうけどね。だって同じこの場所で行われている英語会衆の集会には来ないからなあ。ははっ、彼はただ中国語の勉強をしているのさ、ここで。あ、そうだ。来週、私が英語会衆で講演するので是非また来てくださいよ、姉妹。」

それからパオ君は僕の肩をぽんと叩いて、わざとらしくゆっくりと言った。

「She is a missionary.」

「ミッショナリー?」

と僕は訊き返したが、パオ君は鼻で笑ってその場を去った。

(あっ　そうか。宣教師……この人が。)

僕はあえて楊さんに質問してみた。

「今、パオ長老が言った『ミッショナリー』とは何でしょうか?」

「ふふ……奴隷です。」

「まさか。奴隷ってことはないでしょう?」

「いえ、本当です。だからもし私にも手伝えることが何かあれば遠慮なくおっしゃってくださいね。楊欣雨《ヤン・シンユィ》です。よろしく。」

それから僕は楊さんの質問に答えて、自分が台湾に来てからＪＷ教会の集会に出席するようになったきっかけや、八吉さんの家で子供たちに日本語を教えていることなど話したが、自分はかつてＪＷ教徒であったが既に会衆から排斥されていることなどは、もちろん話さなかった。やがて集会の始まる時間が近くなり、会場内へ続々と人が現れた。みんなが楊さんと久しぶりに対面して懐かしそうに会話している様子を少し離れた所でぼんやり眺めているうちに、八吉さんもやって来て、いつもどおり僕の隣に座った。演台には既に司会をする人が立ち、出席者に挨拶を述べようとしていた。

集会における討議において僕が挙手をしないでいると、隣の八吉さんが体をピタリと寄せてきて「次の質問は分かるでしょう？　簡単だから。」と言って耳元で解答をささやいたり、僕の袖をつまんで上げようとしたりするので、それが嫌な僕は今回も仕方なく適当に挙手をして、何度か発言をした。しかし、新参者を装って資料の中の文章をそのまま述べるだけの白痴的発言はどうしてもできなかった。その結果「梧桐さんの解答はどう考えても集会に参加し始めたばかりの人ではない」と、宣教師の楊欣雨《ヤン・シンユィ》も長老たちのように僕を疑うことになりかねなかったが、果たしてその通りだった。

集会が終わると、僕は八吉さんの車に乗せてもらって一緒に彼の家に行き、そして子供たちが来るのを待って日本語の授業を行う。いつのまにか二人の間にそのような取り決めが出来上がっていた。しかし八吉さんは閉会後すぐには帰らないで皆と世間話をする。だから僕は閉会後に椅子に座ったまま聖書を読んで時間をつぶすことが多かった。

「梧桐さん。」

と不意に名前を呼ばれて顔を上げると、楊欣雨《ヤン・シンユィ》が二列ほど前方の座席で横向きに座り上半身を後ろの僕の方へひねってこちらを見ていた。

「さっきの討議で、とても上手な解答をありがとうございました。とても聖書研究を始めたばかりの人とは思えないわ。」

「はあ。恐縮です。」

僕は顔をこわばらせた。

楊さんはゆっくりと一息つくと、会場内を見回した。僕もつられて周りに目をやった。いつのまにか出席者のほとんどが帰り、会場内はだいぶ静かになっていたが、まだ八吉さんたちを含む十数人の人たちが立ち話をしていた。楊さんは顔を横に向けたまま独り言のように呟いた。

「ここの会衆は神権家族が多い。」

「神権家族？」

僕は初耳のふりをした。

「家族全員で洗礼を受けて、一家揃って神に仕えている、そういう人たちがこの会衆には多いの。例えば、ほら、あそこに若い女の子が三人いるでしょう。あの子たちは本当の血縁の姉妹だし、両親もＪＷ教徒なのよ。」

「へえ、そうなんですか。」

「うん。いいなぁ、うらやましいわ。」

「うらやましい？」

「ええ。私の家族はみんな未信者だから、時々とても淋しくなるの。」

「……」

「私は高校生の時にＪＷ教徒と聖書の研究をするようになったんだけど、あのころは毎日のように両親に叱られたわ。」

「……」

「ふふ、ごめんなさい、愚痴をこぼしたりして。でも逆に両親がＪＷ教徒だと、淋しくはないかもしれないけど結構つらい時もあるそうよ。しつけが厳しい、制限が多い、だとかね。」

「なるほど。」

僕が相槌を打つと彼女は陽気に笑いながら、

「まあ、みんなにはそれぞれの苦労があるってことね。梧桐さんにはこれまでどんな苦労があったのかしら。私、興味を感じちゃうな。」

と言って僕を見つめた。その目からは本当に好奇心が窺えた。楊さんの過去について少し知った僕は彼女に親近感を覚え、その彼女に期待に満ちた目で見つめられ、僕はなぜか自分がこれまでに体験してきたことを何もかも打ち明けたくなった。

……じつは僕も高校生の時に両親の反対を押し切ってＪＷ教徒と聖書の研究をするようになったのです。ところが後に悪行を犯し、そのことで長老たちから叱責を受け、それに腹を立てて自分から組織を離れたのです。僕がどうして自分の過ちについて悔い改めて復帰することができなかったのかというと、長老たちとの仲が悪かったことも理由の一つかもしれないけど、それは重要なことではありません。悪行を犯してしまうよりずっと以前から、僕は教会の教義や組織のあり方について疑問を感じるようになっていたのです。それはつまり……

「おや、お二人さん、ずいぶん仲が良さそうですな。」

ふと気がつくと八吉さんがすぐそばに立っていて、冷やかすような口調でそう言った。僕はどぎま

ぎした。しかし楊さんはすぐに、
「あら、本当？　嬉しいわ。」
と言って僕と八吉さんに微笑んでみせた。僕は自分の顔が赤くなるのを感じた。結局、その日は楊欣《ヤン・シン》雨《ユイ》に何も話すことができないまま集会場を後にした。

ところで、世界中でおよそ三〇〇万人もいるＪＷ教徒の生活を律する教えは一つに統一されているわけだけれども、各々の成員が暮らしている環境は千差万別であるから、同じ教えでも、国によって異なる影響を信徒たちに与えている。例えば日本のＪＷ教徒にとっては『クリスチャンは兵役を拒否するべき』と教えられてもなんだかヨソ事のように聞こえる。しかし例えばここ台湾においても徴兵制度が存在するので、この国のＪＷ教徒たちは兵役拒否の教義を厳しい現実として受け止めざるを得ない。その教えを守り兵役を拒むなら、何年もの牢獄生活を余儀なくされるからだ。台湾で僕がお邪魔していた台中会衆にも兵役を拒否したために七年間監獄で過ごしたという兄弟がいた。

そして実際に兵役を拒否するがゆえに間もなく牢屋に入れられてしまう若者と出会った。僕がいつもどおり子供たちに日本語を教えた後に、夕食をご馳走してもらうために〝教室〟の向かいの部屋に行くと、「今日はここに大勢来るよ。十人くらいかな。お別れ会があるからね。」と告げられた。多分、会衆の成員の誰かが引っ越すのだろうと思った。しかしその会が始まり、主役の席についている若者に対するみんなの励ましがやけに真剣なので、ようやく僕は（これはただの引越しではない）と気づいた。

「孫兄弟、牢屋で過ごすのは決して楽なことではありませんけど、たとえ何処にいようとも私たちは皆一つの思いで結ばれていますし、なによりも天から神が見守ってくださるのですから……」

「えっ　牢屋？」

僕は隣に座っている人に小声で聞いた。

「そう。彼はね、聖書に従って兵役を拒否した。だから牢屋に入れられてしまうんだ。残念なことだけれども。」

その若者の顔からは悲しげな様子は微塵も感じられなかった。かえって確信に満ちた笑みをたたえていた。

「みんな、ありがとう。でも僕は今、とても幸せなんだ。そりゃあ、牢屋に入れられて楽しいわけはないさ。世間の目も冷たいし。兵隊にならぬなんて非国民だ、とまで言う人もいるしね。だけどそういった人からの評価なんて重要なことではないのさ。全てを創造した神から是認されること、その喜びを今、とても強く感じているんだ。僕はこれを試練ではなく、特権とさえ思うよ……」

その若者が自分の信念について語るのを聞きながら、僕は自問した。彼の目を見据えて、そして「お前の信念は間違っている！」と言うことができるだろうか？　そうする勇気はなかった。それで結局その日は黙っていた。

その年はしし座流星群による流星雨を観測できる年であった。日本よりも台湾の方が観測条件が良いとのことだった。

「梧桐さんはいい時に台湾に来たねえ。いろいろなものが見られたじゃない。」

流星出現のピークの晩に、鶏頭を食べさせてくれた周さんは僕と三人の友達を誘って車で郊外の山に連れてってくれた。見晴らしのいい所で車を道路のわきに停め、僕らもまた道路のわきで仰向けに横になった。こうして道端で大の字になって寝そべっていると、なんだか自分が力尽きて倒れてしまったような錯覚に陥る。

ときどき視界に現れる流星は速度も明るさも光を放っている時間の長さもまちまちだった。ある一つの流星がゆっくりとした速度で落下しつつ、ひときわ明るく輝き、五、六秒間も光り続け、そして闇に消えた。

第三章　スプーン（北京滞在の三日間）

陳莉絹《ツェン・リーチュエン》は黒龍江大学で日本文学を専攻し、日本語能力測試一級にも合格した優秀な女性だった。今年二十三歳で、今はハルピンにある石油会社に勤めている。彼女は時どき北京の本社に出張へ行く。一度の出張で一ヶ月ぐらい北京に滞在する。

一週間に一度、陳莉絹《ツェン・リーチュエン》からの電子メールが僕のアドレスに届いた。彼女は身の回りの出来事、自分の日常生活や仕事のことなどを日本語で書いて送ってきた。ハルピンに近い大慶油田を彼女が訪れた時に見た、現場で働く人たちの過酷な労働について、あるいは会社が震度測定器を購入する際にその契約を任されてはりきっていること、更には北京滞在中に同僚とバーに行ったりカラオケに行ったりして楽しく過ごしていることなどを、丁寧な言葉遣いで長々とメールに書いて送ってくるのだった。

僕はもっぱら陳莉絹《ツェン・リーチュエン》からのメールを読み、そして返事を送るためだけに毎週決まった曜日にインターネット喫茶に赴いた。僕もまた、自分のことや台湾での生活についてなるべく詳しく紹介した電子メールを彼女のアドレスへ送信したのだった。

陳莉絹《ツェン・リーチュエン》から、写真の添付されたメールが届いたことが三度ほどあった。最初に届いたのは、様々な動物や花を象った氷の彫刻の写真である。彫刻の内部には色鮮やかなランプが灯っている。ハルピンの氷灯祭の写真だった。二回目に来た写真は、雲のような樹氷の森から突き出した、天に刺さるような教会の尖塔の頂に十字架が光っている写真だった。これもハルピンで撮影したのだそうだ。三回目の写真は僕からお願いしたもので、陳さんが写っている写真を見てみたい、とメールに書いて送ったところ、彼女が以前、無錫《ウーシー》にある映画村へ家族と一緒に行った際、テレビドラマの『水滸伝』で使われた衣装を着て記念撮影した時の写真を添付して送ってくれたのだった。彼女は宋代のころの桃色の衣装を着て、きらびやかな頭飾りをつけ、いかにも楽しそうな笑顔でこちらを見ていた。写真の背景となっている室内にも華やかな装飾や美術品が置かれてあり、幻想的だった。

半年ほど文通が続いたある日、僕はいつも通り、決められた曜日にインターネット喫茶へ行って自分のメールボックスを開けた。すると、いつも通り陳莉絹《ツエン・リーチユエン》からのメールが届いていたのであるが、その中にはこのように記されていた。

「前回のメールの中で梧桐さんはハルピンに行ってみたいと言っていましたね。今、ハルピンの気温は氷点下四〇度まで下がるんですよ。だから来ないでくださいね（笑）。ハルピンより先に、北京に行ってみるのはいかがですか？　私は来年の三月一日から一ヶ月間、出張で北京にいます。でも、三月の最後の週には仕事が終わってしまって、のんびり過ごせると思います。出張の最後の週はきまって連休みたいなものなのですよ。その週に、もしも梧桐さんが北京に来れたなら、私は喜んで北京観光の案内をします。

追伸。北京を一週間ほど観光してみて、もし気に入ったらそのまま北京に留まって勉強を続けるというのはどうでしょうか？　北京でも大勢の日本人が語学留学をしていますよ。」

僕はインターネットで北京市内のとある外語学校に入学するための必要書類を調べた。そして実家の姉に手紙を書いて、僕の高校の成績証明書などを台中の僕の所へ郵送してくれるようにお願いした。さらに僕は、台中の病院で健康診断を受け健康診断書を書いてもらったり、銀行へ行って銀行の残高証明などを用意した。必要な書類が全て揃い、それらを北京のその学校へ郵送したところ、一ヶ月後に入学許可証が返送されてきた。

学生ビザを申請する際に必要なこの入学許可証を得た時点で、僕は既にTLSをやめて北京のその学校へ移ることを決めてしまった。

春節、すなわち陰暦の元旦こそ盛大に祝い、新暦のそれは大して祝わない台湾人と共に、僕もまたその年の正月を何でもなく迎え、一月一日、二日、三日と過ぎていったけれども、内心では北京に行く計画を徐々に固めつつあったので、僕一人だけやや晴れやかな気分を味わいつつ、普段とほとんど変化のない台中の街を歩いていた。

JWの宣教師、楊欣雨《ヤン・シンユイ》と街でばったり出会ったのはそのころのことだった。集会場の外で会って話をするのはその時が初めてだった。時刻は夜の八時ごろで、TLSのすぐ近くにある萊萊百貨というデパートの入り口に僕が入ろうとしたところ、正面を見ながらショーウィンドー沿いの歩道を真っ直ぐに歩いて来る彼女を見かけた。僕は立ち止まり、近くに来るのを待って声をかけようと思った。楊欣雨《ヤン・シンユイ》は亜熱帯の台湾でも冬になると気温は十度前後まで下がるし、その晩はやや風が強かった。

黒いハーフコートの襟をたて、そして片方の手には買物袋をぶらさげていた。にもかかわらず、集会所で見る時と同じように、頭の上に本を載せても落ちてこないような歩き方で、すーっとこちらに移動してくるのであった。あれはもう、人目を意識しているのではなくて、彼女の癖なのだな、と僕は思った。動かない時はまるで人形のように、ぴくりともしない。動く時は幽霊のような動きをする。そういう癖である。

「こんばんは」

と僕は声をかけた。

「あら、梧桐さん。今日はとってもかわいらしくってよ、その髪型。」

僕はその日、ムースをきらしていたので前髪をおろしていた。

「それはどうも。それにしても見た瞬間に、よく、僕だと分かりましたね。今日はこの頭で学校に行ったのですが、クラスメートに『はじめまして』なんて言われちゃいましたよ。」

「梧桐さんが声をかけてくれなかったら、私も気がつかないで通り過ぎるところだったわ。お買い物ですか？」

「そうです。整髪料を買いに。」

「うふふ、なるほどね。日用品売り場は二階にあるの、ご存知？」

「はい。そして食堂のフロアは八階です。」

「は？」

「よかったら一緒に食事でもどうですか？」

遠くから見ると楊欣雨《ヤン・シンユイ》はさしずめ中年の貴婦人といった感じなのだが、近くで面と向かうと童顔で化粧もしていない。そして改めて彼女のシックな色合いの服装やときどきかけている線の細いメガネ、髪の凝った束ね方などを見ても、決して違和感を感じず、よく似合っている。

楊欣雨《ヤン・シンユイ》がJW教会から給料を支給されるほどに宣教において成果をあげることができるのは、その外見や挙動のおかげであるに違いない。忘れ難いほどの大きな目は非常に賢そうな印象を人に与えているというだけでなく、彼女はその目で敬意のこもった視線を人に注ぐ以外の全ての挙動を完全に抑制しているかのようであり、なおかつそれが自然に見えてしまう、何かしら切なさを帯びているような独特な顔立ちをしていた。他では得がたい印象を見る者にもたらしてくれる。

何かの本で読んだことを思い出した。印象的な表情や仕草などは他の人に感染するらしい。夫婦が次第に似てくるのはそのためだとか。それで、楊欣雨《ヤン・シンユイ》の表情や挙動を見ていると、僕も否応なく彼女に対して精神を集中させてしまうのであった。彼女が僕に対してそうしているように見えるのと同じように。

「えっ、でも。」

僕に食事に誘われ、彼女はやはりどう答えようか迷ったまま、不安げにこちらの顔を窺っていた。僕はふと思いついたことを喋った。

「あっ、そうだ、この間の集会の講演で、北京政府によってJW教会の布教活動が禁止されているにもかかわらず、神の導きの下で中国大陸でも伝道者たちが成果をあげている、と講演者が話しているのを聞きましたけれども」

「え?　ああ、はい、もちろん中国では地下活動だし、詳しい進展状況についてはここでも公には発表できないのですが……興味を感じますか?」

「はい。僕はもうすぐ北京に行くかも知れないので、ひょっとしたら禁令下で活動しているあなたがたに会う機会があるのかな、なんて思ったもので。」

「北京に行く?　それはまたどうして?」

「ここで立ち話もなんですから、よかったらコーヒーでも飲みながらゆっくり話をしませんか?」

「でも。」

「まあまあ、これは楊さんにとって宣教とも言える真面目な話ではありませんか。もしも僕が北京へ行ってからも引き続きJW教会の集会に出席するとしたら、出発する前にいろいろと情報を得ておかないと。」

もちろん、北京へ行ってからもJW教会の集会に出席するつもりなど、僕には全然なかった。ただ何となく、外でばったりと出会った楊さんとすぐに別れてしまうのが惜しかった。もう少しの間お喋りでもしながら、楊さんの綺麗な目を眺めていたかった。

でも、あいにく今日はあまりゆっくりしていられないと楊さんは言うので、僕らはデパートの八階には行かず近くのハンバーガーショップに入ったのであるが、店内は混雑していた。二階の窓ガラスに沿って設けられたカウンターテーブルのような席に空きが二つ並んでいたので、二人はそこに腰掛けた。楊さんは買物袋を足元に置き、脱いだコートをその上にまるめて置いた。彼女の体にぴったりと合った、白くて目の細かい薄手のセーターを見、そして微かな香水の香りを感じると、僕は彼女のすぐそばに座っていることが急に照れ臭くなってきた。

「ここに来てコーヒーだけ飲むのは初めてだな。」

とりあえず僕はそんなことを言ってカップをとりあげ、砂糖もミルクも入れずに一口すすった。

「何か頼めば良かったのに、私に構わず。」

「いえいえ、別にお腹は空いていませんから。」

楊さんは依然として不安げな表情で窓ガラス越しに、道路の向こう側の床屋や文具店の辺りを見つめていたが、やがて集会場で会う時のような笑顔が戻ってきた。

「北京へはいつ行くの？」

「三月の最後の月曜日に行こうと思っています。四月から向こうの外語学校の新学期が始まりますので。」

「三月？　三月って、今年の三月？」

「もちろんですよ。それがどうかしましたか？」

「……ううん。別に。それで、梧桐さんは北京へ行って、いずれ北京の大学の入学試験でも受けるおつもりなのでしょうか？」

「いや、そこまでは考えていません。」

楊さんは可笑しそうに笑いつつ、確かめるように言った。

「あなたはただ中国語の勉強をするために、わざわざ北京に移るのね？」

「ええ、まあ、そうです。」

「どうしてここでは駄目なの？　ここだって、ほとんどの人が標準語を話しているじゃない。」

「それはそうです。もちろん、ここでもいいのです。ただ何となく、中国大陸のほうはどんな所なのか興味を感じますし……」

するとと楊さんは、何かを疑るような笑みを浮かべて僕を見つめ、こう言った。

「怪しいなあ。」

「何が怪しいんです？」

「集会所で会うと、いつもつまらなさそうにしている人が、禁令下の中国へ行ってからも、なお集会に出席しようとするなんて、絶対に怪しい。」

「つまらなさそうにしていますか？」

「だって、いつも一人で座っていて、誰が何と声をかけてもいつも気乗りしない声がかえってくるそうじゃない。何だか、みんなと距離を置こうとしているみたい。ひょっとして梧桐さんは、聖書に関心がある人を装って会衆に潜入して、情報を集めているんじゃないかしら？」

「情報って、何の？」

「つまり、中国大陸で地下活動しているＪＷ教会の伝道者たちについての情報。」

「その情報を集めてどうするんです？」

「さあ、どうするのでしょう。警察に提供すると何か報酬でもあるのかしら？」

「そうなんですか？」

「私が訊いてるの。」

「僕は知りませんよ。もともとそのような考えはありませんから。」

「じゃあ、どうして北京でのＪＷ教会の集会について私に訊くの？」

「だから。いや、もういいです。実は最初から、北京に行ってからも、あなた方の集会にお邪魔をするつもりなんて全然ありませんでした。ただ、」

　僕は口ごもった。楊さんはこう言った。

「別に邪魔だなんて誰も言ってないわよ。それに、もしも本当に梧桐さんが北京へ行ってからも集会に出席するつもりなら、私は……」

「私は？」

「私は歓迎するわ。梧桐さんを。」

「歓迎する、って、何だか楊さんは、北京にいるみたいな言い方ですね。」

　僕は笑いながら、彼女の誤りを指摘したつもりだった。しかし楊さんは訂正せずに更にこう言った。

「今日、こうして梧桐さんとばったりと出会ったのも、何かの縁かもしれないし。」

　そこで僕はこう訊いてみた。

「確か、楊さんはあちこちへ派遣されているんですよね、まだ信徒が少なくて会衆が設立されていない地域へ。ひょっとして近いうちに、中国大陸の方へも行くのでしょうか？」

　返事は無かった。そのかわりに彼女は脱いだコートを取り上げ、そのポケットの中を探り始めた。

しかし、目当ての物はすぐには見つからないようだった。

　僕は窓の外を眺めた。店外のすぐ近くの交差点の信号機は、おとといから光らなくなったまま放置されていて、車のクラクションの音が絶えなかった。それを聴きながら、いったい僕はどうして楊欣《ヤン・シン》雨《ユイ》と一緒にこんな所にいるのか、もう忘れてしまっている自分に気がついた。

紙が破れる音がした。見ると楊欣雨《ヤン・シンユイ》が手帳を取り出していて、そこから切り取った一枚にペンで何かを書き始めた。やがてペンの鞘をカチッとはめて、手帳と一緒に、脱いだコートの内ポケットにしまうと、テーブルに残した今しがたのメモを取り上げ、それを僕の方に差し出して、こう言った。

「梧桐さんが北京へ移って、そして落ち着いたら、ここへ電話してみて。その時に私がまだ北京にいるかどうかは分からないけれど。」

「そうですか。楊さんは北京へ派遣されるんですか。……でも、僕なんかに、北京での連絡先を教えてしまっていいんですか？　さっきまで僕を疑っていたではないですか。警察に通報するの？　とか言って。」

しかし楊さんは僕の目を見つめたまま、メモを僕の方へ差し出したままにしているので、僕は手を伸ばして受け取ろうとした。ところが僕が指でそれを摑もうとした瞬間、彼女はメモを持ったその手をさっと引いた。

「お？」

思わず僕は軽い驚きの声を上げた。すると楊さんは悪戯っぽい笑みを浮かべて言った。

「疑ってはいない。でも、梧桐さんは何かを隠している。台湾に来て初めてJW教会を知ったなんて絶対に嘘よ。そうでしょう？」

「……」

「私に聞かせてほしい。梧桐さんが隠していることを全部話してくれたなら、わたしも北京での連絡先を梧桐さんに教える。梧桐さんが北京へ行って、もしも何か困ったことが起きた場合、私でも何かの助けになれるかもしれないわ、そうでしょう？」

彼女は笑顔ではあったが目は真剣だった。それで、僕はとうとう、自分もかつてはＪＷ教会の信徒であったが、既に自分の不道徳によって排斥されていることを打ち明けた。しかし、詳しい経緯については伏せておいた。マッサージの少女・海琦《ハイチー》との一件について話すのは恥ずかしいし、ＪＷ教会の教理に対する疑問についても、楊さんから余計な反感を買うのが嫌だったので、黙っていた。

楊さんはしばらく黙って何かを考え込んでいるようだった。

ＪＷ教会の教えに従うなら、排斥された者である僕とは、話どころか挨拶さえ交わしてはならないはずだから、やがて彼女は何も言わずに席を立ち、店を出て行ってしまうだろうと僕は思った。今はただその頃合を見計らっているのだな、と僕は思った。しかし、彼女はやがて先ほどのメモを再び僕にそっと差し出した。

「僕は既に排斥されていて、しかもあなた方を騙してそのことを黙っていたのに、そんな大事なメモを渡してしまっていいのですか？」

彼女はその手を引かずに差し出したままにしているので、それで、躊躇《ためら》っていた僕も手をのばしてそれを受け取ることにした。

「……じゃあ、北京に行ったら僕はここへ電話をかけてもいいのですね。」

「うん。梧桐さんについて、もっと訊いてみたいことがあるし。でも、今はもう行かなくちゃ。」

楊さんはちらりと腕時計を見やると立ち上がり、コートを着て足元の買物袋を手にとった。店を出た後も、僕はしばらく楊さんと並んで歩いた。彼女はスクーターで来ているはずだから、それが置いてある場所まで見送ろうと思った。

「梧桐さん、整髪料は買わなくていいの？」

「ああ、そういえば。すっかり忘れてた。まあ、別に明日でもいいんですけどね。」

「すぐそこなんだから、買ってらっしゃいよ。そのために来たのでしょう？」

と言って楊さんは振り向き莱莱百貨の方を見た。

「……そうですね。じゃあ、僕はこれで。」

北京へ行く日が近づいたある日、TLSの階で僕がエレベーターから降りると、受付前のロビーでアメリカ人の少年二人がふざけていて、そのうちの一人が何やら英語で叫びながらこちらに駆けて来た。僕はびっくりしてそれをよけた。その直後、「ドゥヒューン！　ドゥヒューン！」という声がしたので、またびっくりしてそちらを向くと、やや離れた所でもう一人の少年が拳銃を撃つ真似をしていた。銃口（？）がこちらを向いていたので、僕はとっさに撃たれ役を演じようとして「う！」と言ってよろめいたら、ちょうどその時両手で抱えていた十冊ほどの漫画本がバタバタと床に落ちてしまった。二人のアメリカ少年は笑いながら、それでも僕の所に来て謝った。そして漫画を拾うのを手伝おうとした。

「いや、大丈夫、大丈夫。」

僕が顔を真っ赤にしながらそれらの少女漫画を大慌てで拾い上げている所へ奇苗先生がやって来た。

「あなたたち、ここで走っては駄目だと言ったでしょう……あら？」

奇苗先生はそれら床に落ちた少女漫画を目にして、声を出さずに笑い始めた。そして呟いた。

「ちびまるこちゃん……」

「いや、あのですね、これはあくまでも中国語の勉強のために買ったんですよ。ほら、分かりやすいでしょう？　イラスト付きの教材みたいなもので……」

むきになって弁解する僕に、奇苗先生は笑顔で言った。

「私にも読ませてよ。」

「え？　ああ、はい。図書室に置いておきますから、ご自由にどうぞ。」

図書室と言っても、それは要らなくなった本を先生や生徒が勝手に持ってきて並べてあるだけの部屋で、冊数は全部で百冊にも満たないだろう。

「図書室に置くだって？　それではぼくが持って行きましょう」。少年の一人が言った。「ぼくは図書室を勉強しています。」

すかさずもう一人が言った。

「違う、違う。図書室で勉強しています。」

そんな二人のやりとりを聞いていて、僕はその図書室が他のクラスの教室としても利用されていることを思い出した。

「まあまあ、あんなにたくさん寄贈してくださるの。ありがとうございます。」

僕に代わって十冊の少女漫画を運んでいく二人の少年を見ながら、奇苗先生は幾分丁寧な口調で、それでもやっぱり可笑しそうにそう言った。

「はあ。どういたしまして。僕はもうすぐ台湾を離れるので荷物を整理しているのです。」

「日本へ帰るの？」

「いいえ、中国の北京へ行こうかと。」


授業の開始早々、鞠先生が僕に言った。

「梧桐《ウートン》、中国へ行くんだって？」

その日の授業は大いに脱線して、とうとう一度も教科書を開かなかった。僕が中国に行くということで、鞠先生は自分が何年か前に中国大陸を旅行した時の体験にふれ、とにかくトイレが少なくて困ったという話をし始めた。どうして中国ではトイレが少ないのかというみんなの問いに対し、鞠先生はこう答えた。

「さあ。大陸の人にとって、トイレはあまり重要ではないみたい。地域によっては、家の中にトイレが無くて、住宅街の中にある一箇所のトイレを共同で使っているらしいし。」

メアリーという金髪で青い目をした生徒が大声で言った。

「どうして？　オシッコはとっても重要じゃない！」

ロダンがさも可笑しそうに彼女の言葉を繰り返した。

「どうして？　オシッコはとっても重要じゃない！」

トイレの話で盛り上がると、僕は自分が高校生だったころ、地理の先生が、アジアの中にある国を旅行して、やはりトイレで苦労したという体験談をふと思い出した。

「中国は別に問題ないです。〇〇国では用を足した後、女性はちり紙を二枚、男性は一枚しか使っちゃいけないのです。」

「嘘だろう？　一枚だけじゃあ、きれいに拭き取れないよ。」

「いや、それが。ちゃんと拭き方があるのです。」

僕は実際にちり紙を一枚取り出して、かつて地理の先生が僕を含むクラスのみんなにして見せたのと同じように、どうやって拭くかをみんなに簡単に説明してあげた。

「まずこの一枚のちり紙を、こうして四つに折り畳みます。それからこの角の部分をちぎり取ります。そうすると広げた時、真ん中に穴があいているでしょう？　ほら。そうしたら次に左手の人差し指をこの穴に通します。あ、ちょっと待った。ちぎり取ったこの小さな切れ端、これを捨てちゃ駄目ですよ。これは最後に使いますから。で、まずはこの左手の人差し指で直接肛門を拭くのです。」

「いやだぁー」

「まあまあ。トイレには水を入れた容器が備えてあるのです。人差し指が汚れたらその容器に指を入れて、すすいでからまた指で肛門を拭く。それを何回か繰り返します。」

「いやぁー」

「で、それからどうするの？」

「肛門がきれいになったら、もう片方の手で、この人差し指の付け根をちり紙ごとギュッと握ります。

それから人差し指を……こうしてゆっくりひねりながらぎゅーっと……ぬきとるわけです。」

「ねえねえ、その切れ端はどうするんだい？」

「そうそう、最後にこの切れ端で、人差し指の爪の隙間をこうやって丁寧に、拭き取る。」

「はははは！　なるほど！」

「ところで何でこんな話になったのだろう？　……あ、そうだ。」

ＴＬＳのクラスメートは僕との別れを惜しんでくれた。鞠先生に至っては、外国からの語学留学生を受け入れている大学がこの近くにあるからそこに行けばいいのにと、最後の授業の日においてさえ、僕にそう勧めてくれていた。


中国へは手ぶらで行こうかとさえ思った。八ヶ月ほど前に日本から台湾に来る時には、初めて海外で暮らすことへの不安のために、とにかくあれもこれもと、ちょっとでも必要に思えるものは全部持って行こうとして、やたらと荷物が多くなり、わざわざ大型のトランクケースまで買って、服や靴や洗面道具や何冊かの教材などをその中にぎゅうぎゅうに詰め込んだのであったが、今では荷物は少なければ少ないほどいいと考えるようになっていた。僕なんかが着る服は現地で新たに買ったとしてもそれほどの出費ではない。他の細々とした日用品についても同じことが言える。財布とパスポートだけ持って飛行場へ赴き、手ぶらで搭乗手続きを済ませられたら、どんなに気分がいいだろう。それでも一応、ハイキングに用いる程度の大きさの、紺の布地のリュックサックを購入して、それを背負って行くことにした。何枚かの着替えや下着、そして中日辞典と筆記用具を入れたらちょうどいい具合に収まった。今まで使っていた歯ブラシだとかシャンプーなどの洗面道具をどうしようかと思ったけれど、これらも持って行かず、適当に処分してしまった。どうせ北京に着いて最初の一週間はホテルで過ごすのだから、とりあえず必要ない。日本から台湾に来る時に使用したトランクケースは八吉さんが欲しいと言うからあげた。余分な服やＴＬＳで使っていた教科書などは日本の自宅に郵送した。もしもまた読みたくなったら親に頼んで中国へ送り返してもらおう。

集会場で会うＪＷ教会の信徒たちは、僕が台湾を離れると聞いても、どうせ正式な仲間ではないのだし、正味な話どうでもいいといった風だった。ただそのころには既に楊欣雨が集会場に来なくなっていたので、僕はその点が少し気になった。他の地域に派遣されたのであれば、集会において少しの発表だとか挨拶があっても良さそうなのに。やはり彼女は内密に禁令下の中国へ派遣されたのだな、と僕は思った。「楊さんがお見えになっていませんがどうしたのでしょう？」と会衆の他の成員に訊いてみようかとも思ったけれど、変な誤解をされるだろうからやめておいた。僕が台中の集会場へ足を運んだ最後の日に、八吉さんは「また遊びにおいで、今度来る時には姉の夫がいるかもしれないけれども」と言ってくれた。

三月の第三週の週末に、僕は北京へ向けて出発した。

当時は台湾（中華民国）から中華人民共和国への直行便はまだなかったので、どこか他の国を経由しなければならず、それでいったんは日本に帰国することも考えたけれども、香港経由でも北京に行けると聞き、僕はそのルートをとることにした。香港で中国への入国ビザを取得して、それから北京へ向かう。その方が飛行機代が安く済む。

　台中駅の長距離バス乗り場は、プラットホームや改札口がある横長の立派な建物から少しだけ離れた所にある小屋みたいな場所で、僕がそこに着いた時にはまだ朝早かったので、すぐ近くの屋台の前で朝食を買う人が何人か集まっていた。発車の時間までまだ二十分近くあったので、僕もそこで飯《ファン》糰《トゥアン》と豆漿《トウジャン》を買ってからバス乗り場に入った。中正機場行きの切符を一枚買い、ベンチに腰を下ろし、ゆっくりとそれらの朝食を食べた。飯糰というのは台湾式のおにぎりで、中には小さく切った油条やら茶葉蛋《チャーイエタン》やらいろいろと入っていてなかなか旨い。飯糰を食べるのもこれが最後かもしれない、と思いつつ食べていると、台湾にいる間に起きたいろいろなことを思い出した。

　とにかく、大きな怪我や病気をしなくて良かった。強いて挙げるとすれば、一度だけお腹をこわして薬局へ行ったことぐらいだろう。顔を真っ青にして「お腹が痛い」と言ったら、白衣を着たおばさんがとても心配そうに、症状に関して幾つか僕に質問した後、二種類の薬を一週間分処方してくれた。三時間ごとに一錠ずつ飲むようにとのことだった。幸いなことに一回飲んだだけですぐに良くなってしまった。

　これ以外の怪我や病気と言えば、とても蒸し暑かったある晩に僕は自分の部屋のシャワーで水浴びをしたあと、上半身裸のまま扇風機を抱いてベッドに横たわり、うとうとしている間にうっかり金網の隙間に指を差し込んで、右手中指の爪の一部を剥がしてしまったことだ。それで何週間か指に包帯を巻いて過ごした。怪我した次の日、ＴＬＳの教室で授業が始まる前にみんなが「指はどうしたんだい？」と心配そうに尋ねてくれた。僕の怪我のわけを聞くとみんなは一様に自分まで痛そうな顔をして、危険な僕の行動をたしなめた。

「まったく、何をやっているんだか……」

「これからは、扇風機を抱いて寝る時は風力を弱にしておきます。」

「そういう問題じゃない！」

　クラスの中の一人が「でも良かったね、指で」と言ってウケていた。それから数分が過ぎて授業が始まってしまってから、僕はその冗談の意味が分かり急に吹き出してしまい、みんなに冷ややかな目で見られて恥ずかしい思いをした。まあ、もう過ぎたことだし、もちろん指先もすっかり治っている。本当にいろいろなことがあった。


　やがて僕を含む十数名の乗客をのせたバスが発車した。高速道路の台中インターへ向かう途中の道では、台中名物の「太陽餅《タイヤンピン》」を売っている店がたくさん並んでいる。それは丸くて平べったい、白い色をしたお菓子で、食感としてはややかためのパイに似ていて、中には透明な水飴らしきものが少しだけ入っている。小麦粉の香りにほのかな甘さを加えたような素朴な味で、けっこう美味しいけど、とにかくボロボロとかすがこぼれるのが難点だ。

　飛行場に着くまでのおよそ三時間、僕は飽きもせずに高速道路沿いの風景をずっと眺めていた。公園内の小さな亭を思わせるような白い石造りのお墓が草原の丘の斜面にぽつぽつと点在していて、それらがバスを見送っている。四角くて濁った沼もよく見かける。あれらの沼で食用の淡水魚を養殖しているのだろう。僕も一度、鮒か何かの大きめの切り身が入った、塩と生姜で味付けされたスープを食べたことがある。胸鰭もそのままにぶつ切りされて僕に食われたあの魚も、ああいう泥水のような所で育ったに違いない。遠くで建築物が密集しているのが見える。何という名の都市だろうか？　荷台に豚を満載して走行しているトラックを追い越した。豚たちは外から丸見えで、彼らの頭上には数本のパイプがあり、そこからちょろちょろと流れ出る水のシャワーを背中に浴びていた。やがて巨大な箱を思わせる、上のほうに航空会社の名前が記されたビルと、陸地で堂々と翼を休めているジャンボジェット機が視界に現れた。

まるで仰向けに置いたブラシのように、細長いビルを林立させている香港の海岸が、飛行機の窓から見え始めた時には、時計は既に午後の三時をまわっていた。ビザの手続きをするオフィスは金鐘道という場所にあり、空港からそこへはバスに乗って行くのだけれど、その日の受付時間までには間に合わないと思った僕は、空港の中で夜を過ごそうとした。空いている椅子はいくらでもある。

しかし、次第に退屈に耐え切れなくなった僕は、外がすっかり暗くなってしまってから、とりあえず金鐘道へ行って見ることにした。バス乗り場へ行く通路の途中で、紺の制服を着た若い女性が一人淋しく立っているので、僕は近づいて行って、ビザのオフィスの所在地を記したメモ（それはＴＬＳの事務の人が僕にくれた）を彼女に見せ、ここに行きたいのですが、と尋ねた。彼女はメモをちょっと見て、即座に答えた。

「○番の乗り場です。あっち、あっち。」

彼女はやけに真剣な表情で、背伸びをしたり腕を伸ばしてその方角を指し示し、行き方を教えてくれた。礼を言ってそのバス停に行くと、二階建てのバスが昇降口を開けて停車していた。僕はためらわずにバスに乗り込んだ。それから、もちろん二階へ昇った。二階には誰もいなかった。まるで遊園地ではしゃぐ子供のような気分で、僕は最前列の中央の席にどっかりと腰を下ろした。

わずか三、四人の乗客を乗せた二階建てバスが出発した。僕は何だかとても得した気分で、足で軽く拍子をとりつつ歌を口ずさみながら、しきりに首を動かして右を見たり左を見たりしていた。

「こりゃあ、すげーなあ……」

僕は何の気兼ねもせずに感嘆の声を洩らした。二階には僕しかいなかったのだ。林立するビルと港に停泊している船からの無数の光を大きな車窓いっぱいに映しつつ、バスは複雑な入り江をまたぐ高架道を渡り、やがて高速を下りて市街地に入った。しばらくして、次は金鐘道に停車するとのアナウンスがあった。

バスを降りると目の前に地下鉄の入り口があった。この駅のすぐ近くのとても大きなビルだと聞いていた。しばらく付近をうろうろして、駅と同じ一画に建つこのビルだろうと見当をつけ、その入り口の前に立って中の様子を窺うと、大きなエスカレーターの手前にいた警備員がすぐに僕に気づいて、向こうもこちらをじっと見つめた。僕は入っていった。そしてやはり警備員にさっきのメモを見せて、ここを探しているのですが、と尋ねた。すると「このビルがそうだけど、そこはもう閉まってるよ」と教えてくれた。

「どこかこの辺りで安く泊まれるホテルはありませんか？」

と僕は尋ねた。すると警備員のおじさんは「ちょっと待って」と言ってエスカレーターで上って行った。上はロビーになっているらしい。やがて何人かの話し声が聞こえて来たので僕も上へ行くと、三人の警備員が集まっていて、一人は携帯電話で話をしていた。

「いま彼が、知り合いの宿屋のおやじをここに呼んでいるから。」

とさっきのおじさんが僕に説明してくれた。僕にはさっぱり分からない広東語で携帯電話に向かって喋っていた人がやがて話を終えて僕の方を向き、僕に何か言った。二十分ぐらいでここに着く、ともう一人が訳してくれた。どこから来たのか、と尋ねられて、僕はとっさに台中から来たと答えた。

「台中ってどこだい?」

と誰かが言うと、もう一人が、

「台湾だよ。台湾がこう、あるだろう」と、手で長円形の台湾を宙に描き、そして指で示した。

「台北、高雄、そしてこの辺に台中。」

「君は台湾人?」

「いいえ……」

僕は自分が日本人であり、いままで台湾で中国語の勉強をしていて、そしてこれから北京の外語学校へ行くのだと説明した。やがて薄汚れた半袖の白いシャツに半ズボンを履いた小柄なおじさんがやって来た。先ほど電話で呼ばれてここに来た宿屋のおやじだった。はなはだ失礼な話ではあるが、おそろしいほど清潔なこのビルのロビーにひょっこりと現れた彼のみすぼらしい姿は、新宿でよく見かける、ダンボールで作った家で暮らしているホームレスを僕に連想させた。僕はその彼に連れられて地下鉄に乗り、どこだか知らない駅で降り、しばらく歩き、やがてたどり着いた所は、外壁が汚れてほとんど黒くなった集合住宅のような建物だった。

「こりゃあ、すげーなあ……」

僕は思わず呟いた。そして二人はそこへ入っていった。暗い階段を登って行く途中、アンモニアのような臭いが鼻をついた。

宿屋の中はとても狭かった。ドアを開けてすぐの応接室で四人の若者が笑いながらマージャンをしていた。僕をここへ連れて来たおじさんが彼らに二言、三言何か言うと、彼らは目を輝かせて一斉に僕を見ながら「ジャパーン！　ジャパーン！」といって囃したてた。「パ」をやけに力強く発音するのだった。えらく盛り上がっている。僕はしかしどう応えればいいんだ？　苦笑しながら適当に会釈していると、宿屋のおやじが奥の方へ入っていって僕に手招きした。「ここだ」と指で示された部屋のドアを開けて、中に入って行こうとして、僕はベッドの上につんのめった。部屋はほとんどベッドの分のスペースしかなかった。体勢を直してから体の向きをくるりと変えてベッドに腰掛けると、おじさんも隣に腰掛けて、宿代を請求してきた。彼の言う値段が適当なものなのかを判断するため、（一港幣が〇〇台幣で、一台幣が〇〇円だから……）などと頭の中で計算しているうちに面倒くさくなって、素直に言われたとおりの額を手渡してしまった。それほどの暴利は取られていないはずだが、多少は損しているのだろう。計算はどうも苦手だ。

ドアを閉じても、マージャン牌が触れ合うカチカチという音や、掛け声や笑い声が聞こえてきた。マージャンの打ち方ぐらい覚えておくべきだった、退屈しのぎに見物することもできない、などと考えつつ、一人ベッドの上で仰向けに横たわっていると、やがてノックの音がした。むっくりと起き上がって部屋のドアを開けると、この宿屋のおばさんが僕に小さな水筒を手渡し、飲んでいい、飲んでいい、と言った。それで水筒の蓋を開け、その蓋に中身を注いだ。ただのお湯らしい。そしてよく見ると何やら白っぽくて細かいかすがたくさん混じっていたので僕は飲む気をなくして、その始末に困った。このまま床に置いとくわけにもいかないので結局は思い切って飲んでしまい、蓋をしてその水筒を床に置いた。腹をこわしたりはしないだろうな、と心配したけれども、二、三分経っても何の異常もなかったので安心し、安心するとすぐに眠くなってきた。

夜更けに目を覚ました。なにやら外で人が騒いでいるのが聞こえた。部屋の小さな窓から覗き込むと、道路の真ん中に集められたごみの山を清掃車が回収していた。数人の男性が何か叫んでいた。僕は目を他へ移した。(この周りはここ同様、黒く薄汚れた建物ばかりだな)と、この時になって改めて気づいた。応接室の方からは、若者たちがまだマージャンをしている音が聞こえてきた。

次に目を覚ましたのは朝の四時ごろで、さすがに宿屋の中は静まりかえっていた。僕は部屋を出てトイレに行った。洗面台の小さな棚に、透明の袋で一本ずつ包装された歯ブラシが幾つか置かれてあったので、これは宿泊客が自由に使っていいのだろうと思い、封を開けた。ブラシの先には既に歯磨き粉が付いていた。それを水で濡らして丁寧に歯を磨いていたら、ブラシの毛が一本抜けて歯の間に挟まってしまった。鏡を見ながら指でそれを引き抜こうとしているうちに、誰かが起き上がって部屋から出て来る音が聞こえた。そちらに顔を向けると、昨晩僕がここへ来た時に「ジャパーン!」と言って愉快そうに騒いでいた若者のうちの一人である女の子が、ネグリジェを着て眠そうに目をこすりながら歩いて来るのだった。彼女はこの宿屋の娘さんだったのだ。トイレに行きたいらしい。僕は

「失礼」と言ってすぐにその場所をどいて自分の部屋に戻った。

七時ごろになって、僕は宿屋のおやじが寝ている部屋のドアの前に立って声をかけた。

「おじさーん、起きてますかー？　そろそろここを出たいのですが……」

ややあって、眠たそうな声が返って来た。

「ああ……」

「すみませんが、駅まで送っていただけないでしょうか？　駅までどう行くのか分からないんです。」

「うーん……でもまだ早いって。九時にならないとあそこは開かないよ。」

それで僕は部屋へ引き返してベッドの上で一時間忍耐し、八時になって再びお願いしに行ったら、彼は今度は起きてくれて、僕が昨晩、行って見て来ただけの、ビザの申請をするオフィスがあるビルまで送ってくれた。


ビザは簡単にもらうことができた。

それでは、と、すぐに空港へ行き香港を離れてしまうのはもったいないような気がした。三人の警備員と出会ったこのビルのロビーの、玄関へ通じるエスカレーターとは反対側にある、どこか別のビルの中へと通じる渡り廊下へ入って行き、洋服やガラスの買物やアクセサリーが綺麗に陳列されているショーウィンドーがずらりと並んだ廊下をどんどん歩いていくうちに、自分がどこにいるのかさっぱり分からなくなり、階段を登ったり降りたりして適当にさまよっているうちに、見覚えのない他のビルからようやく外に出た。百メートルほど先に海岸に面した公園があることを道標から知り、その矢印の方向へ進んでいくと、入り江に面する広々とした堤防に幾つかのベンチが並んでいるのを見つけた。僕はそこに腰をおろし、向こう岸に停泊している大きな客船を眺めたり、背後で様々な形の先端を空へ突き出しているビル群を見上げたりしていた。しばらくして、スーツを着た若い女性が近づいて来た。そのまま通り過ぎるものと思っていたら、何やら親しげに話しかけて来たのでびっくりした。彼女が何を話しているのかさっぱり分からなかった。すると彼女は手にぶら提げていた小さなケースを開けて僕に見せた。何本もの高そうな万年筆が陽の光を受けてきらきらと輝いた。

「要りません、要りません。」

と僕は言ったが、彼女は聞き取れない様子だった。おかしいなあ、香港でも若い人ならほとんどが標準語を話せると聞いたけどなあ、と思いつつ、僕は再びゆっくりと大きな声で言った。

「要りません。お金がありません！」

今度は分かったらしく、彼女は僕の台詞を繰り返した。

「ああ、お金がない。」

そして緩慢な動作でケースを閉じ、ゆっくりと去って行った。次第に淋しさを感じて、僕もまたゆっくりと立ち上がり、バス停を探すことにした。空港へ向かうバスの乗り場を通りがかりの人から聞き出すのに多少苦労した。誰もが標準語を話せるわけではないようだ。

八ヶ月ほど前に日本を発って、台北の空港で飛行機から降りた時に、真っ先に目にとまったのは「麻薬類を所持している者は死刑」という、でかい文字で書かれた警告だった。もちろん僕は麻薬など所持していたわけではないが、なぜかお化け屋敷に入る時のようなスリルを感じ、それはそれで楽しかった記憶がある。今、北京の空港で入国手続きをするため並んでいて、まず目にとまるのは中国の伝統的な衣装を模倣した制服を着た女性の係員で、何かを尋ねに行けばすぐに親切に応対してくれそうな様子で、飛行機から降りて来た人たちを見守っている。入国審査のゲートの向こうの壁には万里の長城の巨大な絵が描かれている。

入国手続きを終えると、僕は約束どおり空港内の公衆電話から陳莉絹の携帯へ電話をかけた。プ、プ、プ、プ、という聞き慣れない電子音の後、「すみません、あなたがおかけになった番号の電話は現在電源が入っておりません」というテープの声がした。

僕と陳莉絹とはインターネットで知り合っただけの間柄であるから、彼女はやはり不安になって僕と会うことをやめたのだろう、と僕は思った。

本来なら陳莉絹と一緒に一週間ほど北京を観光する予定だった。急にそれができなくなって、いきなり入学手続きなどにとりかからねばならないのがとても面倒なことに思われた。実のところ、陳莉絹に訊けばいろいろ教えてくれるだろうと思っていたので、目的の外語学校が北京のどの辺にあるのかさえも、よく調べておかなかったのだ。

とりあえず空港からバスに乗って北京駅に行くことにした。今晩は駅近くのホテルに泊まろう。香港で乗ったぴかぴかの二階建てバスとはとても対照的な、薄汚れたマイクロバスに乗って僕は空港を離れた。

運転手に「終点だ」と言われて降ろされた。二百メートルほど離れた所で、北京駅がその駅名をネオンで赤く光らせているのが見える。

ボールを思い切り投げても向こう側に届かないぐらい幅が広い車道のわきの、大の字に横たわっても誰の歩行の妨げにもならないほど広い歩道で、怪獣の出現を見上げるような思いで周辺の巨大な建造物をしばらく呆然と眺めていた。何もかもが途方もなく大きかった。そして僕は淋しさを感じた。自分がいるべきではない場所に一人取り残されているように思えた。

少し離れた歩道の上に公衆電話があるのを発見し、もう一度だけ陳莉絹に電話をかけてみることにした。すると今度は繋がった。

「もしもし。」

「あっ、もしもし、梧桐です。あなたは陳さんですか?」

「はい。」少し照れ笑いをしてから彼女は言った。「陳です。こんばんは。」

「やあ、どうも、こんばんは。今、北京駅の近くにいるんですよ。」

「えっ　北京駅?」

「空港に着いてすぐに電話したんですよ、約束通り。でも電源が入っていなかったもので……」

「ああ、多分その時は充電していました。空港に着いたのは何時ごろ?」

「九時ぐらいだったかな?」

「メールでは、深夜に着くと言っていませんでしたか?　九時は深夜ではありませんよ。」

「あれ?　深夜に着くなんて書きましたっけ?　まあ、いいや。とにかく連絡がとれてほっとしました。」

「ええ。でも、どうしようかしら。今、北京駅のどの辺？」

「うーん、どの辺かと訊かれても、どう説明すればいいのか分からないなあ……そうだ、こうしよう。今日はもう晩いことだし、とりあえず僕一人でホテルを見つけて泊まることにします。明日の朝になって明るくなったら、また電話します。」

「そう？　じゃあ、待っています。おやすみなさい。」


陳さんと連絡がとれて、僕は急に元気になった。改めて周囲を見回すと、やはり何もかもが大きく、そして自分の気までが大きくなってくるのだった。目の前の高いビルが遥か頭上で北京国際ホテルというその名をネオンで光らせていた。いかにも高そうなホテルだけど、今晩だけ高級なホテルにでも泊まってみようと思い、僕はその正面玄関へ向かって歩いていった。

フロントでシングルルーム一泊の値段を聞いて、本当に今晩一回限りにしよう、とつくづく思った。

次の朝、再び昨夜の公衆電話へ行き、陳さんの携帯に電話した。僕は自分が泊まったホテルの名前を彼女に告げた。

「ああ、そのホテルなら知ってる。駅の正面の、二九階建ての、すごく目立つ、あそこね。チェックアウトは十二時でしょう？　じゃあ、十時に迎えに行くわ。部屋で待ってて。何号室に泊まっているの？」

翌朝、ベッドの上に横たわったまま、部屋のテレビで京劇を眺めていた。やがてノックの音がした。慌てて飛び起きてドアを開けると、真新しい綺麗なジーパンと水色の薄手のセーター、そして黒い皮のハーフコートを着た陳さんが立っていた。まるで昔の友人に久しぶりに出会った時のように、彼女も僕も顔をほころばせた。水滸伝のきらびやかな衣装を着た写真の中の陳さんしか知らない僕は、素朴な装いをした実際の彼女を見て、胸の透くような意外さを感じた。重たそうな頭飾りをはずして首が楽になったような気分を、なぜか僕も感じていた。肩まで伸びたストレートヘアを片手で後ろに払いつつ陳さんは部屋に入ってきて、中をちょっと見回してから言った。

「へえー、こんなにきれいなんだ。あら、あなたの荷物は？」

「ああ、ここ。ここにありますよ。」

大きなベッドに置かれた自分の小さなリュックを僕が指し示すと、彼女は更に部屋を見回して言った。

「このリュックだけ⁉　他にはないの？」

「うん。」

「まるで、」彼女は可笑しそうに言った。「まるで、地方の人が北京を観光しに来たみたい。」

「実際にそうだとも言える。」

僕は、舌を巻くべき時にも舌をあまり巻かない台湾南部特有の発音で言った。

「おいらは遠くの島から、ここ北京を観光しにやって来ましただ。」

「うふふ。それでは、どこへ行って見たいですか？　おのぼりさん。」

どこでもいい、君に任せるよ、と言おうとして、でも、それだと中国にあまり興味を持っていないと思われるかもしれないので、僕は慌てて行ってみたい場所を考え始めた。

「ええと……じゃあ、万里の長城。」

「うん。他には？」

「他？　ええと……じゃあ、故宮。」

「すぐそこよ。ここから歩いていけるの。他には？」

「ええと……天安門。」

「故宮の入り口が天安門だって知らなかった？」

「ああ、そうか。」

「他には？」

「……」

「ねえ、ねえ。地図は持ってないのかしら？」

「ああ、それなら空港で買ってきた。」

僕はリュックから小さな観光ガイドを取り出して彼女に手渡した。彼女はベッドに腰掛け、ガイドブックを開きつつ言った。

「わたしも北京の人じゃないから、いま一つこの辺の道がよく分からないのよね……」

しかし十秒もしないうちに、ポンと音をたててガイドブックを閉じ、「よし、覚えた」と言ってそれを僕に返し、そして立ち上がって言った。

「じゃあ、行きましょうか。」

陳さんと僕とは全くの初対面である。しかし、キーボードのみによる交際を既に半年以上続けていたとも言える。そのせいだろうか、陳さんの方から、まるで昔からの友人に会っているような、打ち解けた態度で僕に話しかけてくれた。彼女は話しかけて来るときに手で僕の肩を軽く叩いたり、しかも並んで歩いている時に、不意に手を繋いできたりした。彼女が初対面の僕にそこまで親しくしてくれたことには、実はそれなりの理由があったのであるが、この時の僕はすっかり自惚れてしまって（今日初めて会ったのに、随分好かれてしまったな）などと考えていた。更に軽蔑を恐れずに打ち明けてしまうならば、この調子なら今晩にも陳さんとホテルで……などという大それた期待をさえ抱いた。本当に、陳さんはまるで恋人と一緒にいるように、僕と接してくれたのだ。

とても美味しくて、でも正午になるととても混雑するので並ばなければならないレストランがこの近くにあるので、そこで先に昼食を済ませてから故宮へ行きましょうと陳さんが言うので、僕もそれに賛成した。

今週一週間は北京でのんびり過ごせます。……陳さんはメールの中で確かにそう言っていた。ところが彼女の携帯電話は鳴りっぱなしだった。王府井の歩行者専用道路を歩き、その道の広さに僕が驚いて感嘆の声をあげている時にも、台湾ではこれでもかというほどたくさん走っているスクーターを車道で一台も見かけないのを僕が不思議がっている時にも、そして、室内が華やかに装飾された中華料理のレストランの中で、ほんの少ししか盛られていない蓋つきの小さな椀（それに直接米と水を入れて炊いている）のご飯を僕が何杯もおかわりしている時にも、更には食事を終えて店を出て、街路樹の梢より遥かに高い故宮の城壁を見上げながら天安門に向かって歩きつつ「わたしが見た映画の一場面では人間がここからジャンプしてあの城壁の上に立った」と陳さんが言うのを聞いて僕が爆笑し、陳さんもつられて笑っている時にも、つまり四六時中、幾度となく、陳さんのショルダーバッグの中から、バッハの「主よ、人の望みの喜びよ」のメロディーが聞こえてきて、陳さんはその度に僕との会話を打ち切り、携帯電話を取り出し、かけてきた相手と話をしなければならなかった。仕事の話をしているらしかった。陳さんは命令口調で勢いよく話していたかと思えば、次にかかってきた電話ではとても丁重な口調で相槌を繰り返したり、あるいは二言、三言返事をしてすぐに電話を切る場合もあった。

「陳さんは忙しいのに、わざわざ僕を案内してくれて、本当にありがとう。」

「ううん。いいの。」

「会社の人から?」

「ううん。今、かかってきたのは私の兄の親友で、王さんという人。」

「へえー。陳さんのお兄さんの親友。」

「うん。王さんは今、会社を作る準備を進めていて、私は少しだけ、そのお手伝いをしているの。」

「会社を作るお手伝い?　手伝いって、例えばどんな?」

「王さんに代わって、あるソフトを購入しなければならないの。ソフトといっても普通のパソコンシヨップで売っているような、個人が使うソフトじゃなくて、企業で用いるような、何百万円もするソフト。」

「すごいなあ、陳さんは」

「いいえ、別に私はすごくないの。買う買わないを決めるのは王さんで、私はただ売る側と交渉して、その次第を王さんに報告したり、王さんの言う条件を伝えたりしているだけ。それなのに売る方の人が私を怖がってしまって。つまり、私が『買わない』と言いはしないかと心配していて、それで、担当の人ができれば今晩、私を食事に招待したいって言っているんだけどさ、そんなことしたって全然意味がないじゃない。ねえ？　別に私が買うわけじゃないんだから。」

「ううむ……それにしても、そんな大事な仕事を依頼されるなんて、やっぱりすごいよ。」

「大したことじゃないわよ。いま勤めている石油会社でも似たような取り引きをしたことがあったから。」

「それで、もしその王さんという人の会社が設立されたら、ひょっとして陳さんはそこへ転職するの？」

「王さんからはそう勧められている。でもまだ決めていない。」

二人は天安門から故宮に入り、故宮内の端門を経て午門へ向かった。一枚の対角線の長さが自分の背丈ぐらいはありそうな石畳が縦横無尽に敷きつめられていて、遠くの方で人が小さな点に見える辺りまで続いている。このような、同じ大きさの正方形がどこまでも隙間なく並んでいる地面を見ながら長い時間歩いていると、むしろ自分と自分の影のほうが奇妙で得体の知れない見世物に思えてくる。自分は一体何者であるのかという漠然とした恐怖……そのせいだろうか？ 僕と並んで歩いて絶えず話し掛けてくれる陳さんの笑顔をふと見た時、どうしても彼女が僕のそばに、いつまでもいてくれなければならないのだ、と何の根拠もなしに確信した。

それゆえに故宮の中を二人で歩いている時にも陳さんのショルダーバッグの中から携帯電話の着信メロディーが聞こえて来る度、僕は砂浜に打ち上げられたハリセンボンのように息苦しく空を見上げたり、あるいは陳さんのジーンズのベルトの辺りにつけられたアライグマ（？）のしっぽを象《かたど》ったアクセサリーを未練がましく見つめたりして、彼女の電話が早く終わるのを切実に願った。

午門に辿り着き、そこをくぐるとまたしても広大な石畳の世界が広がっている。一体、どこまで続いているんだろう？ この向こうの太和門の更に向こうにはまた広い石畳があって、その奥の太和殿のさらに向こうには……と陳さんは説明してくれた。もしも彼女とはぐれたら僕は迷子になって故宮から出られなくなるかもしれないとさえ思った。

聖書の中では悪魔を象徴する、しかし中国では神聖な生き物とされる龍が九頭も壁に彫られている九龍壁の前に二人は来た。目と口を大きく開け、細長い体をくねらせて宙を舞う九頭の龍のうち、威嚇するようなポーズで正面を睨みつけている緋色の一頭に自然とひきつけられ、僕はそちらに近づいていった。僕が真向かいに立ってその龍をしげしげと眺めていると、陳さんが言った。

「ねえ、カメラは持ってこなかったの？ 私が撮ってあげるのに。」

「持ってない。僕は写真を撮るのも撮られるのも好きじゃない。」

「ふうん。どうして？」

「自分でもよく分からないけど、なぜか興味を持てないんだな。だから僕は昔の思い出となるような写真を一枚も持っていない。あったとしてもすぐになくなる。」

「捨てちゃうの？」

「故意に捨てたりはしないよ。でも、たまに何かの機会で誰かが撮ってくれた自分の写真をもらったりしても、大事に保管しておかないので、いつのまにか見当たらなくなってしまう。押入れの奥のほうを探せば少しぐらいは残っているかもしれない。」

「どうして写真が好きじゃないの？」

「全ての写真が嫌いなわけじゃないさ。ただ、いかにも記念撮影的な写真が僕は嫌いなんだ。例えばこの九龍壁の前に立って、カメラに向かってにっこり笑っている、そんな自分の写真を撮ってもらったとしても、きっとまた大事にしておかないで、すぐにどっかへいってしまうだろうな。」

「つまり」陳さんは緋色の龍を背にして立ち、少しだけ首を傾げてにっこりと微笑んでみせた。「こういう写真は好きじゃないのね？」

「……」

ここぞとばかりに、僕は堂々と陳さんの顔に見惚れた。自然に口元がほころぶのが自分でも分かった。そして風見鶏よろしく口ぶりをくるりと変えて言った。

「いや、やっぱり、こういう写真も悪くないな。」

しかし陳さんはそれには応えず、何か切実に訴えるような目で僕を見つめて質問した。

「なぜ、写真を好きになれないの？」

僕はそれには答えず、自分でも抑制できぬまま大胆な行動をとり始めた。僕は壁の龍を仔細に観察するようなふりをして、さりげなく陳さんに歩み寄った。それからあたかも彫石の感触を確かめるような手つきで彼女の肩より少し右上の壁に僕の右の掌を当て、そこに体重をかけると、落ち着き払って陳さんの目を見つめた。

陳さんの瞳がぱっと広がった。と、すぐに彼女は目を伏せて微笑んだ。それからその視線を再び僕の顔へゆっくりと戻したその時、またしても彼女のショルダーバッグの中からバッハの着メロが流れた。

彼女は小さな嘆息を洩らし、壁沿いに左へ遠のきながら頭を後ろに倒して空を仰ぎ見た。僕は陳さんの携帯電話に対して真剣に腹を立てた。奪い取って石畳に叩きつけてやりたいぐらいだった。ちくしょう！　なにがチャラランチャララ……だ！　そしてまた僕を置き去りにして話し始めた陳さんの口調から、その電話をかけてきた相手は、自分の会社を作るのを陳さんに手伝わせている王という人物であると僕は断定した。数分後、ようやく陳さんが電話を終えるや否や僕は言った。

「それにしても、しつこいぐらいに電話がかかってくるね。」

「うん。」

彼女は苦笑しつつ、携帯をバッグにしまいながら相槌を打った。

「陳さんはいま外国から来た友人を連れて故宮を参観している最中なのだということが相手には分か

っていないらしいね。さっきからもう十回以上も電話をかけてきて。せっかく僕ら二人が故宮の中を歩きながら、数百年前の時代へ遡行したような気分を味わっているというのに、変な音をチャラチャラ鳴らしてきてＩＢＭがどうのこうのなんて話をされたらたまらないよ、ねえ?」

「うふふ、ごめんね。」

「いや、陳さんのことじゃなくて。」

「でも、電話だからまだこれだけで済んでいるのよ。王さんはね、実際に彼に会ったらもう、凄いわよ。まるで早口言葉の耐久レースみたいで、聞いてる人を疲労困憊させちゃうから。しかもまた難しいことを話すのよ、あの人は。梧桐さんは聞き取れないな、きっと。私でさえ彼が何を話しているのか分からなくなる時があるもの。」

「へえー。超がつくおしゃべりなんだな、その人は。経営者よりももっと向いている職業があるんじゃないの?」

「あはは。彼にそう伝えてあげようか?」

「うん。伝えといてよ。あなたの漫才を是非聞きたいって。」

「あはは。」

しばらくの沈黙の後、陳さんが言った。

「でも、私は王さんの手伝いをするだけで、会社の月給以上のお金をもらっているから文句は言えないけどね。」

「何だって?　王さんってそんなに金持ちなの?」

「うん。王さんのお父さんはね……」

その後に彼女が続けた言葉を聞いて僕は唖然とした。詳しく述べることはできないけど、とにかく王さんの父親は、中国のある行政区のトップなのだった。

「〇〇省の省長⁉」

僕は、いま目の前にいる女の子の携帯電話に省長の息子から電話が何度もかかって来ていたことを知って驚いた。さながら威風に払われる格好で、僕は大股に五、六歩後ずさりした。……そこはおそろしいほど広々とした所だったので、驚きのリアクションも思い切り大きくやらないとかえって不自然であるような気がしていたのだ。陳さんは僕の大袈裟な反応を見て笑った。僕がようやく陳さんのそばへ戻ると、彼女は更にこう付け加えた。

「そういえば、王さんが言ってました。『ぼくは鄧小平と話をしたことがある』って。」

「……!!」僕は今度は本当に驚いた。

もしかしたら陳さんのことを好いているのかもしれない王というその男性が、途方もなく手強いのを感じ、すっかり意気消沈している時のことだった。陳さんが僕に言った。

「荷物を持ったまま中に入れないの。私が梧桐さんのリュックを持っててあげる。どうぞ一人で見に行ってきてください。私は出口の辺りで待っているから。」

いつの間にか二人は毛主席記念堂の前に来ていたのだ。

「ええっ、僕一人で行くの？」

「やだ、小学生みたいなことを言わないでよ。」

「い、いや、君を待たせるのは悪いなと思って。ほら、あんなに並んでいるしさ……」

「それでも見に行ってくる価値があるわよ。毛主席だもの。」

一般的に、並んで待つという習慣がない中国の人々が記念堂の外で行儀よく並んでいた。その最尾に立つと、やがて係の人が僕のところへ入場券を売りに来てくれた。その人が僕のリュックを見て「まず荷物をあそこに預けてから……」と少し離れた建物を指差したが、陳さんがすぐに「私が持って、外で待っています」と代弁してくれた。記念堂へ一度に入れる人数は決まっている。百人ぐらいだろうか？　先に入っている約百人が礼拝を終えて退場してから、僕を含む次の約百人が入場するらしい。そして毛沢東の遺体が安置されている部屋では立ち止まってはいけない、ガラスケースを見ながらゆっくりと出口へ向かって歩いていかなければならない、と陳さんは説明してくれた。係の指示でみんなが動き出し、僕は陳さんと別れてようやく門から入場した。しかし建物の入り口へはなお遠く、内庭で待つ必要があった。待っている時に、毛沢東へ捧げる小さな花束を売るリヤカーが現れ、幾人かが列を離れてそちらへ花を買いに行った。僕の隣にいたおじさんが「花を買う金なんてない」と不満そうに小声で洩らした。ひょっとして必ず買わなければいけないのだろうかと考えていた僕は、おじさんのその一言を聞いて安心した。一人ぼっちで入場したから、ほんの一時でも列を離れることに抵抗を感じていたのだ。ところが更に待たされている間に、花を買いにリヤカーの方へパタパタと走って行く人が次第に多くなり、ようやく記念堂の入り口へ向かってみんなが動き始めたころには、金がないとこぼしたおじさんと僕を除くほとんどの人が手に花束を持っていた。

礼拝を終えて外へ出ると、僕はすぐにきょろきょろと辺りを見回して陳さんを探した。僕のリュックを両手で抱えるように持ち、こちらを向いて立っている彼女をすぐに見つけ、小走りでそちらに近づいていった。

「待たせたね。」

「ううん。少し寒いから、さっき向こうのお店で暖かい飲み物を飲んできたの」

陳さんはリュックを手渡し僕がそれを受け取って背負うと、二人はまた歩き始めた。二人ともしばらく黙ったまま天安門広場の中を、再び故宮がある方向へと歩いた。広場で凧揚げをしている人もいた。翼を広げたフクロウの形をした小さな凧が糸をぴんと張り詰め、絵の具で描かれた青い羽毛で夕陽を受けながら頭上で壊れそうな音を立てていた。さっきまで陳さんが抱き締めていたリュックのぬくもりが消えかかるころになって、ようやく僕は口を開いた。

「次はどこへ行くの？」

向かい風から目を守るように、陳さんは後ろ向きに歩いていた。その様子はちょっと滑稽でもある。なお後ろを向いたままで彼女は答えた。

「ねえ、ところで、あなたまさか今晩も駅前のあのホテルに泊まるの？」

「二晩もあんな所に泊まったら君からお金を借りなければならなくなる。君が泊まってるホテルに僕も泊まろう。もちろん別の部屋に泊まるから安心して。」

「はいはい。先にホテルへ行って荷物を置いてから近くの食堂へ行く？　それともこのまま王府井へ行って食事をしようか？」

「僕はどちらでもいい。ねえ、話はそれるけどさ、さっきから君はずっと後ろ向き歩きをしているね。」

「うん。」

「なんだか可笑しいよ。」

「前に人がいたら教えてね。」

「ボートを漕いでいるみたいだな。」


　腰を掛けるにはやや低い石段が歩道の脇にあり、ここで少し休もうと陳さんが言った。二人はそこに並んで座り、広い歩道を行き交う人々や広い車道を行き交う車、更にその向こうの天安門広場を歩くまばらな人々の長い影をしばらく呆然と眺めていた。背後の少し離れた所には天安門の巨大な赤い壁がある。陳さんは本当に疲れた様子で膝を抱えて悄然としている。無理もない。少し早い昼食を食べてから今に至るまで、ずっと歩きっぱなしだったのだ。

「今日は君のおかげで本当に楽しかったよ。天安門、太和殿、故宮博物館、毛主席記念堂……いろいろ見られたなあ。」

「そうね。……あ！」

　陳さんが急に元気な声を出して前の方を指差した。僕がそちらへ目を向けると、それは近くをゆっくりと通る一人の歩行者が履いている、黒くて薄汚れた靴だった。

「私の故郷の黒龍江省では、あのような靴を履いている人がとても多いの。」

「へえー、そうなんだ。」

僕は改めてその靴を観察した。安全靴のように膨らんでいるように見えるが、きっと防寒のために厚くしているのだろう。なおも見つめているとその靴が不意に向きを変えてこちらへ歩み寄り、二人の目の前で立ち止まったので、僕はぎょっとした。人様の汚れた靴を指差して談笑している二人の若者に対して靴の主が怒ったのではないかと思ったのだ。僕は恐る恐る顔を上げた。すると小柄なお爺さんが目を輝かせ、さも満足そうな笑顔で僕らを見ていた。照れ笑いをしているようでもあった。

「あの、どちらからおいでになられたのですか？」

と陳さんが丁寧な口調で声をかけた。少しの間があって、それからお爺さんが口ごもりながら何か答えたけれども、彼が何と言ったのか僕には全く聞き取れなかったし、陳さんにも分からないようだった。やがてお爺さんは一息つくようにゆっくりと周りの遠景を眺め、また歩き出した。

一人淋しく遠ざかる老人の背中を見ながら、お互い面識がないのになぜか懐かしさを感じさせたお爺さんの目を、僕は思い返していた。きっとあのお爺さんも僕と同様、北京を初めて訪れて、周囲のあらゆるものが新鮮に映る目をしていたから、似た者同士の直感で無言のうちに意思が通じ合ったのだと思う。（ここは本当に素晴らしい所ですよね）（ああ、そうだとも）……だけど僕があのお爺さんに奇妙なほどの親しみを感じた本当の理由については、この時には分からなかった。

陳さんと二人で隠された宝でも探しに行くような気分で、ひっそりとした地下道を歩いた。子供のころ親に連れられて富士山麓の洞窟へ入った時のほうが、むしろ周りに人がたくさんいて騒がしかった。もちろん時間帯がもう少し遅ければ、地下鉄の駅へと続く、天井の高いこの地下道も、大勢の会社帰りの疲れた足音が響いているのだろう。これといった装飾もなく、ただ下へ下へと向かう長い階段やエスカレーターは、その先にある何かを僕に期待させた。打ち開けた話、それはこれから陳さんと共に泊まるホテルにて、今晩何かとてもいいことが起こるのではないかという期待であり、そして実際にそのホテルである出来事が起きたのであるが、それは僕が期待していない、全く思いがけない出来事だった。

人相の悪いおじさんが階段ですれ違いざまに振り返って無遠慮に陳さんの後ろ姿を眺め、それから彼女の後に続く僕の顔を睨みつけた時には一瞬ひやりとしたが、それ以外には特に何事もなく、二人は地下鉄に乗って鼓楼大街駅に到着し、そこからタクシーに乗って中華汽油招待所という宿泊施設の前で降りた。中華汽油というのが陳さんの勤めている会社の名前なのだろう。高速道路の料金所のようなゲートの向こうに校舎のような建物がアスファルトの中庭を囲うように建っている。そこへ入る前にゲートの脇に建てられた小屋（ここがフロントになっている）で宿泊料を払いキーを受け取る必要があった。

「たった今、王さんからまた電話がかかってきて……」

部屋に荷物を置き、再び玄関から外に出て、中庭の真ん中に植えられた一本の木の下に小走りで駆け寄りながら、先にそこで待っていた僕に陳さんが声をかけた。

「うん。何だって?」

「ここへ車で迎えに来るから、一緒に食事に行こう、って。」

「王さんと君の二人で？」

「まさか。もちろん梧桐さんも一緒に。あともう一人、呉さんという王さんの友達も。」

「本当に？　省長の息子さんと食事をするなんて、なんだか緊張するなあ。できれば君と二人でくつろいだ気分で食事をしたかったのに。」

「せっかく王さんが梧桐さんにご馳走したいと言ってくれているのを、断れないでしょう？」

「はあ。でも、なぜ王さんは僕にご馳走したいのだろう？」

陳さんは無言のまま曖昧な笑みを浮かべていた。それを見て僕は思い当たった。きっと、故宮を参観していた時に陳さんの携帯に電話をかけて来た相手が省長の息子と知った時の僕の大仰な驚き方について、先ほどまた電話をかけてきた省長の息子に、陳さんが面白可笑しく話したのだろう。僕の恐縮ぶりが酒の肴にされようとしているとは、あまりいい気分ではない。

やがて黒塗りのアウディーが中華汽油招待所の中庭に入って来た。陳さんが後ろのドアを開けて入り、僕もそれに続いた。

助手席に座っている方の巨漢が省長の息子だろうと思い、後部座席の暗がりで（彼は？）と身振りで陳さんに尋ねると、案の定小声で「王さん」という答えが返って来た。それで僕はとりあえず彼に挨拶をすることにした。

「あの、はじめまして、梧桐といいます。今晩はわざわざ食事に招待してくださって、本当にありがとうございます。」

と、僕は後ろから声をかけた。彼は前を向いたまま適当に相槌を打った。運転席の男性が振り返り、

「中国へようこそ」と言って片手を差し伸べてくれたので、僕らは握手を交わした。彼が王さんの友人の呉さんであった。後になって知るのだが、彼は王さんの大学時代からの親友で、今はある日本企業の上海営業部の所長を務めている。そして近日中にその会社を辞めて王さんと共に事業を起こし、共同経営者となる計画を進めているのだった。

車が動き出すと、前に座っている二人の青年実業家はいかにも上機嫌な様子で、なにやら仕事の話を始めた。僕はというと、省長の息子と挨拶を済ませていくらか緊張が解け、そしてこれからご馳走になる美味い料理への期待を膨らませた。もし、何を食べたいかと訊かれたら、とりあえず遠慮してこう言おう、どうぞ皆さんの食べたい物を注文してください、僕には特に好き嫌いがありませんから。それでもやはり僕に決めさせようとすれば、では、北京ダックが食べたいです、と答えよう……。

僕が更に気分を良くしたのはレストランに到着して車から降りた時だった。駐車場に入った所で運転手の呉さんに促され、先に僕と陳さんが降り、二人はレストランの入り口の所までゆっくり歩きつつ、後の二人が来るのを待った。王さんと呉さんが車から降りるところを振り返って見た時、僕は率直な感想を述べた。

「大きい人たちだなあ……」

王さんが巨漢であることは、車の中で後ろから背もたれ越しに彼を見ただけで分かったが、運転していた呉さんもまた巨漢だったのだ。呉さんの方が王さんより背が高かったが、呉さんは王さんほど太ってはいなかった。

陳さんは囁くように「だから、私はあの人たちがちょっと恐いです」と言って、うっかり口をすべらせて恥じらうような笑顔で俯いた。陳さんが巨漢の彼らを恐がっていると知った僕は、仮に王さんが恋敵であるとしても自分にまだ十分な勝機があると思った。

日はすでに沈み、辺りは暗くなっていた。幾つもの真っ白な円卓がゆったりとした間隔を空けて置かれている広々とした空間に満ちている光が、店内の様々な装飾に反射したのち入り口の大きなガラス扉を通過して、そこへ近づいた僕らを照らした。と、京劇の舞台衣装のような服を着て入り口の両側に立っていた二人の若い男性が機敏な動作で扉を開け、ようこそおいでくださいました！　さあ、どうぞお入りください！　とでも書いてありそうな笑顔をこちらに向けて、上品に軽くお辞儀をした。陳さんはすぐには店内へ入って行かずに後ろを振り向いたので、僕も後ろを向くと、ちょうど王さんと呉さんが悠然たる足取りで近づいて来て、そしてそのまま店内に入って行った。僕と陳さんもその後について行った。店内に入ると、入り口の近くで立っていた、やはり舞台衣装のような服を着ている髭を生やした年配者が、歌舞伎俳優が台詞を長く伸ばして言うときのような大きくて甲高い声を発して僕たちを迎えた。客人来了《クーレンライラ》〜〜！　王大人なんとかかんとか〜〜……とにかくすごい歓迎ぶりだ。

四人が円卓について、ようやく僕は二人の巨漢の顔をよく観察することができた。二人とも三十歳前後だろうか。僕の正面に座っている王さんは、その巨体に似合わない童顔で、しかし自信に満ちた顔つきや落ち着いた挙動で店内を眺めたりメニューを見たりしていた。僕の視線に気づいていながら敢えてそれを無視しているようにも見えた。僕の右隣の席に着いた呉さんは、その優しそうな目に、縁なしの小さな眼鏡をかけて、常に微笑を絶やさないよう心がけているようだった。僕は内心、呉さんはアントニオ猪木に似ている、そして王さんはジャイアントパンダに似ている、と思った。

「梧桐君、君は何が食べたい？」

と呉さんが僕に尋ねた。

「えっ　あの、その、……どうぞ皆さんが食べたい物を注文してください。僕には特に好き嫌いがありませんので、何でも大丈夫です。」

「遠慮しないでいいって。彼が奢ってくれるって言うから何を頼んだって平気さ。」

呉さんは王さんの方を向きながらそう言った。自分について話されても王さんはやはり自信に満ちた笑みを浮かべて卓上のメニューに視線を落としていた。が、そのまま少しの間を置いた後にパタンとそれを閉じ、初めて僕の顔を見て言った。

「梧桐君は何が食べたい？」

他の二人も僕の意見を待っているようだった。

「それじゃあ、あの、僕はずっと以前から北京ダックを食べてみたいと思っていたのですが、よろしいですか？」

（ああ、なるほど）という響きの短い笑い声が三人の口からもれた。王さんがスッと片手をあげて、白くてきれいな太い指をパチンと鳴らすと、すぐさま店のウェイターが注文を聞きにやって来た。王さんは北京ダックの定番である一鴨三喫の他にも、幾つか他の料理を注文した。

注文を終えると、早速、王さんはその本領を発揮しはじめた。僕が彼の話に耳を傾けて分かるのは、とにかく僕には関係のない話題について彼が夢中で話しているということだけだった。初めのうちは、王さんが身振りを交えながら瞬く間に原稿用紙一枚分ぐらいを話す度に、相槌を打ったり短い質問を挟んでいた陳さんや呉さんも、次第に運ばれてきた皿の枚数のほうへ注意を向けて、彼の話すに任せて適当に料理の方へも手を伸ばすようになった。僕もみようみまねで食べ始めた。

「……でね、その件の担当だった木村さん、彼と一緒にゴルフをしに行った帰りに「梅林」っていう日本料理の店で奢ってもらったんだけどね、陳ちゃんは日本語が話せるから木村さんとずっと話していたけど、その隣で俺一人がひたすら食べ続けてね、あの日は蕎麦を何杯食べたっけ？　そうそう、五杯も食っちゃったよ。だからさ、梧桐君もそんなにかしこまってないで、せっかく中国語を勉強しているのだからどんどん話すとか、あるいはその時の俺みたいに、喋らない分余計に多く食べるとかすればいいのさ。そんなに行儀良くしていたら楽しくないだろう？」

「……梧桐さん、梧桐さん。」

「ん？　何？」

「王さんがね、梧桐さんも話してくれって。」

「あ、はい。え、でも何を？」

「そりゃあ何だっていいのさ。そうそう、今日は陳ちゃんとどこを見に行ってきたの？」

「今日は故宮と、毛主席記念堂と……」

「彼女はしっかりとガイドしてくれたかい？」

「ガイド？」

「そうだよ。例えば……ここ故宮は明朝永楽十八年すなわち西暦一四二〇年に建造された、五七〇年余りの歴史のある中国最大の宮殿建築群です。どうぞ正面をご覧ください、あの殿堂は太和殿と呼ばれています。当時の皇帝はあの太和殿の中で政務を行っていました。それでは行って中を見てみましょう。……皇帝の宝座に金の龍が彫られているのがお分かりになりますでしょうか、あれは堆朱と呼ばれる技巧によって彫られているのです、堆朱とは……」

「陳さんのガイドはそこまで詳しくはありませんでした。でも、とてもロマンチックなガイドでした。」

「ロマンチック?」

「ええ。例えばこう言っていました。『故宮に来る度に思うの。私は皇帝になりたいって』。」

「いやっ。」

陳さんは素っ頓狂な小さい悲鳴をあげ、恥ずかしそうに俯いた。

「僕は思わず納得してしまいましたよ。なるほど、確かにここを歩いていると僕も皇帝になりたくなる、と。」

「はっはっはっ……」

王さんも呉さんも大きな体を揺すって笑った。

「……で、明日はどこへ行くのかな、ロマンチックなお二人さんは。」

と、呉さんが尋ねた。陳さんがそれに答えた。

「梧桐さんが私に任せると言っているから、適当に私の好きな所を見て周る。擁和宮とか、天壇公園とか。」

「なるほど。じゃあ、擁和宮のあの大きな仏像を拝んで、二人でロマンチックな祈願をするわけだ。」

「あら、梧桐さんは仏像を拝んだりはしないわ。彼は聖書を信じているの。だから擁和宮の中を見学するだけよ。ねえ？」

「そうか、梧桐君はクリスチャンだったのか。」

……そうか、僕はクリスチャンだったのか。そういえば、そういうこともあったなあ。一体、自分の信仰はどこへ行ってしまったのだろう？　今晩から陳さんと同じホテルに泊まって、そして、お酒でも持って陳さんの部屋へ行って……などと考えている僕は、明らかに聖書の教えに背を向けている。背中を前にして後ろ向きに歩き続けてもどこにも誰にもぶつからないほど広大な広場の中にいる、そんな開放感に僕は浸っていた。神の律法に背いたからといって、一体どんな罰があるのか？　……いや、もしかすると僕の行く手には巨大な壁が聳えていて、僕はそれに気づかぬまま進んで行き、後頭部をしたたか打ちつけることになるのかもしれない。しかし、たとえそうだとしても、僕は自分のこの後ろ向き歩きを止められそうになかった。

「一言にクリスチャンと言ってもいろいろあるだろう？　カトリックとかプロテスタントとか。梧桐君はどの教派を奉じているんだい？」

と、王さんがあまり気乗りしない調子で僕に尋ねた。

「多分、ご存知ないと思いますがＪＷ聖書研究教会……」

……という教会に以前は通っていました。でも、今はもうそこの信徒ではありません、個人的に聖書を読んでいるだけです、と僕が言い終わらないうちに、王さんは横を向いて、近くを通りかかったウェイターを呼び止めた。

「ビール二本追加ね。」

「はい、かしこまりました。」

「あ、ちょっと待った。今日は、曲芸は？」

「八時の上演でございます。」

王さんは腕時計を見て軽く頷いた。それから僕を見て言った。

「梧桐君は中国の雑技を観たことがあるかい？　……ない。そうか、それじゃあ明日、時間があれば朝陽劇場へ行って観てくるといいよ、ここでこれからやるのとはスケールが違うから……」

そして王さんは再び勢いよく、身振りを交えながら今度は雑技について楽しそうに話し始めた。

……答えを終いまで聞かないのなら初めから訊かないでくれよ、と僕は思った。でも僕としても例の教会についてはあまり話したくなかったから、それが急に別の話題に変わってかえって良かったのだ。


何となく、自分の気持ちを整理する必要を感じて、僕はお手洗いに行くと言って席を立った。店内の奥の、トイレに通じる通路の入り口で、僕は振り返って自分がさきほど座っていた円卓を見た。三〇メートルほど離れたここから眺めると、こちらに背中を向けて座っている王さんの巨体ぶりが一層際立つようだった。そして彼の左側の、やはり巨体である呉さんと円卓を挟んで向かい合うようにして陳さんが座っている。彼女は決して小柄な人ではなく、身長一七〇センチの僕より少しだけ低い程度だから、女性としてはやや背丈の高いほうだと思うのだけど、二人の巨漢と一緒にいると彼女の姿が奇妙なほど小さく映り、思わずひょいっと抱え上げてしまいたくなるほど可愛く見えた。それで僕はますます彼女を抱き締めたいという欲望を募らせた。

しかしその一方で、なぜか昔に見た一枚の絵を不意に思い出し、不吉なその心象に怯えた。滅びに至る広い道を埋め尽くす、数え切れない黒いマネキンたちがみな一様に同じ方向へと歩き続けている。不気味な漆黒の流れに呑み込まれ、否応無く滅びの方向へと運ばれて行く自分がいる。

洗面台の前で僕はふと我に返り、トイレから出て、再び円卓に戻ると、店内のよく目立つ場所で赤いレオタードを着た少女が曲芸を始めていた。王さんも呉さんも、そして陳さんもそれに注目していて、僕が戻って来たことに少しも気づかない様子だった。床に落ちたのに放っておかれたスプーンのような心境で、僕も黙って静かに椅子に座り、まだ中学生ぐらいに見える幼い顔をしたその少女の演技を眺めた。

直径五〇センチほどの筒が床を転がりながら少女の足元に運ばれてきて、筒の穴がこちらを向くように置かれた。助手であるもう一人の少女が、二メートルぐらいの細長い板の中心をその丸い筒の上に載せると、さらにその板の上にレオタードの少女が乗った。板の両端が左右に突き出ているが、いずれも床に触れていない。少女は平均台の上に立つ体操選手のような姿勢で見事なバランスを保ちながら、掌に収まる程度の小さな白いお碗を助手から受け取り、上体をひねって観衆の方を向きながら、真っ直ぐに伸ばした片方の手で、そのお碗を店内の全員によく見せるように、左から右へゆっくりと水平に移動させ、そしてそれを頭の上に載せた。次に助手からスプーンを受け取ると、お碗の時と同様、観衆に催眠術でもかけるような滑らかな動作で、やはりそれをゆっくりと左から右へと移動させた。僕は固唾を飲んでスプーンの行方を見守った。少女は不安定な足場に立っていながら、しかも頭の上にはお碗を載せたまま、両膝を曲げてかがみこむと、スタンスを整え、腕を伸ばし、自らが立っている細長い板の先端にスプーンを置き、そして再び立ち上がった。その数秒後、何の前触れも無しにスプーンが空中へ高く跳ね上がった。少女の頭上で銀色の光が閃く。わずかな膝の屈伸。

（チャリーン！）

宙のスプーンを、見事に頭のお碗で受け止めた。

「えぇーっ⁉」

僕は思わず大きな声を上げて驚き、それから店内に笑い声と拍手が起きた。少女はその後もびっくりするような技を幾つかやってのけた。スプーンと同様に、板の先端ではじかれたお碗が空中でくるりと回転し、それからカチャリと音を立てて少女の頭上のお碗に積み重なったりもした。信じられない、という面持ちで僕は正面の王さんや、その両隣の陳さんと呉さんの方を向いた。少女の演技についても、またその演技を観て終始驚いている僕の反応についても、満足しているような微笑をたたえた彼らと目が合った。

「今晩は本当に楽しかったです。ありがとうございました。」

帰りの車の中で僕は王さんたちに礼を述べた。料理も美味しかったし曲芸も素晴らしかった。そしてなぜか僕は、将来に対する漠然とした恐れを払拭する、楽しいイメージを授けられたような気がしていた。僕のこれまでの生き方を大きく好転させるような、普通では起こり得ない何かが起こるのではないか、という予感さえした。

中華汽油招待所のすぐ近くの信号で止まった際、運転していた呉さんが振り向いて言った。

「部屋は？」

「E棟」と陳さんが答えた。僕はなぜか狼狽してしまい、訊かれてもいないのに「僕はA棟です」と慌てて付け加えた。すると車内に気まずい沈黙がおとずれたので、とても恥ずかしい思いをした。呉さんはただ、陳さんが泊まっている棟の玄関前に車を停めるために、どこの部屋に泊まっているのかと訊いただけなのであって、別に彼女と僕の今晩のことで余計な詮索をするつもりなど全然なかったのだ。やがて車はゲートをくぐり中庭を徐行し、そしてE棟の玄関前で止まった。二人はそこで車から降り、僕は再び王さんと呉さんに礼を述べた。「明日の晩もしも時間があれば、最近見つけた他の美味い店に、また一緒に行こう」と王さんは言ってくれた。そして呉さんは「万里の長城へ行くのなら、僕が車で君たちを連れて行ってあげられるかもしれない、もしそうなら電話する」と言ってくれた。

車が去ってしまうと陳さんは膝に手をついて頭を垂れ、いかにも実感のこもった声で言った。

「ああ疲れた！　眠い！」

それはそうだろう。昼間の観光だけでも相当疲れていたのに、その後さらに食事の席で王さんの話にずっと耳を傾けていたのだから。僕はというと、長時間歩くのがそれほど苦にならないほうだし、王さんの話も（速いし内容も難しかったので、やむを得ず）適当に聞き流していたから、それほど疲れてはいなかった。むしろ、これから陳さんと同じホテルに泊まるのだという興奮のために元気があり余っているほどだった。しかし、陳さんが今すぐにもくずおれて熟睡してしまいそうな様子なので、今晩は自分の部屋でおとなしくしていよう、と僕は思った。

「ところで、あなたの部屋は、何も問題がなさそう?」

と、なおも膝に手をついたままで陳さんが僕に尋ねた。

「うん。みんなで食事に行く前、リュックを置きに入ったときにちょっと見ただけだけど、かすかにペンキのにおいがするぐらいで、別に問題はないよ。」

「ペンキのにおいですって?」

聞き捨てならぬ、といった様子で彼女は上体を起こし、こう続けた。

「じゃあ、他の部屋に換えてもらいましょう。私が言ってあげる。」

「えっ　いいよ、いいよ。文句をつけるほどの大したにおいではなかったんだ。ごめんね。本当に大丈夫だから。」

しかし陳さんは僕に構わず、僕が泊まるA棟の方へどんどん歩いていった。仕方なく僕も彼女の後を追ってA棟へ向かった。

A棟の玄関に近づいたところで、なおも歩き続けながら彼女がそう訊いてきた。

「何号室?」

「……四〇四号室」

陳さんがガラス扉を押し開け、二人はそのまま入っていって階段を登り、僕の部屋へと歩いて行った。

「んん！　何なのこのにおいは！」

部屋のドアを開けるなり彼女はそう言った。確かに新築の家のようなにおいがするが、僕としては全然気にならない程度のものだった。しかし彼女は片手で空気を払うような仕草をしつつ部屋の中へ入って行き、備え付けの電話でフロントへダイヤルした。そして命令口調で言った。

「もしもし。部屋の中が臭いのだけど。」

そしてすぐに受話器を置くと、彼女は部屋の窓を全開にした。それから振り返って僕を見ると、先ほどのきつい口調を改め優しい声で「ちょっと待ってね」と言った。やがてノックの音がした。陳さんがドアを開けると、女性の従業員が立っていた。その女性は部屋のにおいを確かめるように何度か鼻をスンスン鳴らしていたが、やがて「大変申し訳ないのですが、今はここしか空いてないのです」と陳さんに事情を説明した。

「ああ、もう！」

彼女は不満の気持ちを露《あらわ》に大きなため息をつくと、振り向いて僕に言った。

「しばらく窓を開けて換気すれば、においが減るかもしれない。それまで私の部屋でテレビでも観てる？」

僕は胸が高鳴り、そして言葉を詰まらせた。従業員はそそくさとその場を離れていった。

（うん！　そうする！）

……と僕は言いたかった。だけど、自分の部屋に来ることを勧める陳さんの口調も表情も、明らかに気乗りしない様子だったので、僕はとりあえず遠慮した。

「窓を開けたから、既ににおいが減ってきているみたいだし、君もかなり疲れているみたいだから……」

「あ、ところで、」

彼女はふと何かに気づいたような声を出し、部屋の中へ戻った。そしてテレビのスイッチを入れた。

「……また映りが悪い！」

そして再び受話器を取り、フロントへダイヤルした。

「ねえ、もういいってば。」

「だって、梧桐さんはこれから一週間、この部屋に泊まらなきゃならないのよ？　こういうことは最初の日に言っておかないと……あ、もしもし。あのね、テレビの映りが悪いんだけど。」

と言いつけると、また彼女はすぐに受話器を置き、それから、ふとベッドに目をやった。すると今度はあきれたような声で言った。

「シーツ。」

「え？」

「シーツが敷かれていない……」

そして、二つに折られた掛け布団の上に置かれてある、小さく畳まれたままの白いシーツを持ち上げると、陳さんはそれを両手で広げ始めた。僕は慌てて言った。

「いいよ、いいよぉ、僕が自分で敷くからぁ！」

しかし彼女は微笑んで答えた。

「いいの。これを敷くのには、コツがあるの。以前に兄が泊まったときも、私が敷いてあげたの。」

やがて今度は男性の従業員がやって来た。先ほどから電源が入ったままのテレビ画面をしばらく眺めてから、彼はテレビの裏側を覗き込んで、両手で何やら調整を始めた。僕は大変申し訳ない気持ちで壁際に立ち、片手で頭を掻いたりなんかしながら、黙って二人の作業を見守っていた。

「これでいいかい？」

しばらくして、従業員がそう尋ねた。見ると映像が多少良くなっている。

「いいです、いいです。十分きれいです。どうもありがとうございました。」

陳さんが何か言う前に、僕は何度も頷きながらそう答えた。従業員はそそくさと部屋を出て行った。陳さんもテレビに目をやったが、今度は何も言わなかった。やがて彼女もシーツを敷き終えると、フゥとため息をついて、ベッドに当てた両手にもたれるような前屈みの姿勢で、しばらく頭を垂れたまま動かなかった。力尽きた、といった様子。

「あの、ありがとう、まさか君にベッドシーツまで敷いてもらうことになろうとは、本当に何てお礼を言っていいのやら……」

「ん」という小さなかけ声とともに、陳さんはベッドのクッションで撥ね上げるようにして上体を起こすと、一言だけ「寝る」と言って、ふらふらとドアの方へ歩いて行った。

「うん。ありがとう。おやすみ。」

「おやすみ。」

彼女は部屋を出てドアを閉めた。

二日目の朝。目を覚まして時計を見ると、まだ五時を少し廻ったところだった。昨晩の陳さんの疲れきった様子からして、彼女は当分は起きられないだろう、と思った僕はベッドから降りもせずに再び眠り始めた。ところが意外なことに、陳さんからの電話で僕は起こされた。まだ七時前だった。

「はい、もしもし。」

「わたし。」

「うん、おはよう。ずいぶん早いね。」

「おはよう。お腹が減ったでしょう?」

「うーん、少し。」

「そこから窓の外を見られる?」

「うん、見える。」

「左の棟。あなたの部屋の窓から見て、中庭の左側の棟。」

「うん、うん、見えるよ。」

「その棟の四階に食堂があるの。広いから行けばすぐに分かる。そこでただで食べられるから。セルスサービスだしあまり美味しくないけど、ご飯もおかずもすきなだけよそっていいからね。」

「へえー、それはありがたい。君は、朝ご飯は?」

「私はまだいい。先に食べてて。私はもうしばらく眠って、支度が整ったらまたあなたの部屋に電話するね。」

「うん、分かった。」

「あ、そうそう、外へ出なくてもあなたの所から廊下を歩いてその食堂へ行けるんだけど、行き方は分かるかしら？」

「いや。でも、一度外へ出て玄関から入ったっていいのでしょう？」

「うん。」

「じゃあ、そうする。」

「うん。じゃあ、また後でね。九時ぐらいになると思う。」

「うん。おやすみ。」

なにも陳さんの言う通りにしなくとも、街に出かけて自分の好きなものを食べたってよかったのであるが、聞き分けのある子供よろしく、僕は受話器を置くとさっそく教えられた食堂へと向かった。北京に来て以来、すっかり彼女に甘えてしまっていた。

朝食を済ませると、僕は自分の部屋に戻り、陳さんからの電話が来るまでの間、ベッドの上に横たわって、ぼんやりと窓から空を眺めていた。よく晴れて風も無い暖かな一日になりそうだという予感が次第に確信へと変っていった九時半頃に、彼女から電話があった。

「今、そっちに行くから。」

「うん。待ってる。」

やがてノックの音がした。すっかり出かける準備をしてベッドに横たわっていた僕は飛び起きて部屋のドアを開けた。昨日の朝に駅前のホテルで初めて会った時より打ち解けた笑顔で陳さんが立っていた。ジーンズを履いて、緑色の地に白い英字がプリントされた半袖のTシャツを着ていた。日中の気温の上昇を見越した服装であった。

「今日、擁和宮に行く前にね、用事があって王さんのお兄さんの所に行かなければならないのだけど、いいかしら?」

玄関へ向かう途中の廊下で彼女がそう言った。

「うん。構わないけど。でも、君のお兄さんじゃなくて、王さんのお兄さん?」

「そう。王さんのお兄さん。」

「というと、つまり省長の……」

「長男。今この近くにある新聞社の宿舎にいるの。タクシーで行きましょう。」

「その人は新聞記者なの?」

「ううん。警察官。」

「どうも事情がよく分からないなあ。一体どんな用事なのだろう?」

「別に大した用事じゃないわ。私の父は国営の企業の社長だということは、以前にメールで話したかしら? ……うん、それでね、近いうちに民営の会社に変えることになったのだけど、その手続きを弁護士に手伝ってもらう必要があるのよ。それで、王さんのお兄さんは職業上、弁護士の知り合いが多いから、その方面を専門にしている人を一人紹介してくれるの。」

「そう。じゃあ、僕がそばにいたら邪魔かな?」

「ううん。別に平気よ。」

昨日の強い風は春の到来を伝えていたのだろうか、今日は暖かく、日中には汗ばむほどになりそうな、日差しの強い天気だった。しかし、石やレンガで造られた、古ぼけた商店や住宅の建ち並ぶ道路に沿って、まだ一枚も葉を繁らせていない街路樹がどこまでも続いている。その光景はまだ依然として冬の様相を呈しており、とても淋しい印象を受ける。ところが初夏になると緑が溢れて観光客も大勢訪れる、とても賑やかな街に変わるらしい。

「それはさぞかし綺麗だろうね。今から楽しみだな。」

「うん。でも、私はこの時期の北京も好き。街路樹の中に面白い木があってね、葉が繁っていると分からないけど、枝の先が豚のしっぽのようにくるくる巻かれてるの。」

「へえー、本当？」

僕は狭い車窓から街路樹を観察したが、枝の形までは分からなかった。そうこうしているうちにタクシーは車道を逸れて右に曲がり、大きな門の正面で止まった。長い銃をかかえた警官が直立不動の姿勢で立っている。その制服のやや暗い緑色は、小学生のころによく作った戦車や兵士の模型を僕に思い起こさせた。わざわざ塗料まで買って塗ったりしたからよく覚えている。オリーブドラブ、というのがその色の名称だ。

二人がタクシーから降りると、門の脇の守衛室からもう一人の警官が現れた。背が低く、どちらかといえば痩せている。その小さな体に立派な肩章付きの威厳ある制服をまとい、背筋を伸ばし、堂々とした足取りでゆっくりとこちらに近づいてきた。一瞬、彼と目が合った。強い意志の感じられる鋭い目だ。しかし彼はすぐに陳さんの方を向いて、挨拶を抜きに、気さくに話し始めた。

「今、女房と明徳《ミンドー》も宿舎の方に来ているんだ。久しぶりに会ってやってくれないかな。」

この小さな警官が、あの巨漢の王さんの、お兄さんなのだった。

「明ちゃん、もう歩けるようになりましたか？」

「そりゃあ、もう。あちこち動き回って。困るぐらいさ。」

「あの、はじめまして。」

僕はおずおずと声をかけた。すると彼は頷いて言った。

「こんにちは。君も中へ入ってお茶でも飲んでいってください。」

そして彼は門の向こうの敷地内へ歩いて行った。陳さんもその後に続いた。その大きな正門は大体において閉ざされているのであるが、人が通れるだけの狭い門が守衛室の脇に別に設けられていた。陳さんとその小柄な警官の後を追うように、少し遅れて僕もその門を通過しようとした。

「止まれ！」

先ほどまで直立不動だった警官が、素早く銃を横にして僕の行く手を塞いだ。

「いいんだ。通せ。」

と、王さんのお兄さんが振り返って言った。すると彼は再び元の姿勢に戻った。「失礼します」と言って僕はそそくさとそこを通り過ぎた。新聞社などに今まで入ったことのない僕は、日本の新聞社にもこのように警察官が駐在しているのだろうか？　と思ったりした。

敷地内には舗装された道路があり、道路に沿って木が植えられ、そして病院や校舎を思わせるような大きな建物が幾つも並んでいた。僕は前の二人に続いて、正門から真っ直ぐに伸びている敷地内中央の広い道路から左に折れて細い道に入り、建物と建物を繋ぐ、雨よけの屋根のある通路に突き当ったところのT字路を右に折れ、宿舎の入り口に向かうその屋根付き通路を歩いた。宿舎の入り口の所にも青年の警官が気を付けの姿勢で立っていたが、三人が近づくと恐ろしく緊張した動作で敬礼を行った。王兄さんも歩きながら軽く敬礼をして、そのまま通り過ぎて中へ入った。通り過ぎる際に、敬礼したままピクリともしないその青年の警官を僕は感心して眺めたが、彼はそのしかめ面を少しも変えないで正面を睨んでいた。

中は休日の校舎のようにひっそりとしていた。スリッパに履き替えて中に入り、廊下の途中で水飲み場があったりするのを見て、ますます校舎のようだなと僕は思った。王兄さんは廊下に面したドアを開けて入って行った。何だか保健室のような雰囲気のある部屋だった。

「陳ちゃんが来たよ。」

「あら！」

僕と陳さんが彼に続いて部屋の中へ入ると、大きなベッドの上で半身だけ起こして雑誌を読んでいた女性と、そのベッドの向こう側に立ち、身を乗り出して母親の足元の辺りに散らばった玩具で遊んでいる三歳ぐらいの男の子が、一斉に目を丸くしてこちらを見た。僕は部屋の中を見回した。……ほとんど何もない。王兄さんが寝泊りするには殺風景すぎるではないか。この部屋は一体何なのだろう？　と不思議がっている僕の目と、この人は誰だろう？　とやはり不思議そうに僕の方を見ているベッドの上の女性……すなわち王兄さんの奥さんの目とが合った。王兄さんが僕を紹介した。

「彼はね、陳ちゃんの日本人の友達。ええと……」

「梧桐といいます。どうも、はじめまして。」

「まあ、ようこそおいでくださいました。」

男の子が嬉々とした表情で陳さんを見ていた。それで彼女は近づいていってすぐそばに屈みこんで言った。

「明ちゃん、私のこと覚えてる？」

男の子はしかし首を横に振った。

「このぉ、たたいてやるぅ、たたいてやるぅ。」

二人ははしゃぎ始めた。その向こう側の窓際の椅子に腰をおろした王兄さんが僕の方を見て言った。

「どうぞ、君もそこの椅子に座って下さい。」

それで僕は言われた通り、近くにあった椅子に腰をおろした。奥さんは男の子の顔に自分の顔を近づけて、こう言った。

「ほら、このお姉さんが家に遊びに来たことがあったでしょう？ 忘れちゃった？」

男の子は黙ったまま、ベッドを挟んでちょうど正面に腰を降ろした僕の顔を見つめた。僕はニッコリ笑って両手を振ったりした。が、彼はやはり何も喋らずに僕の顔を見つめ続けた。

「……陳ちゃんとは、どんな経緯で知り合ったのですか？」

一度ベッドからおりて床に立ち、それからベッドに腰掛け、白いスカートのすそを整え、ピンクのカーディガンのボタンを全てぴっちりと掛けながら、奥さんが僕に尋ねた。それで僕は簡単に説明した。

「インターネットです。陳さんは日本語でメールを送って、僕は中国語でメールを送る。そうやってお互いの言語を勉強しながら文通していたのです。」

「まあ、そうですか。それで仲良くなって、わざわざ陳ちゃんに会いに北京に来られたのですか？」

「はい、そうです。」

「ちょ、ちょっと、違うでしょう、何が『はい、そうです』よ。」

と、陳さんが少しだけ顔を赤らめ、慌てて口を挟んだ。

「梧桐さんはね、北京の○○外語学校に入学するために来たの。その前に、ついでに私と観光をしているの。そうでしょう？」

「ああ、そういえば……あれ？　そうだったっけ？」

「はっはっはっ！」。王兄さんが大きな声で笑った。「どうやら百パーセント、陳ちゃんに会いに来たらしいよ。」

「おほほほほ……それはまたロマンチックな話で、よろしくてよ。二人で北京を観光してみて、どうでしたか？」

と奥さんも笑いながら僕に尋ねた。僕は正直な感想を述べた。

「素晴らしいです。昨日は故宮や天安門広場を見てきましたが、僕がこれまでに訪れたどんな場所よりも感動的でした。あそこへは何度でも行きたくなりますね。」

「……天安門広場。」

と、王兄さんが今度は厳かな口調で話し始めた。

「あの付近で我々警察官が歩道を行ったり来たりしているのを見たでしょう？　こんな具合に。」

彼はその場でゆっくりと腕を振って足踏みをし、行進の動作をちょっとして見せた。

「ああ、はい。見ました。見ているととても頼もしいですね。」

「彼らはああ見えても、周囲に警戒の目を光らせているんだ。」

「それはもちろん、そうでしょう。十分そうしているように見えますよ。」

「また、あそこで焼身自殺などされてはかなわないからね。」

「……え？」

「あれ、知らなかったかな？　梧桐君は法輪功について聞いたことはない？」

「ああ、法輪功。それなら聞いたことがあります。詳しいことは知りませんが。」

「まあ、君も知っての通りの邪教集団でね……」

いつの間にか奥さんがポットからお茶を注いでくれていて、僕に湯飲みを手渡してくれた。僕は礼を述べてそれを受け取った。すると徐兄さんがこちらにやって来て、彼も奥さんから湯飲みを受け取り、僕と向かう合うようにしてベッドに腰掛けると、一口お茶をすすってから話を続けた。

「……信教の自由はもちろん中国でも認められているけれども、例えばその法輪功のような、人民に危害を加える宗教を、我々は野放しにしてはおけない。そうだろう？」

「ええ、それは至極もっともなことですが、どんな危害を加えているのでしょうか？　その法輪功は。」

「法輪功の狂信者が、これまでに一三〇人以上自殺している。さっき話した、天安門広場でガソリンを浴びて焼身自殺した少女も、そのうちの一人だ。」

「どうして自殺を？」

「さあ。いろいろな話が耳に入ってくるけれども、とにかく彼らは〝天国〟へ行くために自殺をしたらしい。」

「……」

「被害はそれだけじゃない。狂信者の中には、医療を受けることを拒否して、それで命を落とす者もいる。もちろん、どうしてか、と訊かれたって、ボクには詳しい理由なんてわからないよ。薬を飲んだり針を打ったり、そのような有効な治療を受けることについて、身体の浄化を妨げる、と教えられているらしい。」

「それは本当にとんでもない宗教ですね。」

「そのとおり。」

ふと、窓の外の芝生で、陳さんと男の子が、何やらバドミントンの羽を大きくしたようなものを蹴飛ばして遊んでいるのが見えた。僕が王兄さんの話に聞き入るなり、二人はつと外へ出て行ってしまったのだ。そういえば奥さんも部屋の中からいなくなっている。やはり外へ行ったのだろう。

「……君もあれで遊んでくるかい？」

王兄さんが窓の方を振り向いて言った。

「いえ、すみません。続きを聞きたいです。」

「どこまで話したっけ？」

「とんでもない宗教です。」

「そのとおり。だからそのような邪教を信じることによって害を被る人がこれ以上出ないよう、テレビや新聞などでも盛んにその教えの理不尽さについて暴露しているし、そのような狂信的行動の扇動者であるＬには当然、騒乱罪や殺人罪などの罪が問われている。」

「まあ、それはともかく」、王兄さんはやや声を潜めてこう続けた。「ようやくにして法輪功による騒ぎが沈静化してきたというのに、つい最近、ある一つの事件が起こってね。我々はもう一つ、別の宗教団体の取り締りを強化しなければならなくなった。」

「一体、どんな事件が起きたのでしょうか？」

「至極簡単に説明するとだね、交通事故で右足を粉砕骨折してしまい病院に運び込まれたある一人の患者が、手術の前に執刀医にお願いしたそうだ。輸血は絶対にしないでください、聖書の教えに背きたくないのです、と言って。その時点で、輸血を施さなくとも大丈夫だろうと判断した医師は、患者のその要請に同意した。ところが手術が開始されてしばらくすると、やむを得ず、緊急に輸血をしなければならなくなった。ところで、腰椎麻酔だったためにその患者にはなお意識があった。手術中に輸血が施されていることに気づいた患者は自分から輸血の管を引き抜き、手術の台から降りようとしだした。……結局、その数時間後、大変残念な結果になってしまってね。後日、亡くなられたその患者が奉じていた宗教について我々が調査を進めていったところ、それは我が国において活動を許可されていない宗教団体であることが判明した。」

「……」

「今のところ、その一件だけで、法輪功ほどの大きな被害は出ていない。しかし、宗教団体としての法的な認可が無いにもかかわらず、上海や北京といった大都市を中心に、用心深い宣教と目立たない小規模な集会を行い、急速に信徒を増やしているらしい。そして我々は、既に世界各国に基盤を持っているこの宗教団体のほうが、いずれ法輪功よりも厄介な存在になると見ている。」

「ＪＷ聖書研究教会ですね？」

王兄さんは目を細めて（やっぱり）というような表情で僕を見つめた。

「よく、ご存知で。」

「それはもう。何しろ僕自身が、以前はＪＷ教会の信徒でしたから。」

「これはいい。ボクにこうまであっさりと打ち明けてくれると知っていたら、初めから単刀直入に訊くべきだった。とんだ回り道をしてしまったよ。」

「あの教会について僕が知っている範囲のことなら、喜んでお答えしますよ。」

「それではお言葉に甘えて早速一つ訊くけれど、『以前は信徒でした』と君は言っていたね？　では、今は信徒ではないの？」

「はい。」

「……本当に？」

「本当です。なぜなら僕は聖書の、その……性の道徳を守れなかったために教会から排斥されたわけですが、それ以前から僕自身も教会の様々な教理に疑問を感じるようになっていましたので。」

「ああ、そうですか。……ところで、話が変わってすまないけれども、陳ちゃんから聞いたよ、梧桐君は北京に来る直前まで、台湾で暮らしていたんだって？」

「ええ、そうです。」

「そして台湾で暮らしている期間、教会に通っていた。」

「はい。」

「その教会はひょっとして、ＪＷ教会だったんじゃないの？」

「そうです。ＪＷ教会ですよ。でもさっきも言ったとおり、台湾へ行った時の僕は既に信徒ではありませんでした。ただ、まあ教養のために中国語の聖書を入手する目的で、一回だけ集会に出席してみようと思ったのです。その、一回きりのつもりで行った集会の席で知り合った信徒の一人が石八吉という日本語を話せる人で、彼は自宅に教会の子供たちを招いて日本語を教えていたのですが、その日本語の先生の仕事を僕に譲ってくれるというので、僕は喜んで承知しました。お金が欲しかったもので。その石八吉さんが引き続き集会に出席するよう僕にしつこく言うので、仕方なく毎週日曜日の集会だけは行くことにしたのです。」

「ふうむ、なるほどね。話の筋は通っている。でも、いま一つ納得できないことがあるのだけど。」

「それはどんなことでしょう？」

「台湾へ行った目的は何かな？」

「中国語の勉強です。」

「それが目的なら、どうして初めから中国に来ることを考えなかったのだろう？　まず、台湾へ行き、それからわざわざ中国に来る。なぜそのような面倒なことを考えついたのだろう？」

「それは自分でもよく分からないのですが、強いて言うなら、最初に僕に中国語を教えてくれた先生は台湾人で、その人からいろいろと台湾の話を聞いたりしていたので、何となく台湾のほうを選んだのだと思います。」

「何となく、ね。……我々の得た情報では、中国に渡って来て地下活動を行っているＪＷ教会の宣教者の大半は、台湾人か日本人なのだそうだ。もしかして、君は台湾の〝同胞〟と共に一定期間活動を共にして、中国語に慣れてから、語学留学という名目で中国に渡り布教活動を……」

「なるほど」。僕は思わず苦笑した。「話の筋は通っていますね。でも、考えてもみてください、大学に語学留学生として入学する手続きをしたり、インターネットで知り合った友達と観光したり、それらの行動が全てＪＷ教会の宣教者であることを隠すためのカモフラージュだとでもおっしゃるのでしょうか？　そこまで疑り深いのでしたら、僕としても、どうせ何を言っても無駄でしょうから、もう何も話すことはありません。」

「まあ、確かにそうだ。だからボクとしても、まさかそんなことはないだろうと思ってはいた。しかし可能性がある以上、訊かないわけにはいかなかったんだ。君を本気で疑っていたわけじゃない。気を悪くしたのなら謝るよ。」

「いえ、別に構いませんが。」

王兄さんはもう一度後ろの窓の方を振り向いた。依然としてみんなが芝生の上で遊んでいることを確認すると、やがて向き直ってこう続けた。

「君はＪＷ教会から排斥されたと言う。どんな経緯かは知らない。が、どうだろう、ここは一つ、逆に君の方から彼らを排斥してやろう、とは思わないか？　彼らの教えは正しくない、と思っているのなら、その布教を阻止してやろうとするのが良識ある人間の務めというものだ。そうだろう？」

「まあ、そうですね。」

「で、その君を見込んでだね、是非我々に協力して欲しいのだけれども。いいかい？」

「はい。」

「君は毎週日曜日に彼らの集会に出席していたそうだね。」

「はい、そうです。」

「それじゃあ、いろいろな話が耳に入って来たでしょう？　いくら君が信徒ではないと言ったって、彼らと全く話をしないわけにはいかないだろうし。」

「それはまあ、そうです。」

「例えば、彼らの仲間の中で、中国へ渡って宣教している者に関する情報のようなものを聞いたりしなかったかい？　あるいは君が実際に会った人の中に、中国での宣教に携わっている者がいるとか」

「ああ、それなら一人」

と、言ってしまってから、僕は急に後ろめたさに駈られて、慌てて口を閉ざした。が、もちろん遅かった。王兄さんは即座に懐から手帳を取り出して広げ、ペンを持ち、僕の次の言葉を待った。僕は何とか誤魔化す台詞を言おうと思ったが、全く思いつかなかった。

「……」

「その人の名前、覚えているでしょう？」

「……」

「あ、もしかして、さっき君が言っていた、教会の子供たちに日本語を教えていた人のことかな？確か名前を言っていたよね。もう一度教えてもらえる？」

「その人は別に関係ないです。」

「ああ、そう。でも一応、聞いておこうかな。」

「……石八吉。」

「石は岩石の石？」

「はい。」

「それから？」

「五六七八の八、吉他《チーター》（ギター）の吉、で八吉。」

僕は自分の話していることの無意味さに、思わず深い溜息をつきそうになった。そして王兄さんの話し方は、もはや完全に彼の仕事のそれであった。

「石八吉、と。で、この人の年齢だとか、特徴は？」

「あの、お言葉ですが、それをメモしてどうするのでしょう？　何の役にも立ちませんよ。」

「うん。だから隠す必要はない。別にこの人に迷惑がかかるわけじゃないのだから。そうでしょう？

それとも、その人についてボクに話すと、何か都合の悪いことでも？」

（やれやれ。）

　僕は八吉さんが王兄さんと同じぐらい背の低いことや、台湾の山地人らしい彫りの深い顔をしていること、そして頭が禿げていることなどを話してあげた。王兄さんは真剣な表情でそれを書きとめていたが、やがてそれを終えると、にこやかな顔でこう言った。

「ついでだから、梧桐君が台湾で知り合った、他の信徒の名前も聞いておこうか。」

「もう、ほとんど忘れてしまいました。」

「間違っていても構いません。ゆっくりと思い出してください。できるだけたくさん。」

「ちょっと待ってくださいよ！　ゆっくりとなんて言われたってゆっくりなんかしてられませんよ、僕にだってこれから行く所があるのですからね！」

　ノックの音がした。振り向いてそちらを見ると、さきほど宿舎に入る前にすれ違った若い警官がドアを少し開けて中の様子を窺っているようだった。王兄さんはそれを見て微かに首を横に振った。すると彼は部屋には入らずに静かにドアを閉めた。（何か手伝うことはありますか？）（いい。俺にまかせろ）といったようなその場の雰囲気だった。どうやら僕としても、まともに応対することなくこの状況から抜け出すわけにはいかないようだ。

「……あの、僕の方からも質問していいですか？」

「もちろん、いいですよ。」

　僕は輸血拒否に関してＪＷ教会の出版物に記されている事柄をここで述べてみて、それに対して王兄さんがどう答えるかを聞いてみたくなった。なぜなら僕自身、その件についてだけは、正しいのか間違っているのか、よく分からなくなっていたからだ。

「輸血を拒否することが法に触れるのでしょうか？」

「と、いうと？」

「輸血を拒否することの是非はともかく、治療手段を選ぶ権利は患者にあると思うのですが。」

「もちろん、患者にあるだろう。」

「それでは、輸血以外の治療法を患者が望んだとしても、その患者を咎めることはできませんよね？」

「しかし、出血多量の際、輸血以外に有効な治療法があるだろうか？」

「……詳しくは覚えていませんが、輸液で水分を補充し、体内に残っている赤血球でも身体に十分に酸素を供給できるよう、高圧酸素室で手術を行い、毛細血管からの出血も最小限に抑えるよう、丁寧に塞ぐ、そのような手術が効果をあげているとの新聞記事を以前に読んだことがあります。そして輸血のように、エイズや肝炎などに感染する可能性がないので、むしろこの治療法のほうが安全であると、ＪＷ教会は主張しているようですが。」

「なるほど。ではボクからも一つ訊こう。日本では、いま君が言った高圧酸素室のような設備をどこの病院でも備えているのだろうか？」

「それは分かりません。僕自身は医療について詳しいわけではありませんから。ただ、そのような無輸血手術を希望する患者を、どこの病院でも受け入れてくれるというわけではないようです。教会がわざわざ信徒たちに、無輸血手術を行ってくれる病院の情報を提供しているぐらいですから。」

「しかし、人はいつどこで事故に遭うか分からない。そのような特定の病院まで運ぶ間に負傷者が亡くなるという可能性だってある。」

「まあ、確かにそうですね。」

「ところで、ＪＷ教会の信徒が輸血を拒否する理由は何かね？　輸血よりも優れた治療法がある、ただそれだけの理由で拒否しているのかい？」

「いいえ。『血を食べてはならない』と聖書に書かれてあるからです。」

「食べることと治療することとは別のような気もするが……まあ、いい。ではどうして血を食べてはいけないのかね？」

「神の見地からすると、血は命を象徴しています。そして命は神聖、すなわち神に属するものなのです。だから人は血を食べてはならない……と、教えられました。」

「ん？　つまり、血は命を表す神聖なものだから、という理由で輸血を拒否するわけだね？」

「そうです。」

「血は命の象徴だから、命の象徴としての神聖さを侵さないために、輸血を拒否するわけだね？」

「そうです。」

「たとえ神聖な命そのものが危険にさらされようとも？」

「……」

「矛盾しているとは思わないか？」

「……そう言われてみると、矛盾しているような気もします。」

「ような気もする、ではなくて、明らかに矛盾しているよ。君、命は神様のもので神聖だと言うのなら、あらゆる手段を講じてそれを守るべきだ。緊急に輸血が必要だと医師が判断した場合でさえも、血は命の象徴なので……などと言ってそれを拒否するほうが、よっぽど命を粗末にすることだとは思わないか？」

「ううむ……なるほど、どうしてこんな単純なことに僕は今まで気が付かなかったのだろう？」

再びノックの音がした。振り返って見ると、今度は陳さんがドアを少しだけ開けて中の様子を窺っていた。

「ごめん。もう少し待ってくれるかな。」

と王兄さんは言った。

陳さんはいささか退屈そうな表情で、それでも軽く頷いて静かにドアを閉めた。

「これはボクの個人的な意見だけれども」

微かに溜息を洩らしてから、王兄さんは穏やかな口調で話し始めた。

「たとえ矛盾している教理であったとしても、本人が信仰を抱いているのなら、それを尊重してあげても別に構わないのではないか、とも思うよ。しかし、政府はそうは考えない。輸血の問題だけじゃない。ＪＷ教会の信徒は国旗敬礼や国歌斉唱、選挙に参加すること、そして兵役も拒否し、そのためにあちこちの国々で物議を醸していると聞く。この点で我が国の対応ははっきりしていてね。後になって政府との軋轢を生むような宗教を、初めから認めたりはしないのさ。」

さっきの陳さんの様子を見た僕は、そろそろ王兄さんとの会話を打ち切って、すぐにでも出かけたかった。それで王兄さんが話し終えるとすぐにこう言った。

「紙とペンを貸していただけますか？　台湾で知り合った信徒のうち、何人かの名前を思い出したので。」

「うん。いいとも。そこの窓際の机で書いたらいいよ。そのほうが書きやすいだろうから。」

僕はそれほどの時間をかけることなく、台湾の台中会衆で知り合った信徒のうち、記憶に残っている十数名の名前を書き出し、更に時間を節約するために、王兄さんに言われる前に、それら信徒たちの特徴も付け加えた。ただし僕はこの期に及んでも、実際に現在も北京のどこかで宣教しているであろう楊欣雨《ヤン・シンユィ》の名をそこに含めることはしなかった。何となく、後ろめたかったのだ。

「記憶力がいいね。」

僕が手渡した紙を受け取り、それを眺めながら王兄さんはそう言った。

「大して良くもありません。」

「とにかく、こんなに大勢の信徒の名前を覚えているのだから、中国に来て宣教している人の名前を、まさか忘れたりはしないでしょう？　そのような人は特に印象深いはずだからね。」

「それはその紙に書いた人の中に含まれているかもしれませんし、含まれていないかもしれません。

僕はただ、あの会衆の成員の中に中国へ行く人が一人いるという噂を聞いただけで、その人の名前なんか知らないのです。」

王兄さんは明らかに疑っている目で僕を見た。しかし僕も負けじと彼を見返した。もうお終いです、これ以上ここにいても僕は何も話しません、という気持ちを露骨に表した目で。

「……そうですか。わかりました。それじゃあ、ボクの名刺を渡しておきますから、何かまた思い出したら連絡してください。」

「はい。そうします。あ、そういえば、陳さんが貴方に用事があるのでしたよね。彼女を呼んできます。そして僕は外で待っています。」

「何もわざわざ外で待つ必要はないよ。それにすぐに終わる。」

王兄さんは窓を開けて、芝生に腰を降ろして男の子を抱きかかえつつ、奥さんと話をしていた陳さんを呼んだ。三人は立ち上がり、やがて部屋の中に戻ってきた。

二人の用事は本当にすぐに終わった。いついつにどこそこでだれそれが待っているから、君はなにを携えて行くように、といった内容のことを王兄さんが話しながら紙に記し、その人の名刺とともに陳さんに手渡した。それだけだった。

陳さんと二人で近くの地下鉄の駅へ歩いて向かう途中の道で、僕はふと、台湾を発つ前に楊欣雨から受け取った、彼女の連絡先を記したメモのことを思い出し、それをどうしたものかと考えていたときのことだった。今日はこれから擁和宮に行く予定だったけど、やっぱりそれはやめて他の場所へ行きましょうか、と陳さんが僕に尋ねた。なぜ予定を変更するのかと僕が問い返すと、なぜなら擁和宮はラマ教（チベット仏教）の寺院だから、と彼女は答えた。

「ラマ教の寺院か。是非、どんなものか見てみたいな。行こうよ、そこへ。」

「でも。」

「構わないよ。僕は別にどこかの教会の信徒というわけではないのだから。」

「そうなの？」

陳さんは安心したようだった。陳さんの安堵の表情を見た時、既に僕の耳には例のメモをグシャッと握りつぶす音が聞こえたような気がした。楊欣雨《ヤン・シンユィ》のことはもうどうでもいい。僕と彼女とは一切無関係だ。昔の写真を平気で捨ててしまうように、僕はやはりあのメモを捨てようとしていた。警察の目を避けて楊欣雨《ヤン・シンユィ》に再び会おうなどと考えないのはもちろんのこと、メモを王兄さんに渡して警察に協力しようとも思わない。これはもう、どうでもよくなった。これは無かったことにしよう。グシャッ、ポイ。


だけど、その一方で僕は薄々と感じ始めていた。いま目の前にいる陳さんのことを僕がいくら好きになったからといって、彼女のような中国人の社長令嬢と今後もずっと交際を続けていける可能性は希薄であることを。そしていつの日か、僕が彼女の目に適わなくなったり、僕よりもっとふさわしい人が現れるなどして、彼女と会うことができなくなったとしたら、僕はやはり例の如く、トカゲの尻尾切りのような解決方法をとってしまうのだろう。台湾にいたころに陳さんとの電子メールによる文通に夢中になったことも、二人で北京を観光した楽しい思い出も、自分の意識から切り捨ててしまうのだろう。僕は陳さんともっと仲良くなりたい、親しくなりたいと願いながらも、その一方では、陳さんとの親しい関係が駄目になった場合に備えて、彼女についての一切の記憶を意識から切り捨てるための刃を、既に研ぎ始めていた。

（……どうせインターネットで知り合っただけの間柄で……国籍も違うし……もっといい相手がいるに違いない……）

歳をとるごとに、その種の刃の鋭さばかりが増しているような気がする。僕はそうやって自分の年輪から余計に思える部分をどんどん削っていって、終いには爪楊枝よりも細くなって、結局全てが何でもないただの屑になってしまって、僕は一体何をしていたのだろうか、という問いだけが残るのかもしれなかった。

僕はふと、少しだけでも、自分の昔のことを振り返ってみようと思った。と、頭の中が空白になった。いや、いくら何でも昔の思い出が何も残っていないはずはない。僕は意識を自分の過去に集中させた。押入れの隅から不意に出てきた写真のように、幾つかの記憶の断片が脳裏をかすめた。

僕は幼稚園児になっても言葉を全く喋れなかったし、小学三年になるまで、平仮名さえまともに書くことができない子供だった。特別な学級にこそ入れられはしなかったが、クラスメートと仲良く遊ぶようなことはなかった。馬鹿にされたり、いじめられたりもしたようであったが、具体的にどのような行為を受けたのか、ほとんど覚えていない。嫌なこと、辛いことを早々と意識から切り捨てる特技は、既にこのころから身に付けはじめていたのだと思う。

同じ市内の高級住宅街に住む、僕より七つか八つ年上の二人のいとこは、僕をとてもよく可愛がってくれた。僕はクラスメートの誰とも遊ばず、週末には必ずと言っていいほど従兄弟の家に遊びに行った。康弘兄さんは高校の天文部の部長で、口径三〇センチの反射式赤道儀を持っていた。僕が遊びに来た土曜日の晩などに、康弘兄さんはわざわざその重たい天体望遠鏡を庭に持ち出して、僕に幾つかの惑星を見せてくれたりもした。木星とその衛星が放つ光、そして土星がその輪に落とす影を、今でもはっきり覚えている。

皆既月食の起こる晩に、康弘兄さんはそれを観測する天文部の野外活動に、まだ小学生だった僕を参加させてくれたりもした。その日の夕方、康弘兄さんは何も持たずに、ただ二五〇ＣＣのオートバイに跨り、僕を後ろに乗せて市内のある広場に向かった。康弘兄さんと僕がそこに到着した時には、夕焼けで赤く染まった空の下で、既に部員たちがテントを広げ、その付近に小口径の天体望遠鏡や三脚に取り付けた双眼鏡を並べて、観測の準備をすっかり整えていた。その晩は皆既月食を見た他にも、テントの中でトランプゲームをしたり、焚き火で沸かしたお湯でカップラーメンを食べたりして、僕は天文部のお兄さんたちと楽しく過ごした。

比呂子姉さんはエレクトーンの上級者で、よく僕のリクエストに答えていろいろな曲を演奏してくれた。僕が康弘兄さんや比呂子姉さんの部屋から勝手に漫画を持ち出して、ソファーに寝そべって読んでいる時にも、比呂子姉さんは同じ居間に置かれてあったエレクトーンに腰掛けて、ヘッドフォンをして熱心に練習していることがよくあった。色白で端正な彼女の顔が真剣に楽譜を見つめている、そんな真摯な様子を見て、僕は崇敬の念さえ抱いたものだ。

二人のいとこが僕のためにしてくれたことを書き出していったらきりがないはずだ。ともかく彼らが僕の勉強の世話までしてくれたおかげで、僕は都立の普通科高校に合格することができたのだけれど、僕は感謝するどころか、二人をとても悲しい気持ちにさせた。

僕がＪＷ教会の集会に通い始めたことを知った二人は、僕のためを思って、それをやめるように真剣に説得した。が、僕はそれに耳を傾けようともしなかった。あれほど僕の面倒を見てくれた二人との関係をあっさりと断って、まるで会うことさえ避けるように、以来、僕はいとこの家へは一切近寄らなくなった。

ＪＷ教会の教えに従うために、高校に入学してから始めた空手もやめた。空手部の先輩たちが、そんな理由で辞めたりするなと一生懸命僕に言ってくれたときにも、僕はそれを一切聞き入れずに、あっさりと退部した。

「まもなく神が人間の不完全な世界を滅ぼし地上を楽園に変える」というあの教会の信条は、ある意味で僕の性向によく合致していたのかもしれない。まるでテレビゲームをしていて、思い通りにいかなくなったら、すぐにリセットを押してやり直すような……そのように、それまでの一切を切り捨てて得た、他の一切を切り捨てるような信仰を、僕は長く保つことができただろうか。いや、僕はＪＷ教会の信徒として活動していた期間に経験した様々な不愉快な出来事に腹を立て、結局はＪＷ教会との関係をも、あっさりと切ってしまった。比較的親しかった信徒が、再び集会に来るようにと言ってきた時にも、僕がそれに耳を貸さなかったのは言うまでもない。

自分の意にそぐわなければ直ちに切り捨てる。そして残ったものは何だろう？　僕は原稿用紙のほんの数行を用いて、今の自分がどんな人間なのかを正確に言い表すことができる。ＪＷ教会は間違っていると得意げに批判したり、それでも聖書自体は正しいなどと知ったかぶりを決め込んでいる、ただそれだけの、潮溜の中のハリセンボン。もしかして、本当に切り捨てなければならなかったのは、自分の、その、……。


「何を考えているの？」

電車の座席に二人で並んで腰掛けていた時に、陳さんが僕にそう尋ねた。

「ん？　……いや、その、北京の地下鉄って本当に便利だね。どこから乗ってどこで降りても一律三元だし」

そのうえ路線も分かりやすかった。旧城壁の地下を走るこの環状線の駅を一つ一つ、順々に覚えることができたなら、陳さんは僕を誉めてくれるだろうか？　阜成門、車公荘、西直門、……だけど列車はそんな僕を置き去りにして次の駅、次の駅へと進んで行き、やがて目的の駅、擁和宮に到着した。

シーズンオフであるにもかかわらず、駐車場に停まっている観光バスの多さは、擁和宮内を参観している人々の数のおびただしさを物語っていた。しかし、故宮ほどではないにしても、この寺院の敷地もかなり広いため、中はさほど混雑してはいなかった。内部が薄暗い幾つもの仏閣の間を行き交う団体の観光客が皆一様にリュックを背負ったりカメラを手にしていたり、観光ガイドを広げていたりするので、時折見かけるオレンジ色の衣を着た僧たちがとても際立って見えた。足取りも悠然としているし、あちこちを見回したりすることなどもちろんない。彼らは正真正銘のチベット人のラマ教徒なのだ。

「でも、彼らは英語が喋れるのよ」と、陳さんは説明を続けた。「以前、外国人の観光客が英語で僧に話しかけるのを見たことがあるの。そうしたら、とても流暢な英語で答えていたもの。きっと、外国からここを参観しに訪れた人々に、いろいろと説明してあげるのも彼らの奉仕の一つなのね。」

昨晩の食事のとき、王さんが僕に「陳ちゃんはしっかりガイドしてくれたかい？」と言ったためだろうか、今日の彼女の解説はやけに詳しかった。

「……中国に五五の少数民族があるのは知ってるでしょう？　それらをも含めて一つの国家としてまとまるのは、きっと並大抵のことではなかったのね。例えば清朝は、ラマ教信仰の厚いチベット族やモンゴル族に対して親善的な態度を示すために、中国各地にラマ教寺院を建てた。さらに清朝の擁正帝が即位以前に住んでいた邸宅も、即位後にその半分が離宮とされ、もう半分がラマ教の寺院とされた。それがこの擁和宮。

チベット文字で書かれた大量の経文が大切に保管されている薄暗い建物の中などを見学した後、全長一八メートルもある弥勒像が安置されている万福閣の入り口に二人は来た。……一七四四年に擁和宮は正式なラマ廟に昇格した。そしてチベットのダライラマ七世が、当時の皇帝であった乾隆帝へ献上したのが、直径三メートルの白檀の原木から作られた、この巨大な弥勒像。

その白檀一木造の木像を見るために万福閣へ入ることは、すなわち弥勒像の足元に立つことであり、したがって僕の限られた視野の中にその全貌を収めることは不可能だった。圧倒されるような思いで、それでも弥勒像の顔を拝むべく、僕は恐る恐る暗くて高い天井を見上げた。

「……」

「何か感想はあるかしら?」

「故宮の中を歩いていたときには、僕は皇帝になりたいと思った。でも今は。」

「仏になりたくなった、なんて言わないわよね?」

その後、陳さんはしばらく笑い続けていた。僕が「なんで分かったの?」と答えたからである。もちろん冗談でそう言ったのだが、でも、威風堂々たるこの彫像のようでありたいという真面目な気持ちも幾らか入っていたので、それを彼女に笑われて少し心外でもあった。

「故宮に行けば皇帝になりたい、擁和宮に行けば仏になりたいだって、あははは……」

「皇帝になりたいと最初に言ったのは君だろう?」

彼女はしかし、いつまでも人のことを笑ってはいられなかった。なぜならその後、「火之神」や「風之神」、「雷之神」と銘打たれた像を二人で見学していた時、彼女は「雷之神」のことを日本語で言おうとして、「いきなりのかみ」と呼んだからである。

「いきなりじゃなくて、かみなりだよ。」

「あれ？　いきなりってどういう意味だっけ？」

「突然」

「あ、そうか」

「突然之神《いきなりのかみ》だってさ、あーはっはっはっ……」


擁和宮を見学し終えた後、二人は天壇公園へ行った。この公園の広さは故宮の約三倍あるというから、隅から隅まで見て廻ることなどとてもできないが、それでもこの公園の三つの主な見どころである圜丘・皇穹宇・祈年殿は全て公園の南天門から北天門に至る広くて真っ直ぐな道の上に位置している。それで、ここを訪れる観光客は皆、南天門もしくは北天門から入った後、そのまま真っ直ぐ、ひたすら歩き続けることになる。この広い道以外の場所には木がたくさん植わっていて、森林公園の趣があった。僕ら二人は南天門から入り、最初の見どころである圜丘へ向かって歩いた。

「……くくく、突然之神」

「ちょっと、あなた、いつまで笑っているのよ？」

「ご、ごめん。僕には思い出し笑いをする癖があって。」

「人の失敗を笑わず、なおかつ自らの成功を誇らぬ者は、人の失敗を笑いて自らに誇る成功の無き者に勝る。」

「誰の言葉？」

「私。」

「なるほど。聖書の箴言に書き加えたくなるような名文句だ。」

「ありがとう。でも似たようなことが既に書かれてあるのではないかしら?」

「聖書を読んだことがあるの?」

「少しだけね。たしか、新約にはイエス・キリストやその使徒たちの活動について記されているのよね? そして旧約はモーゼとかソロモン王などの人物が、自ら経験したことなどを記した紀元前のころの話、だったかしら?」

「うん。……あ、そうだ。僕は前から不思議に思っていたのだけど。」

「何?」

「聖書の中にも龍が登場するんだ。もちろん、幻というかたちでね。」

「うん。それで?」

「中国では皇帝の象徴であり神聖な生き物である龍が、なぜ聖書の中では悪魔、つまり神に反逆した天使の象徴なのだろう?」

「正反対なのね。どうしてかしら? 私にもよく分からない。」

陳さんは不意に歩みを止めた。そして僕の手首を摑み、向きを左に変えて歩き始めた。僕は陳さんに引っ張られて左へよろけた。

「どうしたの?」

と僕が尋ねると、彼女は悪戯っぽく微笑んでこう答えた。

「この公園に来るとね、私は必ず道の真ん中を歩くの。」

大体において石畳が敷かれているこの広い道には、その中央にほんの少しだけ高くなっている、表面に切れ目のない細長い石の道があった。広い道の真ん中にある、センターラインのような細い道である。二人はその上にのると、再びその道が真っ直ぐに伸びている方向へ、圜丘に向けて歩き始めた。なんでも中央のこの細道は神が歩く道なのだとか。だからこそ、わざとその上を歩いちゃうの、と彼女は笑った。

「え？」

「これは私の推測に過ぎないのだけど。」

「さっきの龍の話の続き。」

「うん。何？」

「昔の中国人は、あらゆる動物に勝る完全無欠な動物を、想像の中で造りだそうとした。そしていろいろ苦心した挙句、様々な動物の特徴を全て備えた動物を描き出した。」

「それが龍なの？」

「ではないかと思うのよ。だって、鹿のような立派な角があったり、よく見るとライオンのようなたてがみもあるし、細長い胴体は蛇のようだし、脚は鳥のようだし、尖った口は……狼かしら？」

「そしてあの長い髭は仙人のようだと？」

「そうそう！　で、その空想上の完全な生き物が、後になって皇帝を象徴するのにふさわしいと見なされるようになったのね。」

「それがどうして聖書の中では悪魔の象徴としてつかわれるようになったのかな？」

「それはきっと、西洋人が龍を見た時の第一印象というものよ。龍って、ぱっと見た感じ不気味で恐ろしいでしょう？　しかもうまい具合に、聖書の初めのほうにさ、蛇が登場するじゃない？　禁断の実を食べるようイブを唆《そそのか》した蛇が。」

「うん。確かに登場するね。」

「だからよ。龍の最大の特徴はやっぱり、蛇に似たあの長い胴体でしょう？　蛇に似ている恐ろしい姿の生き物。悪魔を象徴するのにこれほどふさわしいものはなかったんじゃないかしら？」

「なるほど。それで聖書の巻末の書である黙示録が記されるころには、西方の人々の間で龍は悪魔の化身だという見解が定着してしまっていたので、神様も分かりやすいように、使徒ヨハネに与える幻の中で悪魔を表現する際に龍を使った、もしくは神から与えられた悪魔の幻をヨハネが言葉で表現する際、人が分かりやすいように龍と記した、と。」

「もちろんさっきも言ったように」と、陳さんは一言付け加えた。「今のは私の推測にすぎないけどね。」

　話に夢中になっている間に、二人はいつの間にか真ん中の細い道から逸れて石畳の上を歩いていた。僕がそのことを指摘すると、彼女は「あ」と言ってまた僕の手首を摑み、「神の道、神の道」と呟きつつ、再び細い道の上に戻った。

　二人は話しながら、中央に伸びる細長い〝神の道〟を何度か逸れたり、また戻ったりしているうちに、ようやく圜丘に到着した。僕は遠くからその圜丘を最初に見た時、まるで生クリームで覆われた円いケーキのようだな、と思った。（何年も後の話になるが、僕がこの『圜丘』という正成な名称を覚えておかなかったので、知人たちから「北京の名所でどこが一番印象深かった？」と訊かれる度に「天壇公園にある白くて丸いのがとても綺麗だった」などと答えていた。しかし、ある中国人の知人がそれを聞いて「ああ、それは圜丘のことだろう」と教えてくれた。この圜丘がどんなものかを説明するのに「白くて丸いの」ではあまりにもひどいので、ここは一つ資料から正確かつ簡潔な表現を引用しておこう。それは三層の円形大理石の壇のことである）。昔は皇帝がこの壇の円心に立ち、天に向かって直接祈ったのだそうだ。そう言われると、自分も壇の上に立って天を仰いでみたくなる。僕は巨大なウエディングケーキのようなその壇を駆け上がり、空を見上げた。雲の上に立って見たような青空だった。

悪魔の化身とされている龍が、もともとは神聖な生き物として誕生していたのと同じように……と、僕は空を見上げながら考えた……キリストの言う、命へと至る狭い道は、じつは滅びに至る広い道の中央に通っているのではなかろうか？　もし、そうだとしたら面白い。以前に見たある一枚の絵のことを僕は思い出した。その絵の中では、大群衆に埋め尽くされた広い道から途方もなくかけ離れた所に、楽園へと続く狭い道があって、その道を歩く少数の人々の顔には喜びが満ちている。一人は手招きしていて、絵を見ている人に対してあたかもこう言っているようだ。「さあ、こちらにおいで、こちらの狭い道を歩いてさえいれば、何も心配することはないんだ」と。

しかし、脇へ逸れて森へ入って行く小道のように……と、僕はなおも考えた……群集の歩く広い道から離れていく、パラダイスへ通じると彼らが考えている狭い道を進んで行ったとしても、きっと虚しい所を彷徨《さまよ》うだけで、祈りが天に届く場所へは到達できないだろう。あの絵の作者は、滅びに至る広い道の上に、これでもかと言わんばかりに無数の人間を描き込んだりするから、その広い道の中央に通っている、細くて真っ直ぐな命の道が、見えなくなってしまったに違いない。

その後二人が皇穹宇や祈年殿を見学し終え、そして森の中のベンチに腰掛けて休んでいる時のことだった。チャララチャララ……というあのメロディーが久々に陳さんのショルダーバッグの中から聞こえてきた。その相手が誰であるか僕には判断できなかったが、電話の内容が彼女にとって不本意であることだけは確かだった。最後に彼女が「はい、分かりました」と不満そうに言って電話を切ると、僕は尋ねた。

「誰から？」

「うん。あのね、会社の人から電話があってね、急な仕事ができて、どうしても行かなくちゃいけないの。食事の接待にまで応じなきゃならないみたいだから、夜遅くまでホテルには帰れないかも。」

「……そうか。それじゃあ、仕方ないね。今すぐ行っちゃうの？」

彼女は腕時計に目をやってから言った。

「お昼を一緒に食べてから行っても間に合うと思う。」

顎鬚をたっぷりたくわえたおじいさんの顔が描かれている、赤と白を基調とした外装の、ケンタッキー・フライドチキンに似ている、でもよく見るとそうではない、中華料理のファーストフードの店で簡単な昼食をとり、二人はそこで別れた。僕は一人でそのまま観光を続ける気にはなれず、おとなしくホテルに帰ることにした。地下鉄の駅さえ分かれば帰りは一人でも問題ない。僕は無事に鼓楼大街の駅に辿り着き、そこから歩いて中華汽油招待所へ帰った。

部屋に戻ってベッドの上に横たわり、僕は今日の午前中に警察官の王兄さんと交わした会話について思い返してみた。すると今度は逆に、楊欣雨《ヤン・シンユィ》の名前を王兄さんに告げなかったことで罪の意識を感じるようになった。僕が今、こうして休んでいる間にも、楊欣雨《ヤン・シンユィ》の宣教活動によって、矛盾した教理で惑わされている人がいる。

入学許可証を入れた封筒の中に、楊欣雨《ヤン・シンユィ》がくれたメモを放り込んでおいたのを思い出し、僕はそれを取り出した。そのメモには電話番号と住所が記されている。それは集会所のものだろうか？　彼女の住んでいる部屋のものだろうか？

どちらにしても、警察に通報してしまうのが一番いいに違いない。しかし、いざ王兄さんに連絡しようとする段になると、これもやはり後ろめたくなるのだった。そもそも僕が台湾を発つ前、道で楊《ヤン・》欣雨《シンユィ》とばったり出会い、僕が彼女を食事に誘ったのがきっかけなのである。その時、僕は自分の過去について楊さんに打ち明けた。それを聞いても彼女は僕を無視したりせず、かえってＪＷ教会の教えに敢えて背き、北京でまた会いましょうと僕に言ってくれた。そして手渡してくれたのが、このメモだ。これを警察に通報してしまうというのも、どんなものだろうか。

僕はしばらく考えあぐねたが、次第にそのメモが非常に煩わしい物に思えてきて、とうとう最初の思惑通り、握りつぶしてゴミ箱に放り込んでしまった。思い切って放り込んでしまうと、幾らか気分が楽になった。僕は最初から、楊欣雨という人物には会わなかったのだ、ということにしておこう。今後、彼女については思い出さないようにしよう。何ヶ月か過ぎれば、きれいさっぱり忘れることができるだろう。

僕はまたベッドの上に仰向けに横たわり、目を閉じて、陳さんと二人で広大な中国大陸の様々な場所を旅する空想にふけった。船に乗って桂林の川を下ったり、雲南省の農村で大きな角の水牛と出会ったりした。ウイグル族の町で刺繍の施された民族衣装を買ってから、僕と陳さんは再び北京に戻り、天安門広場で、翼を広げて夕陽を受けている、青い羽毛の小さなフクロウを再び見た。フクロウは茶色い大きな目で僕を見つめ、そして言った、「梧桐さん！」

僕は浅い眠りから目を醒ました。非常に賢そうなフクロウの大きな目が、なおもどこかで僕を見つめているような気がして、とっさに部屋を見回した。ふと、先ほどのゴミ箱が目に留まった。

なぜかもう一度、楊欣雨《ヤン・シンユィ》と会って話をしなければならないような気がした。しかし、たった今、陳さんと旅をしている空想にふけっていたこともあり、今度は別の理由で後ろめたさを感じた。陳さんが仕事をしている隙に他の女性と連絡をとり、会いに行く。そんな大それたことをしてもいいのだろうか？

僕はゴミ箱から、丸めて捨てたメモをもう一度取り出して広げ、仔細に眺めた。眺めたところでそこには別にいいアイデアが記されているわけでもない。しかしそれは、誰か知らない人が他の人に宛てて書いた無関係な紙切れなどではない。紛れもなく楊欣雨《ヤン・シンユィ》が僕のために、彼女の連絡先を記して手渡してくれたメモである。簡単に捨ててしまっていいものではないはずだ。僕は楊欣雨《ヤン・シンユィ》に電話しよう、と思った。

異性だから、と意識するからいけない。知人だと普通に考えればいい。そしてＪＷ教会が本当に間違っていると思うのなら、堂々とそれを知人である楊さんにも言ってしまえばいい。そして君もあんな教会からは脱退するべきだと言ってしまえばいいのだ。そして、彼女がＪＷ教会を脱退する、しないに関わらず、僕は自分の良心に従って、彼女の名前やこのメモに記されている彼女の居場所や電話番号を警察に通報するつもりであると事前に通告してあげるのだ。ただそれだけのことだ。悩む必要など何もない。

今の時刻は午後三時を少し廻ったところ。これから楊さんと連絡をとり、彼女に会って話をすることができるかもしれない。

部屋の中にも電話がある。でも外線のかけ方が分からない。かけ方の説明が記されているような物もどこにもなかった。それで僕は再び手ぶらで外へと出かけた。僕の財布の中には、北京の飛行場に着いたときに陳さんへ電話するために買った公衆電話用のカードがまだあった。それを使って公衆電話で楊さんへ電話しようと思った。道を歩きながら電話ボックスを探したがなかなか見つからず、街を彷徨っているうちにとうとう道に迷い、ホテルへの帰り道が分からなくなってしまったころに、ようやく公衆電話を見出した。

十秒ほど呼び出し音が鳴った後、最初に電話に出たのは、楊さんではない誰か他の女性だった。

「もしもし。」

「あ、もしもし。楊欣雨《ヤン・シンユィ》さんは、いらっしゃいますでしょうか?」

「あの、どなた様ですか?」

「梧桐と申します。」

「あの、どちらの梧桐さんですか?」

さて、何と答えよう? 僕は思い切ってこう言った。

「台湾の、台中会衆の梧桐です。」

「……少々お待ち下さい。」

楊欣雨《ヤン・シンユィ》を呼ぶ声が聞こえた。台中の兄弟から電話よ、と。電話の向こうはきっと集会場ではなく、宣教者たちが共同生活するためにJW教会が準備した宿舎であるか、あるいは楊さんが宣教のパートナーの姉妹と一緒に、現地の信者の名前で借りて住んでいる部屋か、そのどちらかだろう。禁令下の中国で人目を避けるためには、後者である可能性が高い。最初に電話に出た姉妹の胡散臭《うさんくさ》がっているような口調を聞き、楊さんからも迷惑がられるかもしれないなと僕は思った。しかし、やがて楊さんの明るい口調が受話器から聞こえた。

「もしもし、梧桐さん?」

「やあ、こんにちは。」

「やっぱりかけてきてくれたのね、嬉しいわ。」

「そう？　僕も嬉しいよ。君の元気そうな声を聞けて。」

「どこからかけているの？」

「どこだか分からない所の公衆電話。北京市内であることは間違いない。」

「まあ、今、北京にいるのね？　何をしているの？」

「あちこち観光していたんだ。今は道に迷っているけど。」

「そう……会いに来てくれるのでしょう？」

「うん。」

「手元にメモの用意はあるかしら？　今から集会の日時と場所を……」

「ねえ、ちょっと待って。その前に二人だけで話がしたいのだけど、駄目かな？」

楊さんは声を潜めて問い返した。

「二人だけで？　何の話かしら？」

「電話では言い辛いことなんだ。できれば君と直接会って話がしたいんだ。」

「そう……あなたはいいときに電話をかけて来た。今月の末に主の記念式があるのは知っているでしょう？　明日からはその準備で忙しくなる。今日の午後を逃したら私一人で自由に行動できる時間は当分の間ないの。」

主の記念式とはイエス・キリストの死を記念する式典で、ＪＷ教会の信徒はその日を一年のうちで最も重要な一日と見なしている。

「じゃあ、今なら大丈夫なんだね？」

「うん。でも、二人で話って、どこで？」

「とりあえず待ち合わせの場所を決めて、そこで会ってからにしよう。」

「うん。どこに待ち合わせる？」

「僕が決めていいのかな？」

「その方がいいでしょう。あなたよりも、まだ私の方が北京の地理に詳しいと思うから。」

「そうだね。じゃあ、王府井はどうだろう？」

「王府井のどこ？」

「たしかあそこに井戸があったよね？」

「ええ。正確には井戸の跡だけどね。」

「そう、それだ。そこで待ち合わせよう。」

「分かったわ。三十分ぐらいでそこに着くと思う。」

「そんなに早く着くの？」

「ええ。今すぐそっちに向かう。今日は時間が空いているといっても、帰りが遅くなっては困るから。」

「分かった。僕もすぐに行くよ。」

「大丈夫？　そこから一人でちゃんと王府井まで行ける？」

「何とかするさ。」

路上で話をしている、背中の折れ曲がった二人の老婆に声をかけ、最寄りの駅を尋ねたところ、鼓楼大街駅への行き方を親切に教えてくれた。歩いて二十分ぐらいだと言うので、僕の足なら五分で着くだろうと思い、教えられた道を歩いて行ったのであるが、きっかり二十分後にようやく駅に辿り着いた。ああ見えても特別元気なお婆さんだったのだろう。僕の足が遅いのではない。

地下鉄に乗って王府井の駅で降り、地上に出れば、そこは北京で最も繁華な通り、王府井の歩行者専用道路の一端である。そこからもう一方の端へ向けてこの広い通りを歩いて行くと、途中で左へそれる狭い路地があり、その路地の中ほどに楊さんとの待ち合わせの場所である井戸の跡がある。僕はそこへ向かって早足で歩いた。楊さんは既にそこに着いて待っているかもしれない。

広いし、車が一切通らない上に、今は歩行者さえも疎らだった。にもかかわらず、わざわざ僕の行く手を塞ぐようにして、正面からこちらに向かって歩いて来る二人の女性がいた。しかも二人とも僕の顔を見据えている。それで僕も彼女らの顔を見つめながらそのまま前進していった。一人は愛想笑いを浮かべ、そしてもう一人は困窮しきったような表情をしているのがはっきりと分かる距離にまで接近した。しかし、それら二人の顔のどちらにも僕は全く見覚えがなかった。二人とも、おばさんと呼ぶには少し若い歳のように見受けられたが、化粧をしていないし、服装も髪もくたびれた感じだった。愛想笑いの女性が僕に声をかけた。

「お兄さん。」

それで僕は歩みを止めた。女性たちもそこで立ち止まった。声をかけてきた方の女性が話を続けた。

「私たちは○×省から友人と二人で北京を旅行に来ていたのですが、不運なことに荷物から少しだけ目を離した隙に、誰かに持って行かれてしまったのです。帰るための交通費も無く、昨日の昼から何も食べていないのです……」

お金を恵んで欲しいらしかった。こんな風に正面から堂々と近づいて来て、丁重な口調で窮状を訴えお金を乞い求める、その手段に僕は感心してしまった。僕はこれまでに、いきなり寄付金の感謝状を手渡されてその額を求められたり、全身疣《いぼ》だらけの病人の写真を見せられて「この人を助けたい、あなたも協力して欲しい」と言われたり、何かの書類のコピーを見せられて、訳の分からない説明をさんざん聞かされた挙句、要するにお金が必要なので少しだけでもいいからいただけないか、と言われたり、とにかく様々な小道具を使ってお金を乞う人たちに会ってきた。そして僕はいずれの場合にも、お金を一銭も出してあげなかったのである。ただ、どういうわけか今回の二人の女性に対しては、その言い分を信じてあげてもいいのではないか、少しぐらい協力してあげた方がいいのではないか、という気がした。僕が上着の内ポケットから財布を取り出して中を見ると、たまたまその時には最も高い百元紙幣しかなかった。財布を取り出した以上、あげないと決まり悪い。それでもやっぱり躊躇《ためら》い、手の動きを止めて渋い顔をすると、先ほどの女性が切に願う声で「二、三元だけでもいいですから」と言った。僕は百元紙幣を一枚取り出して差し出した。二人は目を見はった。一人が両手でそれを大事そうに受け取ると、何度も「ありがとう」と言ってから遠ざかって行った。

僕は先を急いだ。王府井の通りに来たのはこれが二回目だから、待ち合わせの場所へ辿り着けるかどうか少し心配だった。もしかして井戸のある路地を通り過ぎてはいないだろうか、と不安に駆られて後ろを振り返って見たとき、僕は（おや？）と思った。

先ほど僕と出会った、観光中に荷物を盗られてしまったという二人の女性の後を追跡するように一人の男が歩いていた。まるで物陰から忽然と現れたようなその男の地味なブレザーと帽子に見覚えがある。三〇分ほど前に公衆電話で楊さんと連絡をとった後、路上で立ち話をしていた老婆に鼓楼大街駅までの道を教えてもらい、そして教えられた道を歩いている途中で（まさか駅を通り過ぎてはいないだろうか？）と思いつつ周囲を見回したときに、確かにあの男が僕の背後で立ち止まってタバコに火を点けていた。そして駅のホームで電車を待ちながら、物珍しげに構内のあちこち見ていたときにも、だいぶ離れた所であの男が立っているのを再び見た。そのときには、行く先がたまたま僕と同じ鼓楼大街駅だったのだろうと思い、大して気に留めなかった。しかし王府井の通りでまたもやその姿を見、しかも先ほど僕と話をしていた二人の女性の後を追っているとなると、もはや単なる偶然とは思えない。何やら不審な気配を感じて、僕はとっさに自分の周囲を見回した。と、右手二〇メートルほど離れたデパートの入り口付近に立っていた別の男と目が合った。直後に彼は何食わぬ様子でデパートの中へ入って行った。その男の服装にも、何となく見覚えがあるような、ないような……。

二人の私服警官に尾行されている、そう思った。僕がＪＷ教徒といずれ接触を持つと見た王兄さんが指示を出して彼の部下に僕の行動を監視させているのだ、と僕は直感した。そして監視を続けていた警官たちはつい先ほど、僕が二人の女性に正面から近づき、路上で少しの立ち話をした後、彼女たちに何かを手渡してから別れたのを見た。僕が警官の立場だったらどうするだろうか？　二人組みで行動していたのなら、ここはやはり二手に分かれて、一方で女性たちを尾行し、そしてもう一方で引き続き僕の監視を続けるだろう。それにしても、今日の午前中にほとんど取り調べに近い内容の会話を王兄さんと交わしてからまだ五、六時間しか経過していない。僕は彼の迅速さに舌を巻いた。しかも彼の予測は見事に的中している。僕は実際、ＪＷ教会の宣教師に会おうとしているのだ。

僕は楊さんと会う約束をしたことを後悔した。僕の方から彼女に電話して、待ち合わせて、その場で彼女が逮捕されたりしたら、さすがに後味が悪い。

しかし、冷静に考えてみれば、いっそのこと彼女は今すぐにでも逮捕されてしまったほうがいいのである。手術中に輸血の管を自分から引き抜いてしまうような不幸な人が二度と現れないためにも、楊さんのような人は直ちに逮捕されて台湾へ強制送還されたほうがいいに違いなかった。この際、楊さんと会いに行くのはやめにして、近くの公衆電話で王兄さんに連絡して「例の教会の宣教師が今、王府井の井戸の所にいる」と通報してしまおうか……

どうすればいいか迷った僕は、何となくデパートの入り口へ向かって歩いて行った。そして一階の売り場に入ってうろうろ歩き回りつつ、さりげなく中を見回したのであるが、先ほど僕と目が合った私服警官らしき男の姿はどこにも見当たらなかった。僕に感づかれたと知り、尾行をあきらめたのだろうか？　しかし、僕からは見えない所で依然として監視を続けているのかもしれない。

あれこれ考えるのはやめた。とにかく約束した以上、楊さんに会いに行こう。ＪＷ教会の宣教師である彼女が警察につかまらぬように僕の方で細心の注意を払ってあげる必要など、ない。僕は踵を返してデパートを出、そのまま真っ直ぐ井戸のある狭い路地へと向かった。

濃密な青のワンピースの背中をこちらに向けて、とうの昔に水の出なくなった井戸の底を覗き込み、何やら物思いにふけっているような楊さんの後ろ姿を行く手に認めた時、僕に一つのアイデアが浮かんだ。僕はそのまま静かにさりげなく近づいて行き、彼女から二、三歩の距離を置いて立ち止まった。そして井戸の上に掲げられた、王府井の由来の説明文を読むような素振りで、こう囁いた。

「振り向かないで。」

するると彼女はとっさのことに驚いたように、体を微かにすくませたが、それでも僕に言われた通り、そのまま井戸の底を見つめ続けた。僕は言葉を続けた。

「僕は警察に尾行されているらしい。そのまま動かないで。今から僕が言う場所へ、しばらくしてから来て欲しい。」

じっとしているのも不自然だと判断したのか、彼女は井戸の中へ向けている視線の角度を、首を傾げて少し変え、再び静止した。（了解、話を続けて）という彼女の合図でもあるらしかった。それで僕は［王府井の由来］に更に歩み寄って顔を近づけ、その文面を仔細に眺めるような振りをしてこう呟いた。

「僕は駅前の北京国際ホテルに泊まっている。そこで話をしよう。フロントで君の名前を告げればいい。そうすれば僕の部屋番号を教えてくれる。僕は一時間後に部屋に戻る。もちろん君は少し時間をずらして来た方がいい。」

それから僕も興味津々、井戸の中を覗き込む田舎者になりきって、そこへ顔を近づけた。そして一瞬だけ彼女と目を合わせると、すぐにその場を立ち去った。

うまくいったはずだ。楊さんは僕の意図を十分に把握したようであったし、たとえ警察の監視が続いていたとしても、僕と彼女は全くの他人として映ったに違いない。

こうして僕は、王府井のすぐ近くにある、一昨日の晩に泊まった駅前の高級ホテルへ再び入らなければならなくなり、その料金の高さを思い出していささか憂鬱になった。しかも僕は井戸を離れた後、すぐにはそのホテルに向かわず、王府井の東安市場という巨大で横長なデパートに入って、要りもしないワイシャツを一枚買ったり、元の実が何であるのかさっぱり分からないドライフルーツなんかを一袋買ったりして、それからエレベーターに乗ったり降りたり、同じフロアを大きく移動してまたエレベーターに乗ったり降りたりした後、入って来た出入り口とは別の出入り口からデパートを出て、その後タクシーを拾い、「三〇分ぐらい適当にこの辺を走り回ってから、北京国際ホテルまで行ってください」と言ってタクシーの運転手を大いにハッスルさせた。まったく、今日は余計な出費が多い日だ。

タクシーに乗っている間中、僕は後ろの窓ばかり見ていたが、追跡している車はないようだった。

ホテルのフロントで「一時間だけでもいいのですが、安くはなりませんか?」と尋ねてみたが、駄目だった。仕方なく一泊分の料金を払い、そして「楊欣雨《ヤン・シンユイ》という女性が来たら僕の部屋の番号を教えてあげてください」とお願いすると、フロントの若い男性は何やら意味ありげな笑みを浮かべ、それでも一応は上品な声で「かしこまりました」と言った。そのときになってようやく、僕は自分の厚顔無恥に気がついた。僕は楊さんに、僕が泊まっているホテルの部屋へ来いと言ったのだ。とっさにひらめいた策とはいえ、変な誤解をされて当然の台詞である。だけど、よく目立つこのホテル以外に適当な待ち合わせ場所を思いつかなかったし、多くの人が絶えず出入りしているこのホテルに、僕と楊さんとが時間をずらして出入りすれば、二人で一緒にいるところを警察に見られる心配もなく、そして部屋の中で落ち着いて話し合えることは確かであった。

楊さんが性の道徳を厳守していることには疑う余地がないし、それを十分に承知している僕だって、まさかこの機に乗じて無理やり彼女をどうこうしようなんてつもりは毛頭なかった。問題は楊さんが僕を信用してくれるかどうかである。信用できないなら、来ないだろう。来なかったら、その時には僕は迷わずに彼女の居場所を警察に通報すればいい。とにかく、僕は自分にできる限りのことをした。後は彼女次第だ。

部屋に入ってから更に一時間が経過しても楊さんは訪れなかったので、僕はあきらめた。しかし、あまりにも快適なこの部屋を、すぐには離れる気分になれなかった。それで、大きなベッドに横たわってテレビを見ながら、王府井のデパートで買った甘酸っぱいドライフルーツを食べたり、冷蔵庫からミネラルウォーターのボトルを取り出して飲んだり、時々窓際に立って、二三階から見下ろす北京駅付近の眺めを楽しんだりしているうちに、僕は眠くなってきた。

部屋の呼び鈴で目を覚ました。ベッドの上で上体を起こした僕はまず（ここは一体どこだろう？）と思った。一〇秒ほど経って再び呼び鈴が鳴るのを聞き、ようやくここがどこで、自分がどのような目的でここに来たか、そして今ドアの向こう側にいる人が誰であるはずかを思い出した。時間は？

と思って腕時計に目をやった。午後六時だった。

内側から僕がドアを開けた瞬間、その僅かな隙間に楊さんが体を入れて来ようとしたので、僕のほうで驚いてノブから手を離し後ずさりした。彼女は入るとすぐに後ろ手で静かにドアを閉ざし、部屋の中を見回した。その顔つきは、なぜか少し楽しんでいるようにも見受けられた。それからその場に立ったまま僕を見つめ、無言のまま（なぜ警察があなたを尾行していたの？）と、好奇心に満ちた目で尋ねているようだった。それで僕は、自分が警察に尾行されるようになるまでの経緯について、正確かつ簡潔な説明を述べた。


それを聞いて、彼女はまずこう言った。

「インターネットで知り合ったそのお友達は、今はどちらに？」

「仕事しているよ。」

「それで淋しくなって、私に電話をしたのね？」

「淋しい。でも君に会おうと思ったのは、大事な話があったからなんだ。」

僕がそう答えると、楊さんは中へ進み、ベッドに腰掛けた。僕は窓際に置いてあった椅子を持ってきて、それに座り、こう切り出した。

「言いにくいことを先に言ってしまおう。君の連絡先を記したメモ、あれを僕に渡したのは失敗だったね。僕は君を裏切ろうとしている。この際、君に僕の考えを全て打ち明けるけれども、僕はＪＷ教会の教えは間違っていると思う。その教えを憎んでさえいる。僕は自分の悪行を咎められて、排斥された。そのことを根に持っているのだと思われても仕方ないし、実際、それも少しはあるだろう。理由はともかく、僕は君の敵だと思ってもらって構わない。」

楊さんはコクリと頷いた。僕は話を続けた。

「僕は君の名前や居場所を警察に通報しようと思う。しかし、その前に訊いておきたい。ＪＷ教会の宣教師である君にこんなことを訊くのはとても愚かしいことかもしれない。それでも訊いてみたい。君は本当にあの教会の教えが正しいと信じているの？」

「それはつまり、教会の出版物に記されている事柄の全てを信じているかどうか、という意味かしら？　だとしたら答えはノーよ。」

「はっ！　宣教師の君にまで、少しは疑われているわけだ。それでは改めて訊くけれど、君はＪＷ教会の教義のうち何パーセントぐらいを信じていないのかな？」

楊さんはさも可笑しそうに体を震わせた。そして言った。

「私は器械ではありませんから、何パーセントかなんて数値を訊かれても困るわ。」

「それもそうだ。じゃあ、こうしよう。僕がＪＷ教会について納得できない点を幾つか述べるから、それについての君の意見を聞いてみたい。」

「うん。」

「最近、中国にいる君たちの仲間の一人が亡くなられたそうだね。手術中に輸血のチューブを自分で引き抜いて。」

いきなり痛いところを突かれたのか、彼女はすぐには答えられなかった。少し間をおいて小さな溜息まじりにこう言った。

「ええ。それで?」

「本末転倒だね。」

「本末転倒?」

「そうさ。命の象徴である血の乱用を避ける。そこまでは僕も正しいと思う。でも、命の象徴に過ぎない血の乱用を避けるために、神聖な命そのものを粗末にしたら、これは本末転倒だとしか言いようがないだろう? 君はどう思う?」

「欲蓋弥彰《ユィガイミーヂァン》。」

「何だって?」

「蓋《おお》うとすればますます彰(あらわ)れる。……人間は動物を殺してはいけない。本当はただそれだけの単純なことだったのよ。聖書を素直に読んでいれば分かる。本来なら血がどうのこうのなんて考える必要など全くなかった。

でも、ノアの時代の大洪水で地球の気候や土壌に大きな変化が生じてから、人は植物だけを食べて生きるのが困難になった。そこで神は譲歩して動物の肉を食べても良いと、ノアとノアの子孫たちに告げた。ただし、命はあくまでも神のものであって、人間が好き勝手に奪っていいものではないことを認めさせるために、神はある一つのことを儀式として行うよう人間に命令した。つまり、動物の肉を食べる前に、動物の命を支えていたその血を肉から十分に抜いて、地に注ぎ出す。そうすることによって、言わば命を神に返さなければならなかった。そのような儀式によって、動物の命を奪った罪を、形式的に蓋い隠すことができた。

だから本当に大事なのは、血を食べる、食べないの問題ではなくて、命は神が与えてくれたものだということを認めているかどうかよ。食事をするときに（これには血が含まれていないだろうか？）などと詮索するより、神に感謝の念を抱いて食事することのほうが大事なのよ。血を体内に取り入れるというその行い自体が悪いのだとしたら、肉屋で普通に売られている肉だって食べられないわ。だって、いくら血抜きがされているといっても、僅かな量の血が含まれているでしょう？

神が与えてくださった自分の命を守るために輸血を受け入れたとしても、私はそれは罪にはあたらないと思う。もちろん、そうする以外に助かる方法がないのであれば、の話だけどね。絶対に罪を犯すまいとして輸血のチューブを引き抜いた人は、何が本当の罪なのかが分からなくなったのよ。……可哀相にね。本末転倒？　なるほどね、梧桐さんの意見は正しいと思う。もっとも、ＪＷ教会の出版物はその亡くなった信徒の勇気を称えているし、ほとんどの信徒がそれを見習うつもりでいるらしいけどね。」

「驚いたな。これは本当に驚いたな。そのような考えをもっている君がどうしてＪＷ教会の宣教師でいられるのだろうか？　僕にはさっぱり……」

「ねえ、それについて私が話す前に、この際、梧桐さんが納得できないことを全て私に話してみたら？」

「分かった。そうしよう。イエスの言葉にこういうのがあったろう？『滅びに至る道は広くて大きく、そこを通っていく人は多いのです。一方……』」

「一方、命に至る道は狭められており、それを見出す人は少ないのです。その聖句がどうかした?」

「僕は最近、その聖句に基づいて描かれた、ある一枚の絵のことを思い出してしまってね。あの絵を見ると……」

楊さんは終いまで聞かないうちに、またしても可笑しそうに体を震わせ、そして言った。

「分かった。梧桐さんの疑問が何か、もう分かっちゃった。もうすぐ神がこの世界を滅ぼして、JW教会の信徒のみを救う、本当にそんなことを信じているのか、と私に訊きたいのでしょう?」

僕は頷いた。

「私はもう、だいぶまえから可笑しくて仕方がなかったのだけれど、例えばテレビで何か悲惨な事件について報道されていて、それを見て喜ぶ人がいるとしたら、梧桐さんはどう思う?」

「どう思うとは、例えばどういうことかな?」

「そのような人は、広い道を歩いているか? それとも狭い道を歩いているか? ということ。」

「どちらかと言われれば、それは当然、滅びに至る広い道だろうね。」

「でしょう? ところがね、JW教会の中には、人の不幸を見て喜んでいながら、自分は命に至る狭い道を歩いていると確信しているお馬鹿さんが少なからずいるのよね。狂信者が人々に向けて銃を乱射している映像を見ても、どこかの国の爆撃で家も家族も失って泣いている人の映像を見ても、この世の終わりが近づいていることを示す聖書預言の成就だと言って、喜んでいるお馬鹿さんが。そういう悲惨な光景を見て(可哀相だな、何とかならないものかな)と心を痛める多くの人々をこの世界と共に滅ぼして、自分が救われることしか考えてない人たちだけを救うのが神だとしたら、私はもう、神について考えただけで、一生笑って過ごせるわ。」

「……」

「他に訊きたいことは？」

「ねえ、君は随分もっともらしいことを言っているように聞こえるけれど、そういう〝お馬鹿さん〟を増やしてきた張本人は君ら宣教師だろう？　そしてそれを後悔するどころか、北京にまでやって来て、更にその数を増やそうとしている。君が一体何を考えて生きているのか、僕にはますます分からなくなってきたよ。」

　僕がそう言うと、楊さんは無言のまま僕を睨みつけた。僕は何かに触発されたようにかっとなって更にこう言った。

「ま、君自身はその宣教で収入を得られるからいいかもしれないさ。でも、巧みに騙されて、誤った教理で洗脳される人々の身にもなってみたらどうだい。さっきも君が言っていたけど、そりゃあテレビのニュースを見てれば世界中に不幸な人がたくさんいることぐらい、誰にだって分かる。そして普通の人ならそれを見て可哀相だと思うよ。でも、それより君は、君自身の宣教によって騙されている人たちの不幸について考えたほうがいいのではないのかい？」

「……何か飲んでもいいかしら？　咽が渇いちゃった。」

と、楊さんは急に話をそらした。それを聞いて僕は思わず乾いた笑いを洩らし、こう答えた。

「どうぞ。あそこの冷蔵庫から勝手に好きなものを取って。」

　楊さんは僕に言われた通り、ベッドから腰を上げて自分で冷蔵庫へ歩み寄り、扉を開けた。しかし彼女が取り出した物を見て、僕は思わず声を荒げた。

「真面目な話をしている最中なのに、酒なんか飲まれては困るな。」

「少しお酒を飲んだほうが、正直に答えられると思うの。」

「そうかい。じゃあ好きにしなよ。」

楊さんは缶ビールを片手に持ったまま窓際に立ち、プルタブを起こして少しずつ飲み始めた。

「いい眺め。」

と楊さんは呟いたが僕はそれに答えず、椅子に座ったまま腕を組み、そっぽを向いて彼女が飲み終わるのを待った。やがて飲みかけの缶を電話が置かれてある辺りに置いて、楊さんはベッドの方へ戻って来た。さっそく君の正直な答えとやらを聞かせてもらおうか、と僕が言おうとしたそのとき、こともあろうに楊さんはベッドの上に仰向けに横たわった。理解しがたいその行動に一瞬唖然としたが、すぐに僕は自分が馬鹿にされたと感じ、憤然として片足で激しく床を踏み鳴らした。しかし彼女は少しも動ずることなく、両手で額の辺りを覆ったまま天井を見つめていた。

「竜頭蛇尾とはこのことだな」と、僕は嘲った「ついさっきまで、血に関する話や、広い道云々について話していたときの君は随分と威勢が良かったじゃないか。僕も感心して聞き入ってしまったよ。それなのに、自分に答えられない質問をされたとたん『おやすみなさい』か?」

「ごめんなさい。少しだけ、休ませてもらっていいかしら?」

と、楊さんは急にしおらしい口調で言った。

「君に休んでもらうためにわざわざお金を払ってここに入ったんじゃない」と、僕は冷たく言い放った。「休みたいのなら他の場所へ行ってもらおうか。僕はもうここを出るから。」

「……じゃあ、休みながら話す。」

今度はまるで親に叱られた子供がぐずるような言い方だった。僕は二の句が継げずに、またそっぽを向いて押し黙った。そのまま二〇秒か三〇秒ほど待っても彼女が何も言わないでいるので、まさか眠ってしまったのではあるまいな？　と思って再びベッドの上を見ると、彼女は相変わらず仰向けに横たわったまま、合わせた両手の人差し指の先を眉間の辺りに押し当てて、目を固く閉ざしていた。傍から見ると祈っているようにも見える両手のその仕草は、何かを熟考している時の〝楊姉妹〟の癖なのだと、台中会衆の誰かが言っていたのを僕は思い出した。それで僕は彼女の考えがまとまるのを待つことにした。

やがて彼女はモソモソと体を起こして、ベッドの真ん中に、両腕で膝を抱えて座った。もしもその姿勢でこちらを向かれたら、黒いストッキングを穿いた脚が見えてしまって、僕は気が散って仕方のないところだった。もちろん彼女は横向きに座ってくれた。話をするにはそのほうが都合が良かった。

「言っても信じてくれないだろうな。」

というのが、長い沈黙の後の、彼女の最初の一言だった。

「それは聞いてみなければ分からないよ。」

「私が中国に来たのも、梧桐さんに私の連絡先を教えたのも、私にとってはとても大事なことだったの。」

「どのように大事なのだろう？」

「ねえ、お願いだから、そんな風にすぐに問い返さないで。今、どのように言おうか考えながら話しているの。」

「……分かった。じゃあ、僕は黙っていよう。君が人の話を聞く時によくそうするように、黙ったまま、身じろぎもせず、真剣な目で相手を見つめ、ひたすら気長に耳を傾けることにしよう。」

「そんなにまじまじと見られたら気が散る。」

「注文が多いな。」

東施効顰《トンシーシャオピン》。僕は苦笑して目を閉じ、肘を膝についた。印象的な挙動は感染する。僕は自分でも気付かぬうちに、合わせた両手の人差し指の先を眉間にあてていた。やがて楊さんは本当に考えながら、長い時間をかけてぽつりぽつりと話し始めた。

「私はイエス・キリストがどこで生まれたかも知らないうちに、宣教師になっていたの。古代イスラエルの初代の王様が誰かも知らないうちに宣教師になっていたのよ。笑っちゃうでしょう？　でも本当にそうなのよ。

私がまだ高校生だったある日、クラスの友だちに『今度の日曜日に教会に行ってみない？』と誘われて、特に深く考えもせずに『うん、行く』って答えたのよ。そしてその子と一緒に行ったのがＪＷ教会だったの。集会場の中へ入ったときから、みんなに歓迎されて、親しげに話しかけられて、それが何となく嬉しくて、私はいつの間にか、毎週の集会に出席するようになっていたの。そのころは、講演の内容なんかほとんど分からなかったし、自分から聖書を読むなんてこともなかった。ただ単に、みんなとおしゃべりをしに行っていたようなものだった。

そんな調子で友達と集会に通いつづけて、半年ぐらい経ったころだったかしら？　試しにちょっと、伝道に参加してみないかと誘われて。でも私はまだ聖書について全然理解していないから、もし相手に何か質問されたらどうしていいか分からない、と言って断ったの。そうしたら、『でも大丈夫。二人組で行動するから、もう一人が答えてくれる。それに聖書について質問する人なんてまずいない、ほとんどの家の人は挨拶もろくに聞かずに、結構です、と断るから、何も知らなくても全然平気』と言って、どうしても私を伝道に連れ出そうとするの。私、その時には教会のみんなとすごく親しくなっていたから、断りきれなくて。それに、みんなと一緒に話をしながら街を歩いて、家々を訪問して教会の出版物を簡単に紹介して、時々公園で休んだりする、ただそれだけだから、と説明されて、それで私は渋々応じてしまったの。そうしたら、信じてもらえるかどうか分からないけれど、私が訪問した全ての人が、真剣に耳を傾けてくれて、出版物を受け取ってくれたり、集会にも行ってみたいと言う人さえ何人かいたのよ。そのとき、私と一緒に組んで伝道していた人は、どの家に行っても拒否されてしまうのに、私がドアの前に立つと、なぜかみんなが友好的に応じてくれるのよ。どうしてそんなおかしなことがおこるのか、全然分からなかったし、今でも分からない。そして、それはその日だけではなかったの。次に私が伝道へ行った日も、その次の伝道のときも、ずっとそうだったのよ。全く変な話よね。私なんかより聖書についてたくさん知っていて、伝道で成果をあげようと努力している人が他に大勢いるのに、何の努力もしていない私ばかりが成果を上げて、みんなからすごいすごいと誉められて。それで私も浮かれてしまったんだわ。高校生でいる間はずっと、日曜日の午前中は集会に出席して、そして午後からは会衆の皆に誘われるまま、はりきって伝道に出かけるようになったの。

やがて高校卒業が近づくと、私も進路について考えなければならなくなった。……もう言わなくても見当がつくと思うけど、ある日会衆の長老団に呼ばれて、こう言われたの。『欣雨さん。あなたにもし宣教師になろうという意思があるのなら、私たちは喜んで教会の本部に推薦状を書きます。あなたなら絶対に大丈夫ですし、あなたが宣教師になって、更に多くの時間を宣教に用いてくださるなら、神はこれまで以上にあなたを祝福してくださるでしょう』と。私はそのころ、伝道に夢中になっていたから、喜んで同意した。洗礼を受けて教会の正式な信徒になるとほぼ同時に宣教師に任命された。今から思えば、途方もなくでたらめな成り行きよね。

きっと梧桐さんは聞いてあきれるでしょうね。宣教師に任命されるとほぼ同時に、私は高校を卒業して学校の教科書から開放されて、ようやく聖書やＪＷ教会の出版物を読み、集会の講演に真剣に耳を傾けるようになったわ。すると、今まで気がつかなかった疑問が浮かぶようになったの。何章何節のこの言葉はこのような意味で、何章何節のこの表現はこのようなことを暗示している……聖書全巻にわたるそのような細かな解釈の、全てが正しいわけではないように思えてきたの。宣教においては依然として成果をあげることができた。私の訪問がきっかけで信徒になった人たちの名前を全員正確に言えるかどうか、私はちょっと自信がないぐらいだし、私の勧めに応じて教会の月刊誌の定期購読に応じてくれた人なら、本当に数え切れない。でも、その一方で、ＪＷ教会の教義に対する私の疑問も次第に多くなっていって、自己矛盾に陥って悩んだ。でも結局は、そんな風に悩みながらも、二年間、宣教し続けてしまったわ。さっきのご指摘の通り、お金を得るためにね。梧桐さんが腹を立てるのも当然だわ。

でも、最近になって、私はとうとう我慢ができなくなってしまった。これからは、感じた疑問は率直に他の信徒たちに話して、意見を聞いてみようって決心したの。梧桐さんも知っているとおり、会衆の中は、教理に疑問をさしはさめるような雰囲気ではないでしょう？　だから最初はさすがに恐かったけど、勇気をもってそうすることにしたの。そうしたら『なるほどなあ、そう言われてみれば、確かにそうだよなあ』と納得してくれる人もいれば、渋い顔をして曖昧な返事をする人もいるし、中にはむきになって『そんなことはない』とＪＷ教会の教えを擁護する人もいた。同じ教会の中でもやっぱり人それぞれ考え方が違うということを発見したし、同時にそれが自然なのだろうとも思ったわ。ところが私がそのような試みを始めて三日もしないうちに、長老団に呼び出されて叱られた。『会衆を分裂させている』って。『今後、再び教会の教えに異議を唱えるようなことをしたならば、長老団はこれを審理問題として扱い、あなたを会衆から排斥しなければならなくなるかもしれませんので、その点を銘記しておいてください』って。

私はそんな風にあっさり捨てられるのが悔しかった。みんなから是非にと言われて宣教師になって、はりきって宣教してきたのに。宣教師になったから、これからは聖書をよく知らなければならないと思って、一生懸命に勉強して、そして感じた疑問を口にしただけなのに。」

楊さんの声がやや上ずり、鼻をすする音が聞こえたので、僕ははっとして目を開いた。楊さんは相変わらず膝を抱えて横向きに座っていたが、その目に本当に悔し涙を浮かべているようだった。彼女は泣くのを堪えるような声で話を続けた。

「調子のおかしくなった器械が捨てられてしまうみたいに、あの教会からあっさり切り捨てられる自分が情けないし、悔しかったの。それで私は心に誓った。自分の能力の及ぶ限りの分裂をこの教会に引き起こしてやる、って。JW教会が私を紙屑のように捨てるのだとしても、私は、私の宣教によって信徒になった人たちのことをきれいに忘れて、自分だけさっさと離れてしまうわけにはいかないのよ。でも……」

「ねえ、ちょっと待って。少し休んで気分を落ち着けたほうがいいよ。」

僕は敢えて楊さんの話を遮った。なぜなら、話しながらのすすり泣きが激しくなって、彼女が何を言っているのかよく聞き取れなくなってきたからだ。彼女は素直に頷いた。僕は自分のポケットにハンカチを入れておいて本当に良かったと思った。外国で過ごすとなると、ずぼらな僕でも少しは用意周到になる。僕はそれを取り出して彼女に渡した。

「君の話の続きを、僕が推測してみてもいいだろうか？」

話の中断から五分ほど経過したころに、僕はそう尋ねてみた。すすり泣いている彼女を放っておくかのように、ずっと黙っているのもどうかと思ったからだ。僕はそう言ってしまってから、さしでがましい提案だったかもしれないと後悔した。しかし彼女は垂れていた頭を静かに上げて、微動だにしない、彼女特有の聞く態勢に入ってしまったので、僕は自分の推測を述べないわけにはいかなくなった。もちろん、聞く態勢といっても彼女は依然として横向きに座っていて、僕ではなく宙を見つめている点だけがいつもとは違っていたが。

「……君はJW教会の内部に分裂をもたらそうと決心した。しかし、台湾にいる限りそれは不可能だ。君の上には、君より年季の入った男性信者がたくさんいる。『女の頭《かしら》は男であり……』の聖句にある通り、女性である君が長老に任命されることなどありえないし、講演などの仕事が廻って来るわけでもない。それどころか、他の信徒たちに個人的に君独自の考えを伝えることすらままならない。さっきも君が言っていた通り、長老に発覚すればたちまち排斥される。排斥されてしまえば、信徒たちと話をするどころか、挨拶を交わすことさえできなくなる。仮に君が信徒たちに手紙を書いたとしても、読まれる前に破り捨てられるだろう。それがあの教会の教えだからねえ。

それならば、と君は中国に目を向けた。君は中国での宣教を志願し、そして実際にこうして乗り込んで来た。人口の最も多いこの国で信者を獲得しようというJW教会のもくろみの、その出端《でばな》を挫くために。信徒が急速に増えているとは言え、JW教会の中国での布教活動は近年始まったばかりだから、長年にわたって活動してきた信者などいない。いるのは入信したばかりの新米だけだ。君が何か言えば、男だろうが女だろうが、宣教師である君に面と向かって論争できる者などいるわけがない。それが真実として受け止められるだろう。しかも君は、女性である故に長老に任命されることはさすがにないとしても、長老と同等の仕事を任されているはずだ。集会を司会したり、講演を行ったり。いくら会衆内でそのような重要な任務は男がするべきだと言ったって、できる人の数が絶対的に不足しているのでは仕方ない。そして君が教会の教義からはみだした講演を行ったとしても、それに異議を唱える者などいないだろう。とても読み切れない教会の退屈な出版物なんかより、君の数十分間の講演のほうがよっぽど説得力があるだろうから。」

　僕はふと、スカーフで頭をすっぽりと覆って集会の司会などをしている楊さんの姿を思い浮かべ、微笑ましく思って、一瞬、顔がニヤけてしまった。女性の信者がやむを得ない事情で、男に任されるべき仕事を行う場合、その女性は聖書の定める「頭《かしら》の権威」を認めていることを示すために、自分の頭を布で覆い隠さなければならないのだ。……僕は慌てて顔を真顔に戻した。

「もちろん、多少の制約はあるかもしれない。外国から派遣される、君と同格の宣教師が一緒の場合もあるだろうから。しかし台湾の会衆で長老の監視下に置かれている状況と比べれば、今の君は自由も同然だ。君は見出しうる全ての機会を捉えて、〝背教の種〟をばらまいた。」

　ここまで話して、自分の推測が正しいかどうかを訊いてみたいと思い、僕は休止を置いたのであるが、楊さんはなおも膝を抱えて、聞く態勢をくずさなかった。今の推測は当たっているかと直接訊くのも何だか押し付けがましいと感じた僕は、敢えて自分から反対意見を述べて、探りを入れてみることにした。

「……だけど、今ふと気がついたのだけれど、僕のこの推測には盲点があるようだ。ＪＷ教会の布教を阻止しようとするのであれば、あっさりと警察に情報を流してしまえばいい。何も内部で分裂を生じさせるなどという至難な業に挑まなくて済む。警察の方で信徒らを次々と検挙してくれるだろう。組織内部によく通じていて、その上記憶力のいい君が警察に協力したら、ＪＷ教会の、中国での礎となるはずだった信徒たちの全員がたちまちに逮捕されるだろう。もっとも、君自身も一応はＪＷ教会の宣教師だから、この手段は両刃の剣だけどね。」

「駄目よ」と、楊さんはきっぱりとした口調で言った。「私自身は別にどうなったって構わない。でも、警察に通報することだけは絶対に駄目。あの教会は外部からの攻撃に遭えば遭うほど結束力を強める。私が警察に協力すれば、梧桐さんの言うとおりＪＷ教会は多少の足止めを食らうでしょう。でも、そんなの一時的なものに過ぎないのよ。日本や台湾、その他の国から宣教師が更に派遣されるだろうし、それに、逮捕された人たちはかえって信仰を強くする。きっとこう言うのよ、「西暦一世紀にイエス・キリストとその弟子たちが激しい迫害に直面したのと同じように、我々も激しい迫害に面している。まさしく我々が真のクリスチャンである証拠だ」と。中国でのその逮捕劇はＪＷ教会の出版物にも取り上げられるでしょう。世界中の信徒はそれを見て、逮捕された中国の仲間のために祈り、逮捕された者たちは、自分たちが試練に耐えられるようにと世界中の仲間が神に祈っている、その有様を思い描いて精神をますます高揚させる。そして私のことはユダ・イスカリオテのような者として出版物に掲載されるんだわ。

　梧桐さんはまだ覚えているかしら？　私とあなたが台湾の台中会衆の集会に出席していたころ、一人の兄弟が兵役を拒否して、刑務所の中で過ごさなければならなくなったときのことを。その知らせが会衆の成員たちにもたらされたときの、会衆内での士気の高まりを。」

　そこまで話すと楊さんは顔を曇らせて押し黙った。

　話が兵役拒否のことに及んだとたん、沈黙してしまった楊さんの気持ちは、僕にもよく分かった。

ＪＷ教会を分裂させようという楊欣雨《ヤン・シンユイ》の試みは、彼女がＪＷ教会に対して仕掛けた、聖書の正しき実践をめぐる論争と言い換えることもできそうだ。彼女の敵は圧倒的多数であるばかりでなく、決定的に有利なカードを少なくとも一枚は持っている。それがすなわち兵役拒否である。彼らは組織として一致団結して兵役拒否の信条を貫いている。このカードがちらつくと、守勢に廻らざるを得ないのだ。「兵隊として戦地に赴き、殺し合うことがキリストの教えに適っているでしょうか?」と問われれば答えはもちろんノーである。「では、世界各地で兵役拒否を守り通している、我々ＪＷ教会以外の組織が他に存在するでしょうか?」と問われれば、これもおそらくノーと答えるしかないだろう。「そうであるならば、真の意味で聖書の教えを守り行っている組織は我々ＪＷ教会をおいて他になく、その事実は、我々こそが神に是認された唯一の組織であることの証拠に他ならない……」こう来られると、反論するのが難しい。

「今、君が考えていることを当ててみせようか?」

なおも口を閉ざして顔を曇らせている楊さんに僕は声をかけた。

「一致団結して兵役拒否を守り通している宗教組織を、分裂させるようなことをしてもいいのだろうか、それはいけないことではないだろうか、と悩んでいるんだね?」

すると楊さんは、心の底から不安に怯えているような目で、助けを切実に求めるような目で僕を見た。(やっぱりそうなの?　私は悪いことをしているの?)という良心の呵責が聞こえてくるような目だった。何かを言ってあげなければならない、と僕は思った。

僕自身は幸運にも日本人として生まれ、兵役の労苦を背負わずに済んでいる。ましてや、兵役を拒否すれば牢屋に入れられるなどという悩みとも無縁であった。それだけに、僕にとって兵役拒否の問題は、迂闊に口出しできない領域の事柄であった。女性である楊さんにとっても、それは同じであろう。

「……台中会衆の一人の兄弟が牢屋に入れられた時の会衆内の様子については、僕もよく覚えている。その件についてはJW教会の出版物に掲載されただけでなく、新聞の記事にもなったよね。信仰に基づくこの兵役拒否については、一般の報道機関でさえ、肯定もしなければ否定もしない、ただ事実のみを伝えるという慎重な姿勢を保っていた。その兄弟が兵役を拒否した理由について大胆に語った、その全文が掲載されさえもした。会衆のみんなはそれらを見せ合って、確かに信仰心を強めていたようだ。ある一人の別の兄弟は僕にこう言った。『世界中の全ての人が我々の仲間でありさえすれば、戦争など起こるわけがないのだ』と。でもね、」

ここまで話して、僕は言葉を詰まらせた。楊さんは相変わらず悲痛な目で僕を見つめている。ここで沈黙したままでいるわけにはいかないので、とにかく話し続けた。

「人類がみな同じような人の集まりだとしたら、世界中の何もかもが、二進《にっち》も三進《さっち》も行かなくなるんだよ。きっとそれは、戦争が起こるよりひどい状態だと思うな。僕の言いたいこと、分かるかな？」

楊さんはゆっくりと、微かに頷いた。

「もしも、仮に、JW教会が正しい宗教組織だとしてもだ。それでも僕は、JW教会に対する楊さんの闘いを、是非、続けて欲しいと思う。逆境こそ進歩の原点、だろ？　それは誰にでも当てはまるのさ。楊さんにとっても、そして、JW教会にとってもね。僕が思うに、あの教会は既に内部崩壊の一途を辿り始めている。毎月発行されるおびただしい量の出版物や、毎週行われる集会で思想統制がなされているかもしれない。でも、君が発した素朴な疑問の声が、きっと後になって効いてくる。そしてそれは必ず波及していくものなんだよ。ＪＷ教会はテリトリーを中国大陸にまで広げようとして、皮肉なことにその中国を起点として崩壊していくのさ。君がそうしたんだ。でも、君が引き起こした混乱の中から、既存のものより遥かに優れた信仰を抱く人たちが誕生するかもしれない。といってもそれは別に、一人一人が線で結ばれて繋がっているような、組織という形をとったものではないかもしれない。お互いに完全に離れていながら、それでも空気の絶縁を破りスパークを放って通じ合うような関係なのかもしれない。各人の善行がいちいち出版物の中で取り上げられてみんなから賞賛されることなどを必要としない、より強い信仰を持った人たちのことかもしれない。それがどんなものであれ、僕は君の蒔いた種がやがてどんな花を咲かせるか、楽しみで仕方がなくなってきたよ。」

楊さんはゆっくりと、しかし今度は嬉しそうに大きく頷いた。

「さっきは君にいろいろとひどいことを言って悪かった。ごめんね。」

僕がそう謝ると、彼女は笑顔で首を横に振った。

「もちろん君のことを警察に知らせたりしないから安心して。ところで、もう一つだけ訊いてもいいかな?」

「何?」

「さっき君は、中国に来たことも、そして僕に連絡先を教えたのも、大事なことだったと言っていたね。君が中国に来たことの意義は十分に分かった。でも、君の連絡先を僕に教えることが、どうして大事だったのだろう？」

楊さんは再び僕のハンカチで目の辺りをぬぐうと、平静の時の大人びた口調を取り戻して話し始めた。

「私と梧桐さんが、初めて台中の集会場で会ったときのことを覚えているかしら？　あのころの私は既に〝闘う〟決心をしていたの。でも、淋しかった。一人ぼっちで大勢の敵に囲まれているような気分で、心細くて仕方がなかった。そんな時に梧桐さんと出会った。あなたはいつも集会場の中で一人ぼっちで座っていて、会衆の皆と距離を置いているように見えた。そしてJW教会の出版物には目もくれず、ただ聖書だけを読んでいた。そんな梧桐さんの姿を見て私は、ああ、仲間がいる！　って思ったの。あなたのその姿を見るだけで、私には勇気が湧いてきたの。あなたはきっと全然気づいていないと思うけど、私は梧桐さんを見ながら何度も心の中で「ありがとう、ありがとう」って繰り返していたんだから。あなたが集会に来ない日は〝日本語教室〟の子供たちが淋しがっていた、という話は聞いた？　私も子供たちの声を聞きながら一緒になって淋しい思いをしていたんだから。あなたはそんなことには全く気がつかないで、のん気に観光をしたりしていたのでしょうね。

梧桐さんが北京へ行くと聞いた時、もしそうならば、できることならば、北京でも一緒にいて欲しいって思ったの。別に、特別に何かを手伝ってもらいたかったのではないの。もしも、私が北京へ行ってからも、集会場で梧桐の姿を見ることができたなら、どんなにか心強いだろうな、って思ったの。」

楊さんの話を聞いているうちに僕は照れ臭くなってきた。思わず手で頭を掻いて、辺りを見回したりして、それによって改めて、自分がいま楊さんと二人っきりでホテルの部屋の中にいることに気づき、ますます照れ臭くなってくるのであった。

「こんな僕でも少しは君の役に立っていたのか。それは光栄だな。もし君が望むのなら、北京にいるあいだ君のところの集会に出席してあげたっていいさ。まあ、それについてはまた次の機会に話し合うことにして」。僕は窓を振り返った。「外はすっかり暗くなってしまった。もう帰らないとまずいだろう？　君が大丈夫だと思うのなら、僕は君を家まで送っていくけれど、どうする？」

「もうしばらく、ここにいる。」

「えっ……あ、そう？　まあ、僕は別に構わないけれど。」

僕は自分の狼狽を隠すために、思いつくままを、つとめて平静に喋った。

「ところで君はさっきから膝を抱えて座っているけど、同じ姿勢のままでいたら疲れるだろうに。」

すると楊さんは何を思ったのか、ますます体を小さく丸めた。膝を完全に折り曲げ、両腕で足首の辺りを抱え、膝の辺りに顔をうずめたのだ。

「いや、あの、僕が言った意味はね、もっと楽な姿勢になったら、っていうことなんだよ。そんな風に体を丸めたら、余計に疲れるじゃないか。」

「ねえ、一つ質問してもいいかしら？」

と、彼女はそのままの姿勢で言った。何だか照れているような声でもあった。

「うん。何？」

「聖書を読んでいて、どうしても分からない個所があるの。」

「君でさえ分からないのを、僕に分かるわけがないだろう。」

「そんなに真面目に考えないでいいの。本当に馬鹿馬鹿しい質問で、梧桐さんに笑われちゃうかもしれないから。」

「ほほう。言ってごらんよ。」

彼女はしばらく言うのを躊躇っていた。僕は椅子から立ち上がり、冷蔵庫へ歩み寄り、扉を開けて缶ビールを取り出して、再び椅子に戻った。僕が一口か二口飲んだ時に、楊さんはこう言った。

「ダビデとヨナタンが抱き合って口づけをするでしょう？　その心境が私にはどうしても理解できないの。」

「はっ！　なるほどね。」

僕は苦笑した。ダビデとヨナタンは男同士なのだから、いくら厚い友情で結ばれているといっても、お互いの親愛の情を表すのに抱き合ってキスするのは不自然ではないか？　と楊さんは言っているのである。僕も聖書のこの個所を読んで（こりゃあ、すげーなあ）と思った。（聖書など読んだことがない、という人のために簡単に説明をしておこう。ダビデという人物は、ある時は羊飼い、ある時は詩人、ある時は勇敢な戦士……とにかく聖書中でも傑出した義人の一人である。ヨナタンは、イスラエルの初代の王様サウルの長男だ。さて、ダビデは神に逆らう周辺の異国民と戦って大活躍し、国民の人望を得る。神様も、サウルの次の王としてダビデをご指名になる。しかし王様のサウルが国民のダビデ人気に嫉妬して、ダビデを殺害しようとしたため、ダビデは逃亡生活を余儀なくされる。さて、ヨナタンはというと、もしもダビデがいなければ二代目の王様の座は当然サウルの長男であるヨナタン自身のものになるはずだから、父親のサウルと一緒になってダビデ殺害に加担するのが普通である。ところがこのヨナタン、ダビデの人格に惚れた。ヨナタンは自分のことなど顧みずに、父サウルから命を狙われている逃亡中のダビデを何度も助ける。……この、ダビデとヨナタンの厚い友情についての記述は、聖書の中でも印象的な個所の一つだ。なにしろ男同士なのに、口づけするぐらいなのだから。）

「君のその疑問は、古代イスラエル人にしか分からないと思うよ。考えたって無駄さ。」

「実際に試してみれば分かるかもしれない。」

「はっ！　それなら、君にとって親友と呼べる女友達が現れたなら、その子と試してみればいいさ。僕は別に止めないからさ。」

「梧桐さんが女になればいい。」

「ばか。なれるわけがないだろ。」

「じゃあ、私が男になる。」

「どうかしてるよ！　酔ってるな？　もう家に帰って休んだ方がいい。」

「私のことを異性だと意識しなくていいの。ただ、友だちとして親愛の情を抱いて、抱き締めて、キスをして欲しいの。」

「そんなの無理だ。」

「私に友情を感じていないから？」

「そうじゃなくて」

楊さんは小さく丸まったまま、上目遣いに、不満そうな、咎めるような視線を僕に注いだ。彼女自身は自分の視線の威力に気づいているのだろうか？

僕は立ち上がって楊さんに近づいた。ところが彼女は依然として体を小さく丸め、顔を伏せているので、僕はどうしていいか分からなくなった。僕は彼女のおでこの上の方に唇をそっと当て、それからまた椅子に腰を降ろした。すると彼女はなおも咎めるような目で僕を見た。そしてまたもや子供がぐずるような声で言った。

「もう、終わり？」

「ねえ、ちょっと待ってくれよ。君が同じ姿勢のままでいるからいけないんだろう？　君がアルマジロみたいに体を丸めているのに、どうやって抱き合ってキスすればいいんだよ？」

「だって」

「だって何？」

楊さんは泣きそうな声で言った。

「体が動かなくなっちゃったんだもん。体が痺れて、言うことを聞かなくなっちゃったんだもん。」

「何だって？　……深呼吸をして、体の力を抜いてごらんよ。それとも僕が傍にいるからいけないのかな？　しばらくこの部屋から出ていようか。」

僕はそう言ってドアへ向かおうとした。

「ひどい。」

楊さんはシクシク泣き始めた。全く、予想外の事態である。僕はもうやけくそになって、ベッドの上にのると、彼女が足首の辺りで組んでいる両手を摑んで、解こうとした。しかし、思いがけないほどの強い力が彼女の小さな両手に込められていた。まるで目に見えない別の力が働いているようであった。それで、その両手を解くためには僕もそれなりの力を入れなければならなかった。しかし楊さんが痛がってはいけないと思い、この作業は慎重を要するものとなった。彼女はまるで、転んで怪我して親に手当てをしてもらっている子供のような、不安の色を湛えた目で、僕の作業を見守っていた。

僕の腕の出力がある一線を超えた時に、彼女の抵抗する力が忽ちに萎え、その両手を解くことができた。次に僕は一方の腕で彼女の肩をしっかりと抱き、もう一方の手を膝に当てて、押し下げていった。楊さんの怯えるような声が微かにその咽から洩れた。オルゴールの蓋が開かれた時のように、楊さんの心臓の激しい鼓動が僕の耳に届いた。


僕は今、純粋な友情のみに基づいた抱擁とキスをしているのだろうか？　という自問に対し、（いいえ！）と、僕の体の一部分が威勢良く答えていた。一部の反対意見に全体が屈してしまいそうになった時、楊さんの体がビクッと大きく震え、彼女の硬いおでこが僕の鼻梁《びりょう》の辺りにゴツーンと当てられた。

「いてっ！」

「ご、ごめんなさい！」

「……いや、いいんだ。大丈夫。」

僕は我に返り、やっとの思いで、自分の欲情を抑制することができた。

「ダビデとヨナタンの気持ちが分かったかい？」

彼女の傍らに僕もまた仰向けになって横たわり、天井を見ながらそう訊いてみた。

「甘かった。」

「それはね、ドライフルーツの味だ。まだ袋の中にたくさん残っている。全部君にあげよう。」

「うん。」

楊さんは無邪気に頷いた。

「さて、どうする？　石橋を叩いて渡りたいなら、まず君が一人で帰る。僕はしばらくしてからチェックアウトする。」

彼女はしばらく考えていたが、やがて立ち上がって「うん。一人で帰る」と言った。僕も立ち上がって窓を開け、外の気温を確かめた。

「やっぱり寒いや。昼間はあんなに暖かかったのに。その格好じゃ寒いよ。……そうだ、要りもしないのにデパートで買ったワイシャツが一枚ある。これを肩に羽織れば多少は違うだろう。これも君にあげよう。」

僕は包装を破って中身を楊さんに差し出した。しかし彼女はそれを受け取らずに黙ったまま僕を見ていた。

「……君にはこの寒さはこたえるだろうに。風邪をひかないためにも、少しでも暖かくしといたほうがいいと思うよ。もっとも、かっこ悪くて絶対に嫌、というのなら仕方ないけど。」

「それなら、梧桐さんが今着ているのをもらう。」

「そしてこの新しいのを僕が着るのかい？　何だってそんな面倒なことを。」

「駄目？」

「駄目じゃないけど、僕が今着てるのを羽織ったら警察に怪しまれる可能性が……」

「玄関の所までタクシーを呼んでもらうからいいの。」

「それじゃあ初めから寒さなんて関係……まあ、どうでもいいや。」

僕は彼女の望みどおり、今着ているのを脱いで手渡し、新しいのを着た。そして二人は部屋のドアのところで別れの挨拶をしたのであった。

「また連絡するよ。そしてまたこっそり会おう。僕も君の今後が気になるからね。」

「うん。またね。」

楊さんは嬉しそうにワイシャツを羽織り、手にはドライフルーツの袋を持って、廊下を歩いて去って行った。よくよく考えると、彼女のその様は滑稽ではあったが。

鼓楼大街の駅へ向かう列車の中で、僕は楊さんの嬉しそうな顔を何度も思い浮かべて（今日は善いことをしたなあ）と、つくづく感じた。ところが、である。善いことだけをしてその日を終えることが僕にはできなかった。

中華汽油招待所の部屋に戻って、ベッドの上にばったりと仰向けに横たわり、目を閉じると、一日中歩き回ったことによる疲労がどっと僕に襲いかかり、それゆえに全身がたちまち睡眠の領域へと引き込まれて行った。にもかかわらず、心臓だけは激しく鼓動し神経を高ぶらせ、僕をいつまでも覚醒させたままにしていた。女性を抱き締めてキスをするなんて、僕にとってもついぞないことだったから、ショックが強かったのだ。その体験のもたらした衝撃が、今ごろになって効いてきたのだ。

（あ、そうだ。）

僕はふと思いついて、リュックを開けた。僕の数少ない持ち物の中には鎮痛剤が含まれていた。それは台湾でお腹をこわした時に薬局の人が処方してくれた二種類の薬のうちの一つで、あのときは一回服用しただけで腹痛が治ってしまったから、まだたくさん残っていた。かさばる物でもないし、ひょっとしたら役に立つときもあるかもしれないと思って捨てないでおいたのであるが、果たしてこれが僕の性的な興奮を鎮めて眠気を催すのに役立つかどうか、試してみようと思った。僕は三錠ほど口に含み、水の入ったポットの注ぎ口を直接くわえて飲み下した。

やがてそれは、期待どおりの効能を発揮してくれたのである。嘘だと思う人は実際に試してみるといい。僕は自分の小さな発見に満足しつつ、その効力に身をゆだねようとした。その時、ノックの音がしてドアが開いた。突然だったので、さすがに僕は驚いて上体をむっくりと起こした。仕事から帰って来た陳さんがそこにいた。

「ただいまー！　思ったより早く帰って来れちゃった。うふふっ、嬉しいわぁ。あら、もう寝ていたの？」

「……いや、僕も今、帰った来たところなんだ。」

「へえー、そう。どこに行って来たの？」

「……王府井。お土産でも買おうかと思って、デパートの中を歩き回っていた。」

「何かいい物はあった？」

「……ドライフルーツを買った。でも食べちゃった。」

陳さんは何も言わずにニッコリと微笑んだ。そしてそのままの笑顔でこう言った。

「もし何か用があれば、私の部屋に来てもいいからね。」

そして陳さんは恥ずかしそうにくるりと背中を向けて、すぐに部屋を出てドアを閉めた。そのときの彼女の期待に満ちた表情、きつく抱き締めてしまいたいその仕草の可愛さを僕が痛感したのは、こともあろうに夜がすっかり明けてしまって、目を覚ましてからだった。陳さんがわざわざ僕の様子を見に来てくれたそのときには、僕の意識は半ば朦朧としていたのだ。彼女が恥ずかしさを忍んで、それでも僕の目を見つめて言ってくれた言葉の言外の意味を、僕は考えてあげようともせず、幼稚園児並の思考力でこう思った。（シーツが敷かれていないわけじゃない……ペンキのにおいがしているわけでもない……だから僕は陳さんに用事はない……おやすみなさい。）


三日目の朝。

八時ごろにようやく目が覚めた。そしてしばらくすると、昨晩この部屋に訪れて来た時の陳さんの様子がはっきりと思い出され、僕は不安に駆られて陳さんの部屋へ電話をかけた。

「あ、もしもし、おはよう。」

「誰？」

「僕だよ、僕。あ、もしかして、寝ているところを起こしちゃったかな？」

「おはよう。」

陳さんの不機嫌な声に僕はたじろぎ、受話器を握り締めたまま、次の言葉がなかなか浮かんでこなかった。やがて陳さんの方から僕にこう訊いてきた。

「何か用かしら？」

「いや、その、昨日は本当にありがとう。天壇公園や擁和宮があんなに素晴らしい所だったなんて知らなかった。僕は感動した。何度でも行きたくなるぐらい気に入った。素敵な名所を案内してくれて本当に何てお礼を言っていいのか分からない。しかも陳さんは仕事で忙しいというのにわざわざ僕のために時間を取って付き合ってくれて……」

「ねえ、梧桐さん。」

と、目一杯取り澄ました声で陳さんが僕の話を遮った。

「は、はいっ。」

と、僕は緊張して答えた。彼女はこう続けた。

「あなたはもう、一人で北京の地下鉄に乗れるようになったでしょう？　いいことを教えてあげる。あの地下鉄を利用するだけで、北京のたくさんの名所を見て廻ることができるの。よかったわねぇー、今日からあなた一人で、自由気ままに観光することができるじゃないの。」

「で、でも、今日は天気もいいことだし、僕は万里の長城に行ってみたいな。地下鉄だけでは長城まで行けないでしょう？」

「あ、そう。それじゃあ長城行きのバス停まで連れて行ってあげる。バス停まで。」

「陳さんは長城へは……」

「私はいい。」

「どうして？　仕事？」

「も、あるかもしれないし、それにあなたの気ままな観光を邪魔しちゃ悪いもの。」

「ねえ、お願いだから一緒に行こうよ。一人じゃ淋しくて嫌だ。君と一緒に長城を歩きたいんだ。」

僕は思わず情けない声で陳さんに懇願した。

「分かったわよ。」

明らかに不満そうな声で陳さんは答えた。が、とにかく彼女が一緒に行くことを承諾してくれたので、僕は胸をさすって大きな声で言った。

「ありがとう！　本当にありがとう！　じゃあ、何時ごろ出発しようか？」

電話は既に切れていた。

陳さんと僕が中華汽油招待所を出発して長城に着くまでに交わした会話はおそろしく限られたものだった。まず、中華汽油招待所のすぐ近くにあるスーパーの入り口で陳さんは立ち止まり、こう言った。

「私、朝ご飯を食べてないの。買って来るから待ってて。」

「僕も何か買う。」

　二人はスーパーの中へ入って行った。陳さんはある一つの陳列棚の前で立ち止まったまま、しきりに何かを探している様子だった。

「何を探しているの？」

「ヨーグルト。」

「ここにたくさんあるよ、ほら。」

「飲むヨーグルト。」

「飲むヨーグルトもここにあるよ、ほら。」

「もっと小さいの。」

「もっと小さいの……は、無いみたいだね。じゃあ、こうしよう。この大きいのを買って、最初に陳さんが飲む、そして陳さんが飲みきれなかった分を僕が……」

　陳さんは僕の話を終いまで聞かないうちに五〇〇㎖の紙パックのヨーグルトを取り上げて、レジへさっさと歩いていった。そして会計を済ませて外に出ると、彼女は道の途中で、一人で全部飲み干してしまった。見事な飲みっぷりである。

「……そのゴミ、僕が持とう。」

「いい。もう少し先にゴミ箱があるから。」

長城行きのバスの中はほぼ満席で、僕と陳さんは最後部の端の方に二人で体を寄せるようにして座ったのであるが、陳さんはずっと窓の方を見ていて、一言も話そうとしなかった。僕も顔を窓の方へ向けて外の風景を眺めていた。やがてバスは北京の郊外へ、眺めているだけで寒気がするほど寂しい山間を走った。僕は一人でこんな寒々しい所に来なくて良かった、とつくづく思った。ご機嫌斜めとは言え、陳さんが一緒にいてくれて本当に良かったと思った。

「いやあ、の、のどかな風景だなあ。この二日間はずっと北京市内にいたからなあ。僕は何となく、中国全体に巨大な建築物が立ち並び、広い道路が張り巡らされているのではないかと錯覚を起こしていたよ。でも、バスに乗って郊外へ向けてしばらく走ると、もう、こんな自然を見ることができるんだなあ。あっ　何か見えてきた。万里の長城だ！」

「違うわよ。」

「でも、長くて、凸凹があって」

「真似てるだけ。」

「……どうりでやけにきれいだと思った。」

陳さんは僕のことを冷たくあしらっているように見えても、内心ではやはり気遣ってくれていたのである。八達嶺の入り口に到着しバスから降りると、長城の上の道（甬道）を実際に歩く前に「梧桐さんは朝食は食べたの？」と訊いてくれた。外国人向けの小さなお土産屋さんがずらりと並んでいる場所で、ケンタッキーフライドチキンだけが堂々とした店舗を構えていた。長城を歩く前にここで何か食べてから行ったほうがいいと彼女は言ってくれたのである。

陳さんは、わざわざ僕に付き合って店内に入り、ココアだけを飲んだ。でも、相変わらず無口なまだった。僕が何か言っても、無視こそしないけれども、最低限の言葉しか返って来なかった。僕に対する冷淡さを服装でも表そうとしているかのように、今日の陳さんは白いブラウスに黒いズボンというでたちだった。途中で仕事に行ってしまいそうな格好だ。長袖を肘の辺りまでクルクルとまくっていることと、念のため持ってきたらしい薄手の紺のカーディガンの袖を腰の辺りで結わえている点だけが、遊びの印象をかろうじて残していた。

やがて二人は店を出て、実際に長城の甬道を歩き始めた。

長城の上を歩きながら周囲を見渡すと、灰色の岩や尖った襞を露にした山々が果てしなく広がっている。そして不思議な石の建造物がその途方もない容姿を山の頂から頂、そしてまた頂へと横たえていた。ここを歩いていると自分の気持ちまでもが壮大になってくるようだ。陳さんと気まずくなっていることをしばらく忘れて、僕も黙って歩き続けた。

僕が最初に声を上げたのは、甬道の途中の、墩台《どんだい》と呼ばれるのろし台にラクダが立っているのを見た時だった。

「あっ　ラクダだ」。僕はラクダのそばへ近づいて行った。「まさか長城の上にラクダがいるとは思わなかったな、ラクダをこんなに近くで見るのは初めてだよ。触っても大丈夫かな？　……おおー、生まれて初めてラクダに触っちゃった。」

「エム。」

と、僕の斜め後ろで陳さんがそう言った。

「エム？」

と、僕は振り向いて問い返した。すると陳さんは僕の首の後ろへ手を伸ばし、それからその手で素早く僕のおでこにシールのような物をペタッと貼り付けた。僕が自分のおでこからそれを剥がして見ると、青地に白い文字でこう記されていた。[M size]

「あっ　ワイシャツのシール、剥がすの忘れてた。あははっ。」

僕は頭を掻いて笑った。しかし陳さんは何も言わずにさっさと先へ進んで行ってしまった。澄ました顔のラクダと、顔を引き攣らせた僕がその場に残された。

「お兄さん、ラクダに乗って記念撮影しませんか？」

「結構です、結構です。」

僕は陳さんの後を追った。

（ひどい。）

僕はそう思った。甬道を歩き始めてから、やっと陳さんが僕に何かを話しかけてくれたと思ったら、「エム」、たったその一言である。しかも僕が自分の失敗を笑っているのを放っておいて先に行ってしまうなんて。

僕は、自分の精神を蝕んでいる嫌悪すべきハリセンボンがその棘をボッボッと立て始めるのを感じた。……そうかい、そんなに僕と一緒にいるのが嫌かい。昨晩のことだけでそんなに腹を立てるのなら、もう勝手にしろ。勝手にどこまでも歩いて行くがいい。君の言う通り、僕は今この時から、一人気ままに行動させてもらうよ。さようなら。

しかし、そうは考えながらも、僕はやはり陳さんの背中を追って歩き続けた。陳さんは昨晩の一件で怒ってしまったとはいえ、僕の方こそ、まだ一言も謝っていない。では、何と謝ればいいだろうか？「きのうは夜這いに行けなくて、ごめんね。」……馬鹿野郎。もっと他に上手い言い方があるはずだ。僕は陳さんに追いつくと、しばらく息を整えてからこう切り出した。

「……ねえ、陳さん。王さんと呉さんはやっぱり今日も仕事なのかな。時間があったら万里の長城へ一緒に行こうと言ってくれていたのに、残念だな。あの二人はとてもいい人たちだね。また会う機会があるといいのに。」

「そう伝えておくわ。」

「……それにしても、これから事業を起こそうとしている人たちから、一緒に働こうと誘われていたり、しかもそのうちの一人が省長の息子さんだったりしたら、僕なら得意げに周りの人に話すだろうな。なのに陳さんときたら、僕と電子メールでお互いについて色々なことを話したけど、そういう自慢をおくびにもださないものだから、おかげで僕は北京に来てから、ずいぶんびっくりしたよ。」

陳さんの返事は無かったが、耳を傾けてくれている気配を感じた。それで僕はなおも考えながら、息を切らせながら話し続けた。

「びっくりしたし、それに、緊張した。大袈裟に聞こえるかも知れないけど、僕が何か、陳さんをひどく傷つけるような振る舞いをしたら、もしかして、国際問題になるんじゃないかって、そう思った。そんなバカなって君は思うかもしれないけど、でも、外国から来て、しかも君と初対面の僕が、何か礼節を甚だしく欠いた行動をとって、それが省長さんにも伝わったりしたら、非常にまずいことになるんじゃないかって、怖気づいてしまったんだ。ねえ、陳さん。僕の考え過ぎかもしれないけど、とにかく君に対して礼儀正しく接しようとした僕の態度が、かえって君と距離を置いているような態度としてとられていやしないかと、今ごろになって、少し心配になってきたよ。」

僕はひたすら陳さんの背中を追い、彼女とよりを戻すための言い訳を必死に考え、考えては喋り、喋っては息を整え、そしてまた考えた。万里の長城でこんなことをしている人も珍しいに違いない。

「……実を言うと、僕は昨日の晩、君の部屋へ行きたくて仕方がなかった。特に用事もなかったけれど、例えばお酒でも飲みながら陳さんとおしゃべりをして過ごしたいなあ、と思って悶々としていたんだ。でも、と同時に、足りない脳で余計なことを考え過ぎてしまった。もしかしたら迷惑かもしれない、とか、変な誤解をされるかもしれない、だとか。それに中国人は日本人より、その、なんていうか、つまり、性に関して保守的だと聞いていたから、男の僕が特に用事もないのに夜に君の部屋に訪れるのはどうなのかな、もしかしたら君がびっくりしてしまうのではないかな、と……」

陳さんは相変わらず黙ったまま歩き続けていた。道さえ途絶えれば、立ち止まってくれるだろう。しかしここは、よりにもよって万里の長城だ。そのうえ彼女は、ゴビの砂漠に突き進んでも尚止まらんばかりの勢いで歩き続けていた。

「疲れた。」

陳さんがぽつりとそう洩らした。歩くのに疲れたのか、それとも僕と一緒にいることに疲れたのかは判然としなかったが、とにかく陳さんのその一言に、僕は優しい響きを感じた。

と、彼女は立ち止まり、続けてこう言った、「ここで休みましょう」。そして、その場に腰を下ろした。ここから先は緩やかな下り坂になっていて、遥か遠くで再び緩やかに上り始めている辺りまで見渡すことができたが、しかしその視界の中には誰もいなかった。後ろは、と思って振り返ると、比較的近くに墩台が見えるが、そこから僕たちのいる所に至るまで、人影はやはり無かった。僕と陳さんはひたすら歩き続けて、人だかりのする見晴らしのいい墩台《ドゥンタイ》も通り過ぎ、前にも後ろにも誰も歩いていない、淋しい場所にまで来てしまっていた。（ああ、やっと休める）、そう思いながら僕も陳さんの隣に腰を下ろした。すると、陳さんは唐突に呟いた。

「去年まで、私には付き合っていた人がいたの。」

僕は何と答えていいか分からず、彼女の次の言葉を待った。

「梧桐さんによく似ている人だったわ。二日前、北京国際ホテルで最初にあなたと会った時、一瞬、彼がドイツから帰って来たのかと思ってびっくりしちゃった。」

「ドイツ？」

「そう。彼は私を置いてドイツへ留学に行ってしまった。」

ドイツ留学と聞いたとたん、僕は自分に似ているというその人物について、いろいろと尋ねてみる気をすっかり無くしてしまった。なんだか僕にとってはお伽噺のように聞こえる。急にドイツと言われても、僕の頭に浮かんでくるのはリトバルスキーくらいなものだ。それで黙りこくっていると、陳さんはこう続けた。

「私のお母さんは、彼のことをとても気に入っていた。そして彼も私に、一緒にドイツへ行こうと誘ってくれた。でも、私は嫌だと言って断った。ドイツ語なんて話せないし、勉強する気も起きないもの。すると彼は、仮に私が一緒に来てくれないのだとしても、それでもぼくはドイツへ行く、と言った。それが元で喧嘩になった。そして彼は本当に行ってしまった。結局のところ」、陳さんは空を見上げて言った。「大して好きではなかったのよ。彼は私のことを。そして私は彼のことを。」

　彼女の潤んだ目は、ドイツへ行った彼を今でも好いていることを物語っていた。それを見た瞬間、僕は直感した。彼もまたドイツで泣いている、と。

　もちろん、僕は嫉妬した。そしてその感情は決して弱いものではなかった。この僕は陳さんにとって、彼女が本当に好いている人と外見がよく似ているだけの存在に過ぎないのだと知らされてしまった。悲しいし、腹立たしくさえある。にもかかわらず、陳さんと別れたことを異国の地できっと後悔して泣いているその男に対して同情を覚え、そして今でも彼のことを思っているらしい陳さんを慰めてあげたいと思った。これまでにない、そんな自分が奇妙に思われた。住み慣れた街のどこかに橋でも架かったような気分だった。

「その人は今ごろ、君と別れたことを後悔して、泣いているだろうなあ……」

と、自分でも不思議なほど、自然に口から言葉が流れ出た。

「夜には陳さんのことを思い出して、枕を抱き締めて悶々としているだろうなあ……」

それを聞いて陳さんは思わず吹き出したが、僕は決して冗談を言ったつもりはなかった。

「誰も私のことを、好きになってくれない。」

「そんなことあるわけが……」

「昨日の夜に」と、陳さんは確固とした口調で僕の言葉を遮り、話を続けた「昨日の夜に、私は、誰も私のことを好きになってくれない、と思って、一人でずっと泣いていた。でも、しばらく泣き続けていたら、なぜか気分がすっきりして、頭が冴えてきたの。おかげで、もっと楽しいことについて、ゆっくりと考えることができた。これからの自分について、漠然とではなく、具体的な計画について。

私の父はいずれ私を自分の会社の社員にしたがっているようだけど、私はもちろん今の会社に留まることもできるし、あるいは王さんたちの会社で働かせてもらうこともできる。でも、そのどれを選択したとしても、私はただみんなの好意に甘えているだけのような気がするのよ。私は大学で日本文学を専攻して、日本語能力測試一級にも合格した。でも、最近ではあまり話す機会がないから忘れてしまう一方だわ。だから私は決めた。日本に留学して、同時通訳ができるぐらいになってやるんだって。そしてみんなにとって本当に必要な人材になってやるんだって。」

「日本に留学するだって？」

思いがけない陳さんのその言葉に、僕は腰を浮かせて、彼女の方を向くように座りなおした。日本に留学などと聞くと、僕はどうしてもマッサージの少女・海琦《ハイチー》のことを思い出してしまう。海琦《ハイチー》は僕に、日本で働きながら勉強することの苦労についてしょっちゅう話していた。そしてそのような苦労は、陳さんのようなお嬢様にはとうてい忍耐できないだろうと僕は思った。

「ねえ、陳さん。まさか日本で働きながら学校に通うつもりではないだろうね？」

「働くかどうかはまだ分からない。でも、これから日本へ留学するなんて、お父さんはきっと反対するだろうから、絶対にお金なんて出してもらえない。自分の貯金だけではきっとすぐに無くなってしまうだろうな。日本の物価はとても高いから。だから多分、働かなければならないと思う。」

僕は陳さんのためを思い、何とか彼女の日本行きを思いとどまらせようと考えた。もしかしたら陳さんまでもが変なマッサージのアルバイトをする羽目に陥るかもしれないではないか。それだけは何としても阻止しなければならない。……そうだ、僕があれこれ考えるよりも、陳さんと同じ中国人女性であり、しかも実際に日本で働きながら学校に通っていたマッサージの少女・海琦《ハイチー》の苦労話をそのまま陳さんに伝えた方が説得力があるに違いない。問題はどうやって話をそこまで持っていくかである。

……陳さん、ちょっと聞いてください。これはもう何年も前の話ですが、ある日、僕はつまらぬ用事で横浜の方へ出かけました。そしてつまらぬ出来事がきっかけとなって僕はその用事を途中でほったらかして家に帰ろうとしたのです。ところが駅に行く途中で道に迷ってしまい、僕はいつの間にか、ある歓楽街の中の狭い路地を歩いていたのです。すると道に立っていた一人の女の子が僕にこう話しかけました。「お兄さん、マッサージはいかがですか？　気持ちいいですよ」。その喋り方を聞いた時、この子は日本人ではないとすぐに分かりました。中国人かもしれないと思い、ちょうどそのころ中国語の勉強に夢中になっていた僕は、中国語でこう尋ねてみました。「あなたは中国人ですか？」するとその子は笑顔で大きく頷きました。それがとても可愛く見えたので、僕は誘惑に負けてその子に連れられるまま、マッサージをするための個室へと入って行きました。僕は足裏コース（三〇分間）の料金三、〇〇〇円を払い、そして二人でお喋りをしました。そして僕はその日以降も、彼女が住み込みで働いているその場所を訪れるようになりました。二人で遊園地に出かけたこともありました。でも、彼女は働きながら日本語の学校に通っていましたから、いつも眠たそうでした。そしてこう言っていました。「学校、仕事、仕事、学校。毎日その繰り返しで、ゆっくりと遊べる日なんてありゃしない」。こうも言っていました。「学費も食べ物も服もみんな高いから、日本で働いたってお金なんか貯まりゃしない」。更にはこうも言っていました。「お金が無い上に、日本の食べ物に馴染めないから、毎日同じような物ばかり食べていて、体がだるいったらありゃしない」。可哀相でしょう？　陳さん、だから日本で働きながら勉強するなんて、絶対にやめたほうがいいですよ。……よし、これでいい、これを聞けば陳さんも日本へ行く気を無くすだろう。さあ、今すぐに言うんだ。陳さんの未来のために。

「陳さん、ちょっと聞いてください。」

「うん。何？」

その時、陳さんのショルダーバッグの中からあの着信メロディーが聞こえて来た。これまでの経験からして、このメロディーが流れるとろくなことがない。そして僕のその予感は的中した。「ええー？　ほんとにー？」と、彼女は大きな声で面倒くさそうに応答していた。やがて電話を終えると、陳さんは僕に訊かれるまえに答えた。

「すぐにハルピンに帰らなければならなくなった。」

「ええっ　そんなぁ！」

「新しい仕事が始まったから大至急帰って来いと所長さんに言われちゃった。ごめんね。すぐにホテルに戻って、支度をしないと。」

「そんなぁ……」


二人は立ち上がり、再び長城の甬道の、元来た方角へ向けて歩き始めた。本来なら一週間、陳さんと北京を観光できるはずだったから、それが三日目の今日で急にお終いになってしまい、言うまでもなく僕はすっかり悄気《しょげ》てしまった。行きの道のりも辛かったが、帰りの道のりはもっと辛かった。あの携帯電話の着信音の何と恨めしいことか。そう言えばバッハもドイツ人だったな。まったく、ドイツには泣けてくる。中国に来てドイツに泣かされた。そんなことを考えながら歩いた。

そして僕はまた昔のことを懐かしむように（海琦《ハイチー》は今ごろどうしているかな？）と考えた。姉の話では、僕が交通事故で入院している間に、何度か家の方へ電話をかけて来たという。きっと僕に会いたかったのだろう。でも会えなかったから、海琦《ハイチー》はとても淋しい思いをしたことだろう。僕が陳さんと二人で中国のいろんな場所を旅する空想にふけったのと同じように、海琦《ハイチー》もまた、僕と二人で日本の様々な場所へ遊びに行くことを夢見ていたかもしれない。もしそうだとしたら、僕は本当にひどいことをしてしまった。海琦《ハイチー》にしてみれば、何が原因なのかさっぱり分からないまま、僕は急に姿を見せなくなったのだ。僕は退院してから一度だけ海琦《ハイチー》が住んでいる所を訪れ、そして既に店仕舞になっているのを見て、ただそれだけで海琦《ハイチー》と再会することをあきらめてしまった。海琦《ハイチー》と会うためにもっと自分にできたことがあったはずだ。例えば、あの歓楽街にあるマッサージの店を片っ端から尋ねて歩き、「海琦《ハイチー》という名前の、背丈はこれくらいで髪は黒くてストレートで長さはこれくらいで、顔が丸顔のやや太った子を知りませんか？」と訊いて回るのだ。店の人はきっとこう答えるだろう。「ここにはそんな子はいません。でも他に可愛い子ならここにもたくさんいます。どうです？　ちょっと寄っていきませんか？」それを聞いて僕は「そうですか、それではちょっと」と言って中に入って行ったりせず、海琦《ハイチー》ただ一人を思いながら次の店へ、次の店へと足を運ぶのだ。そして僕はついに、他の店で働いている海琦《ハイチー》を見つけ出し、こうして二人は再びマッサージの個室の中で足のつぼを押したり肩を叩いたり、時どき遊園地に出かけたりして仲良く過ごすのであった。……このような結末が僕にとって最善だったに違いない。

陳さんは帰りのバスの中でも不機嫌だったが、それは別に僕に対してまだ腹を立てていたからではなかった。バスに乗り込む前、乗客の呼び込みをしていた人に対して陳さんが念を押すように訊いたのだ。このバスは高速道路で北京市内に戻るのですか？　と。それに対して呼び込みをしていた人は「うん」と言って頷いた。にもかかわらず、バスは一般の道路を走り続けた。もっと正確に言うと、高速道路のすぐ隣の、高速道路に沿うように伸びている一般道路である。僕と陳さんは、交差点にさしかかる度に急減速そして急加速をするバスの荒っぽい運転に揺られながら、左側の車窓越しに高速道路を恨めしげに見上げながら、そして（これが最も辛かったのであるが）空腹にも耐えながら、ひたすら北京市内に到着するのを待ち続けた。

市内にようやく着いて二人がバスから降りた時には、時刻は予定よりも一時間以上遅い午後の二時半になっていた。二人はそれから雲南省の郷土料理の店に入った。時刻が時刻だけに、僕ら二人以外に客はいなかった。ひっそりとした店内で二人は火鍋を黙々と食べた。

夕方に中華汽油招待所に着くと、陳さんは早速、列車でハルピンへ帰る支度を始めるため、彼女の部屋へ行ってしまった。僕はもちろん駅のプラットホームまで彼女を見送りたい。それで、自分の部屋のベッドの上に悄然と横たわり、陳さんの帰郷の準備が終わるのを待った。こんな風に突然に、慌ただしく、陳さんと別れなければならないのが残念で仕方がなかった。

瞼さえ動かす気力も起きないまま、ベッドの上で死んだようにじっとしているうちに一時間ほど経過し、もしかして陳さんは僕に別れの挨拶もせずに一人で北京駅へ行ってしまったのではないか、と心配になり始めたころ、ノックの音がした。

いよいよ別れの時が来た。そう思いながら立ち上がり、ドアを開けると、陳さんが何も持たずに立っていた。

「あれ？　荷物は？」

「部屋の中。後は運ぶだけにしてある。今さっき、列車の発車時刻を調べたの。まだ二時間以上あるから、二人でもう少し外を歩いてみない？」

僕は荷物の大きさを尋ねた。それほど大きくないトランクケースが一つあるだけだった。僕が持つから、それを持って行こうと陳さんに申し出た。そうすればここに再び戻る必要はなく、そのまま北京駅へ行けるから、落ち着いた気分で陳さんと最後の一時を過ごせるだろう。陳さんはそれに同意してくれた。そしてこう言った。

「屋台がずらりと並んでいる場所があるの。そこへ行って見ましょうよ。」

何という名の通りであるのか、僕は忘れてしまった。しかし、とにかく陳さんが言ったとおり、屋台がずらりと並んでいる通りだった。すでに暗くなり始めた空の下で、形も大きさも全く同じ屋台が、中で吊り下げた電球の灯《あか》りを透かして赤く光っている雨よけを隙間なく隣り合わせて、ずらりと遠くの方まで続いていた。

「ねえ、ねえ。ほら、見て。」

と言って、陳さんがある屋台の中を指差した。カイコの蛹《さなぎ》を串に刺して油で揚げたものが売られていた。

「どれ、一つ買って食ってみよう。」

僕はそう言って屋台へ近づき、カイコの蛹のフライを一本買った。一本の串に三匹が刺さっていた。陳さんはそれを見て、悲鳴とも笑い声ともつかない声をあげた。普段の僕ならカイコの蛹のフライなんてとても食べる気にはならなかっただろう。でも、陳さんと別れる時刻が目前に近づいていることを思うと、僕はやけを起こしたくて仕方がなかったのだ。その衝動をささやかに満たしてくれるカイこの蛹の登場に僕は感謝しつつ、一匹ずつ一口で食べ始めた。この食べ物は、味ではなく香りが全てだった。川釣りが好きな人ならサナギ粉の香りをよく知っていると思う。噛むとまさしくあの香りが口の中一杯に広がって、なんだか自分が川魚になって釣り上げられてしまったような気分になれる。そういう食べ物だった。陳さんは笑いながら教えてくれた。

「あのね、最初に二つに割って、中にある黒いのを取り除いてから食べる人もいるんだって。だって中の黒いのは、カイコの……」

陳さんはそこまで喋ると恥ずかしそうに俯いた。

「旨いなあ、カイコのウンコ！」

僕が大声でそう言うと、陳さんはお腹を抱えてしゃがみこんで笑った。それから陳さんは妙にはしゃぎだして、僕にこう言った。

「ねえ、ここで売られている虫を全部食べてみる？」

「よーし。次は何？」

僕は陳さんの嬉々とした顔を見て本当に良かったと思った。今日の午前中に万里の長城を歩いていたとき、彼女がろくに口をきいてくれなくて、一時はこのまま仲直りができないまま終わってしまうのではないかと心配した。陳さんはもうすぐ遠い所へ行ってしまうけれども、しかしその前に、こんなにも嬉しそうな陳さんを見ることができた。僕はもう、喜んで何でも食べてしまおうと思った。

カエルの脚の串焼きも売られていたので、一本だけ買って食べた。これは何の躊躇もなく食べることができた。鶏肉の味に似ているとよく言われるけれども、僕にはそうは思えなかった。少なくとも食感は大きく異なっている。もっと弾力のある、蒟蒻《こんにゃく》のような食感だ。そして細い骨が非常に硬かった。僕は骨なんか噛み砕いて飲み込んでしまうつもりでいたのであるが、口の中で思いがけない抵抗に直面し、しばらく口をもぐもぐと動かしてカエルの骨と格闘しなければならなかった。

「サソリ！」

と言って、陳さんが少し離れた前方の屋台を指差した。サソリと聞いて僕はさすがに動揺した。カブトムシぐらいの大きさの黒い不気味な姿をとっさに思い浮かべたからだ。ところがその屋台に近づいて見てみると、きれいな飴色に揚げられた、小指の半分ぐらいの大きさしかない、ガラス細工のようなサソリの串刺しが並んでいるのだった。一本の串に一匹が刺さっている。なんだこんなもの、パクパクッと何匹でも食ってやる。僕はそう思った。

「五本ください。」

「いやぁーっ！」

悲鳴をあげて後ずさりした陳さんをよそに、僕は左手に三本、右手に二本のサソリの串刺しを持ち、彼女の方へ向き直った。

「きゃぁーっ！」

と、陳さんは逃げるように更に僕から遠ざかった。せいぜい三本にしておくべきだったな、と僕は思った。とにかく食べてしまわないとトランクが持てないし、陳さんもそばに来てくれそうにないので、僕はその場で五匹のサソリを次々に食べていった。躊躇いを感じたのは最初の一匹だけだった。サクサクとした歯ごたえの、あっさりとした塩味のスナック菓子みたいなものだった。僕が一匹をほおばるたびに、陳さんが少し離れた所で「いやぁーっ」と小さな悲鳴をあげた。もしかしたら、陳さんは今後サソリを見るたびに僕のことを思い出してくれるかもしれない。そう考えると嬉しかった。


「あ、そうだ。」

　僕はふと、あることを思いついた。

「どうしたの？」

「今から王府井へ行く時間はあるかな？」

「王府井ならすぐ近くだけど、でも、なぜそこへ？」

「なぜか急に、火箭蹦极《フォージエンボンヂー》に乗りたくなった。」

　僕がそう言うと、陳さんはギョッとしたような顔つきで僕の目を覗き込んだ。

　火箭蹦极を字義どおりに訳すと「ロケット・バンジー」で、いわゆる一つの絶叫マシーンである。地下鉄に乗って王府井の駅で下りて地上に出ると、そこは北京で最も繁華なショッピング街である王府井の通りの一端であると前にも述べたけれども、その王府井の広い通りの、もう一方の端にある広場にその絶叫マシーンがある。遊園地でもない場所になぜそんなものがあるのか？　と訊かれても僕は知らない。とにかく、それはそこにあるのである。北京観光の初日に、陳さんと王府井を歩いていた時に、台風でも来たらへなへなと折れ曲がってしまいそうな細長い鉄塔を目にして、「あれは何？」と、僕は陳さんに尋ねた。それが火箭蹦极だった。陳さんは冗談半分に「乗ってみる？」と僕に訊いたけれども、僕は（冗談じゃない！）と思って、即座に首を横に振った。今、僕はそれを後悔していた。

二人は屋台の通りを離れて王府井に向かって歩いていった。

やがて視界に火箭蹦极がその姿を現した。やや離れた所から火箭蹦极の全貌を改めて眺めると、十階建てぐらいのデパートの屋上より少し低いぐらいの高さの鉄塔が二本並んで建っている。それら二本の鉄塔の、各々の先端から黄色くて太いロープが垂れ下がり、その二本のロープは地面に置かれた座席に繋がっている。

以前に一度だけ、動いているのを見たことがある、と陳さんは言った。そしてその時の様子を身振りを交えて説明してくれた。どのような仕組みかは分からないけれど、とにかく作動すると座席が空中に高く撥ね上げられ、王府井に立ち並ぶ巨大な建築群の屋上よりももっと高い位置にまで上げられる。それから地面近くまで落下すると再び二本のロープによって座席を鉄塔の頂よりももっと高い位置まで勢いよく撥ね上げる。それが何回か繰り返される。乗っている人も見ている人も悲鳴をあげていたそうだ。

これに乗ろうとする人など滅多にいないらしく、紺の制服を着た係員が退屈そうに立っていた。ところで、火箭蹦极の座席には三人まで座れる。

「ねえ、本当に乗るの？」

と陳さんが不安そうに僕に尋ねた。

「一緒に乗る？」

と僕が言うと、陳さんは思い切り首を横に振った。そしてきっぱりと言った。

「嫌。絶対に、本当に、嫌といったら嫌。」

予想通りの反応。

「じゃあ、一人で乗ってくる。ちょっと待ってて。」

僕は一人で係員の方へ歩いて行った。それにしても、一昨日は見るだけでも恐ろしかったこの乗り物に、今は喜んで乗ろうとしている。妙な逆転が起こるものだな、そんなことを考えながら一歩ずつ近づいて行った。

乗り込む前に券を買い、そしてある書類にサインをする必要があった。万が一、乗ってから下りるまでの間に何か命に関わるような事故があった場合には、保険金が幾らか下りるらしかった。サインが済むと、僕は係員に連れられて三人がけの座席の中央に座った。どこからともなく別に二人の係員が現れて、特殊なベルトで僕を座席にしっかりと固定し、ロックをかけていった。その作業をよそに正面を見ると、少し離れた柵の向こう側で陳さんが緊張と可笑しさとが入り混じったような表情でこちらを見つめていた。そして陳さんの周辺に、通りがかりの人たちが集まり始めた。「おい、誰かあれに乗るぞ」。そんなことを言い合っていた。やがて二人の係員は作業を終え、一人が僕に言った。「頭を後ろのクッションにしっかりと付けて、上の方を見てください」。僕は言われた通りにした。視界には夜空が広がっている。係員は離れて行った。

夜空を見つめ、見物人のざわめきを聞きながら僕は思った。陳さんと北京で過ごした三日間が僕にとって生涯忘れ得ぬものであるのと同じように、陳さんにとっても、僕と過ごした三日間が忘れ難い思い出として残りますように、と。

「準備はいいですかー？」

と、係員の大きな声が背後の方で聞こえた。

「ＯＫ！」

と、僕は威勢よく答えた。

「それではいきまーす。……一《イー》……二《アル》……三《サン》！」

目に見えない大きな力で、頭や肩の辺りを上からグゥーッと押さえ付けられ、首が前屈みになった。僕は全力でそれに逆らい、再び後頭部を後ろのクッションに付けた。また夜空が見えた、と思った瞬間、体がふわりと宙に浮く感覚があり、直後に座席がくるりと縦に反転して、僕は遥か下の方でぽつぽつと光る街灯に照らされた地面と向かい合った。百人ほどの人だかりが小さく見えた。そしてそのまま落下して行った。息ができないほどの、ものすごい加速だった。

二回目、三回目、と撥ね上げられるうちに、僕はすっかりリラックスしてしまって、上昇のピークの位置で首を動かして様々な方角へ目を向けた。そして「ヤッホー！」だとか「うわー、いい眺め！」だとか叫んでいた。陳さんと二人で歩いて来た王府井の通りを見渡すことができた。

やがて動かなくなった。空中の高い位置で座席がしばらく静止していたときが一番恐かったかもしれない。早く下ろしてくれ、と思った。

北京――ハルピン

ふと見せてもらった寝台列車の乗車券はにべもない。北京――ハルピン。僕は北京に取り残されて、陳さんは故郷のハルピンへ行ってしまう。溜息をついて乗車券を返すと、陳さんは僕を慰めるように言ってくれた。

「またメールで連絡するから。」

プラットホームには既に、緑と黒を混ぜたような色の列車が止まっていた。僕は右を向き、それから左を向き、ついでにもう一度かぶりを振ってから呟いた。

「なんて長い列車だ。」

長いし、高さもある大きな列車だった。こいつが動き出せば陳さんともお別れだ。今度いつ会えるのか、まだ分からないのに。

かなりの間隔をあけて設けられた列車の乗車口の各々に一名の駅員が立っていた。その駅員に止められて、僕は陳さんと一緒に列車に乗り込むことができなかった。荷物を運び入れるのを手伝うだけだと言ったが、やはりだめだった。

陳さんがトランクを持って列車に乗り込んでから数分が経った。やがて彼女は窓からひょっこりと顔を出した。僕はその窓へ歩み寄った。「席はちゃんとあった?」などという滑稽な質問が口をついて出た。そして、他に言うべき適当な言葉が見つからず、黙って突っ立っていた。陳さんは静かに頷き、黙ったまま微笑を浮かべて僕の顔を見ていた。やがて彼女は一枚の写真を取り出して、僕に差し出した。

「あなたに見せてあげる。」

僕はそれを手にとって眺めた。とたんに思わず失笑した。確かによく似ている。僕は何も言わずに写真を陳さんに返した。彼のとなりには陳さんが幸せそうな笑顔で写っていた。

　列車が動き出す直前に陳さんが言った。

「日本へ行く日が決まったら、連絡するね。」

「ああっ、そういえば！」

「何？」

「……話すと長くなるから、メールに書いて送る。」

「そう？　じゃあ、楽しみにしてる。」

　列車の動きに合わせて小走りで追いかけ、手を振った。陳さんも手を振り返してくれた。やがて列車の最後部が僕を追い抜き、そして列車は完全に遠くへ走り去った。

「行ってしまった。」

　僕はしばらく悄然とプラットホームに立ち尽くしていた。

　陳さんと二人で並んで歩いてあちこちを観光していた時には、（北京は本当に素晴らしい、ここには何度でも来たくなる）と、確かにそう思っていた。しかし、今ではなぜか北京がとてもつまらない場所に思えてきた。三日前に北京の飛行場に到着したあの時の孤独を僕は再び感じた。陳さんの携帯に電話をかけても繋がらなくて（一体、僕は何でこんな所にいるのだろう？）という、あの時と全く同じ思いで満たされた。きっと陳さんが自分の荷物と共に、北京の魅力もトランクに詰め込んで、持って行ってしまったのだろう。

陳さんは本当に日本へ行く気なのだろうか？　日本へは行かないほうがいい、という主旨のメールを僕が送ってあげて、そして陳さんがそれを読んで、それでもなお日本へ行くと彼女が言った場合にはどうすればいいだろうか？　僕は北京の外語学校へは行かないで日本に帰ったほうがいいのかもしれない。こんな僕でも少しは陳さんを助けることができるだろう。でも陳さんが、東京の僕の実家から遠く離れた大学に入学する可能性だってある。もしそうだとしたら、僕が日本へ帰ったとしても、陳さんのためになるようなことをほとんど何もしてあげられないかもしれない。

最初の目的どおり北京の外語学校でしばらく勉強するとして、その場合には、きっと僕は淋しさに耐えられなくなって、ときどき楊欣雨《ヤン・シンユィ》に会いに行ってしまうのだろう。そして何度か会ううちに、僕は楊欣雨《ヤン・シンユィ》のそばから離れ難くなるのかもしれない。だけど彼女にしても、それほど長い期間は北京に留まっていられないに違いない。そろそろ〝撤退〟の潮時を見計らっているはずだ。そういえば、もうすぐ主の記念式だと言っていた。イエス・キリストの死んだ日に合わせて、大勢の信徒たちに向けて決定的な告白を行い、そしてJW教会を去り、新たな目標に向って歩き始める。あの人の考えそうなことだ。そして楊欣雨《ヤン・シンユィ》が台湾へ帰ったなら、僕もまた彼女の後を追って再び台湾へ行きたくなるのだろう。

おいおい、ちょっと待て。さっきから僕は女に会うことばかり考えている。肝心の僕自身を一体どうするつもりなんだ？　……まあ、いいや。明日、考えよう。今日はもう疲れたから、ホテルに帰ってぐっすりと眠ろう。明日の朝になったら、一人で天壇公園でも散歩しながら、僕もまたじっくりと、自分自身の今後について具体的なことを考えてみよう。

僕は北京駅を出て、再び中華汽油招待所に戻って来た。陳さんのいなくなった中華汽油招待所に僕が泊まるというのも、なんだか変なものである。

こうして、僕はまた自分の部屋のベッドに仰向けに横たわり、天井を見つめた。視界の隅の窓越しに夜空が見えた。僕は目を閉じて、再び陳さんと二人で中国大陸の様々な場所を旅する空想にふけった。敦煌の千仏洞のあらゆる仏像を観て廻ったり、ハルピンの氷祭りの、透きとおった氷の彫刻を観て廻ったりした。

僕と陳さんの二人はいつのまにか、どこかの広い通りを歩いていた。そしてそこには非常に大勢の人が歩いていた。周囲の人々と押し合いへし合いしながら進んでいくうちに、僕は陳さんとはぐれてしまった。ここは一体どこなのだろう？　と思って遥か遠くの前方を見ると、何やら細長い塔のようなものが聳えているのが見えた。目を凝らしてよく見ると、それは断頭台のようでもあるし、巨大な電気椅子のようでもある。（そうか、ここは滅びに至る広い道か）。僕はそう思った。

しかし、周囲の人間の話し声に耳を済ませると、僕の知っている人たちの声が聞こえてくるのであった。陳さんや楊さん、王さんや呉さん、そして台湾の学校のクラスメートたちや、更には〝プロパン〟や他の長老、兄弟姉妹の声までもが聞こえて来るのであった。それが誰であれ、とにかく皆が親しげに誰かと話をしている。このような楽しい雰囲気は、以前に僕が見た、滅びに至る広い道を描いた、あの絵の光景とは全く異なるものだった。

（あ、そうか！）

僕はふと思いついて、足元を見た。ひょっとしたら、僕は今、広い道の中央に位置する、祈りが天に届く場所へ通じる、真っ直ぐな細い道の上を歩いているのかも知れない、と思ったからだ。しかし、大勢の人々に四方八方を囲まれて押し合いへし合いしている中では、自分が細い道の上にいるのか、そうでないのか、分かるわけがなかった。どうしてもそれを知りたくなった僕は、ついに自分の両の掌を周囲の人の体に押し当て、腕を突っ張って自分の足元を観察するスペースを空けようとした。その時、背後で誰かが言った。

「振り向かないで。」

それで僕は頭を垂れたまま、背後にいる誰かの、次の言葉を待った。その者はこう言った。

「あなたが腕に力を入れて、周りの人を押しのければ、確かに足元を見ることができるでしょう。それで、もしもあなたがその時に、細い道の上を歩いていたとして、あなたは周囲の人を、細い道の上から押しのけたのです。」

それで、僕は自分がどの道の上を歩いているのか確かめることをあきらめた。すると、全く別のことに気がついた。細い道の上にいるかどうかまでは分からなかったけれども、僕は自分の履いていた靴がどんなであったかをはっきりと思い出した。それは自分の物ではない、しかし確かに見覚えのある靴だった。形も色も大きさも汚れ方も、以前にどこかで見た靴と酷似しているのだ。どこからともなく、陳さんの声が聞こえて来た。

「私の住んでいる黒龍江省では、あのような靴を履いている人がとても多いの。」

それを聞いて僕は確信した。やっぱりあの時の靴だ。この靴を履いて歩いて行けば、僕はやがて、道の傍らに座り込んでいる〝僕〟と出会えるだろう。

僕は一歩進むたびに一つ歳をとった。体力の衰えを感じ、ついに力尽きてその場に倒れそうになったとき、誰かが僕の左の手首を摑んで引っ張った。僕は左によろけて、そのままスルスルと人込みを抜けて行った。

人の流れから外れて、道の傍らで一人で膝を抱えて座り込んでいる〝僕〟がいた。僕がそちらへ近づいて行くと、座ったまま僕の靴を見つめていた〝僕〟が、ゆっくりと顔を上げた。

〝僕〟と目が合った瞬間、僕は目を醒ました。

視界の隅の窓越しに見える空は、まだ明けていなかった。そして、この部屋に入ってすぐにベッドに横たわった時と全く同じ姿勢のままでいる自分に気がついた。僕はそのまま寝返りを打つ気にもなれず、一度だけ深呼吸をすると、再びゆっくりと目を閉じた。

【著者プロフィール】

後藤　誠（ごとう まこと）

1972年　神奈川県生まれ。
　　　　東京都立山崎高等学校卒業。
　　　　東京都在住。
　　　　本作『スプーン』は処女作。

スプーン

2003年５月15日　初版第１刷発行

著　者　後藤　誠
発行者　瓜谷 綱延
発行所　株式会社文芸社
　　　　〒160-0022　東京都新宿区新宿１－10－１
　　　　　　　　　　電話　03-5369-3060（編集）
　　　　　　　　　　　　　03-5369-2299（販売）
　　　　　　　　　　振替　00190-8-728265

印刷所　株式会社ユニックス

ISBN4-8355-5583-X C0093